臺灣原住民文學選集

小說 二

孫大川 主編

目錄

桂春·米雅

〈遺失顏色的人〉（二〇一一）

Kuei Chun Miya，一九六七年生，臺東縣白茅寮部落阿美族。創作是她找到安居之所的方式，也是獻給大自然和 vuvu 的靈歌。曾獲第十三屆臺灣原住民文學獎小說、散文首獎。

長期關注原住民族傳統文化，致力記錄臺灣南島族群文化，潛心努力實地探訪、採集和記錄原住民族風情文物。目前居住於雲林，並擔任臺灣原住民族文化研究室研究員，寫作踏查之餘任職於長期照護機構。著有《米雅的散文與詩：種一朵雲》。

遺失顏色的人

在夢裡尋覓自己真實的模樣　一棵橫躺的樹開滿燦爛的花朵

追緝行動

祭典在炎熱的天氣中結束，阿雄的內心還是異常感動，連續兩個月，為了不錯過外人看不到的文化訓練做紀錄，阿雄將可以用的假期都調整了，只差沒有留職停薪，還好，大房子(阿雄工作的單位)的主管對東部的風俗民情有幾分了解，也從善如流地調派人手，讓大房子的工作可以順利進行。

阿雄在書櫃底層翻找一本破舊的書，封面已看不清書名，拉開外層塑膠套子，那是阿雄怕書愈來愈破舊所做的保護套。他翻到摺痕壓線處，幾頁留白上，寫著許多人名和電話地址，有些字跡已暈開、字跡模糊，但依稀可以猜測數字的模樣。阿雄翻了幾頁，下一個名字是誰，他幾乎都記得了，上面的字跡歪斜，像似小學生的字跡，是用了些力道寫的，每一頁紙張都透出痕跡，皺巴巴的。

書籍內容是描寫一位俠客的復仇之路：男主角有一把川月劍，是各路武林高手競相爭奪的寶劍。寶劍可以號令天下、削鐵如泥，也因為此劍，男主角全家被滅門。男主角能得救，歸功於老忠僕將年幼的男主角，和寶劍放在單舟上順水流走（這一段有《聖經》裡摩西故事橋段的影子），男主角被高人所救，長大後找仇人復仇的故事。

這本破舊的書在阿雄身邊將近十七年了。

初秋，山區的露水凝結在樹葉表層，這時節的冷空氣是會凍人的。阿雄的父親尤哈尼在警所當值，這裡屬於管制區，進入都需要辦理登記，出示入山證。宜蘭山區林班地常有違法種植香菇的人進出，尤哈尼收到指示要加強山區進出的管制。

尤哈尼拿著林管處的公文，滿肚子牢騷正愁著沒地方發洩，他將手中的公文揉成紙團，一把無名火直衝腦門，「他馬的！領悟局[1]『廣』那麼多，人家不用生活吃飯嗎？幹！簡直就是 hanitu[2]。」

---

1 領悟局：戲稱林務局之用語。

2 hanitu：「魔鬼」之意。

尤哈尼當然知道山區有違法香菇寮，可是那有什麼不對，這裡工作機會這麼少，整個山坡地都被「白浪」拿去種高麗菜，每天一大早，這些高麗菜就開始吸毒，連工作的泰雅族工人也一起中毒，他們的孩子需要繳學費、住校需要生活費，哪一項不要花錢，管那麼多，是沒事幹是嗎？尤哈尼心裡獨自發著牢騷，擺出憤恨的臉。

尤哈尼發牢騷不是沒有原因，他那懷胎足月的妻子這幾天即將臨盆，原本可以排到休假，因為一個槍擊犯說是跑到宜蘭山區，因此上面指示全面停休，通往思源埡口的路上設置了臨檢警哨，也多了許多持槍的警力。

「這麼大的陣仗，槍擊犯又不是瞎了，總不會自投羅網吧。」

尤哈尼沒好氣地在所裡發牢騷，瑪劭見尤哈尼情緒激憤，拍拍肩膀安撫他。

「應該今天就會結束了，好像有消息，說已經往臺中範圍去了。在山上跑，哪裡知道分界線在哪裡。」

「希望如此。」

尤哈尼也希望事情趕快有進展，他擔心妻子生產是否可以順利，這次懷胎狀況很多，兩個月前還有出血現象，當時以為會早產，還好休養兩週，狀況改善了。尤哈尼的內心總是放不下，他希望可以陪在妻子身邊，無論結果如何，總是攜手度過。

雖然只是九月，這裡的氣溫偏低，大清早尤哈尼騎著警所機車在固定路線上巡邏。清早六點，山邊高麗菜園已經開始有人工作，這周邊區域，高麗菜的年產量在一百噸左右，產量驚人，農藥量也驚人，尤哈尼非常佩服吃這些高麗菜的都市人，簡直是菸草天蛾的毛毛蟲[3]，吃了有毒高麗菜都沒事，甚至還免疫了。

無線電不斷有對話出現，大多是報告目前臨檢位置的狀態。已經兩天了，還沒有發現槍擊犯的蹤跡，早上山下又多派了巡山的搜索隊，看起來這個傢伙是把事情鬧大了，應該後臺也選擇斷尾自保，才會讓槍手成為通緝犯孤軍逃亡。

農園裡幾位熟識的泰雅族人將尤哈尼攔下，其中一位泰雅族人是櫻花鉤吻鮭的保育員，這兩週他都在羅葉尾溪記錄著櫻花鉤吻鮭的狀態，昨天他帶的三隻獵犬，狗在清晨警覺地狂吠，他不確定是否有動物出沒，但這個季節，動物大多不會在羅葉尾溪末端出現，更何況工寮位置距離大馬路很近，他感覺狀況不對，跟另一位同伴連夜下山。

3　菸草天蛾的幼蟲專吃有毒植物，這裡有暗諷意味。

尤哈尼驚覺不對，保育員說的位置，開車到村落不用三十分鐘，如果真的是槍擊犯出沒，他很快就會在村落出現。尤哈尼在機車的置物箱裡拿出山區地圖，他們將地圖攤在馬路的水泥地上，羅葉尾溪在臺中和宜蘭的交界處，說槍擊犯在臺中境內也不過是羅葉尾山的界線；尤哈尼想著人和動物有共通之處，他們需要食物跟水，會在羅葉尾溪出沒，是再正常不過的事了。

他們在地圖上模擬著槍擊犯可能走的路線，尤哈尼也拿著無線電通報接獲的訊息。在資料上顯示，槍擊犯是臺中沿海一帶的人，他們假設著槍擊犯對山區的熟識程度，猜測槍擊犯沿著林道摸黑前進，可能走的幾條產業道路或是農用便道。

「尤哈尼、尤哈尼！你看！」

尤幹是泰雅族獵人，他指著西邊山腰中段。

「有聽到嗎？yungay[4]的聲音，這個時候有這種叫聲不太對勁。」

他們比對著地圖，這山區附近有合法的菇寮，依照這條路線和他們猜測的相同。尤哈尼拿著無線電用原住民語跟瑪劭通暗語，緊急狀態下，不得不防著無線電旁邊有沒有人會通風報信。

尤幹看著山區，指出了可能的方向。在山區生活，你跟動物的交情很重要，若說今天是尤幹在山區走動，這些猴子跟鳥類的反應就不會這麼激烈，總是熟悉的氣味、熟悉的一個獵人，猴子懶得理會尤幹，那些鳥類也不會驚慌得亂叫通報訊息。

尤哈尼邊騎機車，一邊想著那位槍擊犯的思考邏輯。其實槍擊犯算高明，他所在的位置攻防上對他都有利。尤哈尼沿著高麗菜農產道路下山，山下的警車和吉普車有了動作，他們分散著隊伍，在每個通道開始進行搜索，無線電通話內容氣氛緊張，尤哈尼不想死得太早，他妻子快臨盆了，他將機車緩慢地往警所滑行。

北橫公路思源的道路，進入了警戒管制狀態，路上許多持槍警察，車輛都要盤檢後快速通過。不久，西側山區位置槍聲大作，員警大聲喝止的聲音從山邊傳來，公路上後備支援的警力分一小隊往槍聲方向移動，幾分鐘後槍聲頓時安靜下來，尤哈尼若有所思地走進警所，想著逮捕行動可能完成了。

瑪劭匆匆跑進警所。

「嫌犯用的是美製M16突擊步槍，不知道他有多少彈匣，非常危險。」

---

4 yungay：猴子。

瑪劭說完話又匆忙跑了出去，尤哈尼不由得跟著緊張起來。依目前狀況聽來，槍擊犯的火力強大。M16突擊步槍的缺點在於近身作戰，優勢是長距突擊，有效射程約五五〇公尺，依目前槍擊犯所在的位置高度，躲在樹林間是最佳的隱蔽狀態。警方的目標過於明顯，每個人都可以成為標靶，處於劣勢，現場警方雖有少數最新的T75手槍，但大部分常規配槍為點28左輪手槍，雙方火力懸殊。現在尤哈尼只祈禱，昨天特別調派前來支援的刑警隊可以發揮最大功能，刑警隊裝備上有M65突擊步槍，有效射程六〇〇公尺，目前有一小隊在現場作戰。

時間在空氣中凝結，馬路上已經空無一人，警方怕波及民眾，將人車迅速驅離，東西來往車道全面禁止通行，幾部裝滿高麗菜的卡車，列隊將車子停在學校的操場，整個村落人心惶惶。

尤幹和另一位櫻花鉤吻鮭保育員進入警所，說是道路全面封鎖只好過來陪尤哈尼留守。他們攤開地圖，在桌上開始模擬推演槍擊犯和警方對峙的狀態，瑪劭再一次慌張地進警所，在地圖上畫了幾個圈，說明了警方布局，還有槍擊犯的移動方向，目前警方的動態完全在槍擊犯的視線內，周邊除了高麗菜之外，沒有其他掩蔽物，他們看了替警方捏了把冷汗。

「我們假設嫌犯目前身上只有一個彈匣，那警方會有幾成把握圍捕成功。」

尤幹用獵人的邏輯開始分析目前情勢，尤幹的想法是，M16的彈匣如果是二十發子彈，逃亡前，警方公布嫌犯對仇家開了三槍，仇家當場中彈死亡，那麼逃亡期間，他身上還有十七發子彈。剛剛槍擊現場的聲音，如果尤幹沒聽錯，M16步槍開槍的聲音，應該是開了四槍，警告意味濃厚。警方這裡亂槍齊發，其實不能說亂槍，而是警察開槍受到太多的限制，一槍天堂一槍地獄的概念，誰都不想犯險。

「尤幹，你確定M16沒有要射擊警方?」保育員認真地問尤幹。

「如果不是超過射程範圍，亡命之徒絕對盡可能槍槍命中，不會浪費子彈。」

別看尤幹乾黑的體型，他嘴裡吃著檳榔、眼睛犀利，尤其耳朵相當敏銳。尤哈尼相信尤幹可以分清楚槍聲，尤幹是泰雅族有名的獵人，精敏得可以從動物的腳步聲知道動物的重量和距離，只要動物曾經走過的路徑，尤幹可以從氣味知道是雌性或雄性動物，蜂巢的距離和數量也都逃不過尤幹的耳朵，對於周邊風吹草動相當敏感，天生就是個獵人。

「是什麼原因讓他這麼做?還是他故意射擊，讓警方可以名正言順開槍，一心求死?」

「這更不可能，如果嫌犯一心求死，犯案當下就可以飲彈自盡，何必逃亡。」

尤哈尼坐在位置上聽著尤幹分析，突然像是想到什麼。尤哈尼打開抽屜，翻找著舊報紙，翻了幾個抽屜，卻沒有找著，「我上次看到報導，不確定是不是他，內容是說買賣毒品黑吃黑，還強擄嫌犯女友侵犯得逞。」

尤哈尼看著尤幹看他們，走到桌邊看著瑪劭畫的圈圈布局圖。

「這個訊息如果沒有錯，那嫌犯是要去見他的女人？而他的女人躲在在宜蘭或花蓮？」保育員開口推想著最大的可能性。

圍捕行動一直沒有最新的訊息，時間緩慢地推進，警所內的時鐘，答、答、答地計算著停頓的時間。約莫三十分鐘後槍聲的位置改變。

「刑警隊開槍了。」尤幹閉著眼睛專心聽著。

槍聲忽急忽緩，斷斷續續的攻防持續不斷，整個山區村落門房緊閉，好奇的民眾站在樓頂觀戰，時時討論著戰況。尤哈尼在警所也沒閒著，電話從來沒有停止打來詢問，報社記者、電臺問最新狀況、電視臺要求放行採訪、縣政府說要派人上山關心，差點惹惱了尤哈尼，警政署當然要緊盯著行動進展狀況，尤哈尼想著電話線怎麼不會燒掉！

山邊又是一陣槍聲齊發，持續數分鐘後，尤幹突然跳起來！

「嫌犯連發射擊，最後一槍！」

尤幹這次不確定自己的耳朵，聲音太亂了，槍聲齊發之下只能猜測！

「中了！有人中彈了。」尤幹很確定地說。

無線電的內容也說有人中彈，但沒說是哪一方中彈，雜亂的聲音從無線電中傳來，逮捕行動看起來並不順利。

「警方這邊有人左手臂中彈，再偏一點就打中心臟，現在沒生命危險，幹！真是瘋子。」

瑪劭再一次急匆匆地進來，喝了一口開水，又轉身要出去支援警力。

「瑪劭，應該還有人中彈，你快確認，我不太確定、聲音太亂。」

尤幹看著瑪劭非常確定地說。瑪劭拿著無線電聽著訊息，訊息重複了三次，嫌犯身中三槍，當場死亡。

圍捕行動終於告一段落，路上人車陸續通行，大批人馬聚集在警所處理後續，電話聲依舊不曾停止，受傷的刑警已送往宜蘭就醫。一個神經緊繃的上午，讓所有人都精疲力盡，圍觀者也已經鳥獸散，耳根子終於可以稍微歇息，尤哈尼這樣想著。

尤哈尼實在想拿一把剪刀把電話線給剪了，他不耐煩地拿起電話：「警所尤哈尼，您好。」

「終於接通了，尤哈尼，你家老二兩個小時前順利生了，母子平安。」

尤哈尼掛上電話，太好了。尤哈尼心中的大石頭終於放了下來，是小姨子 Buni 打來的電話。兩個小時前這裡正是槍林彈雨，這小子真會找時間。尤哈尼內心狂喜也安慰。電話聲又再響起，現在尤哈尼心情特好，說話特別開心：「警所尤哈尼，請問有什麼需要協助的？」

「尤哈尼，我是瑪劭，開車來菜攤這裡的住宿旅店，有個遊客受到驚嚇，是孕婦，現在腹痛，可能動了胎氣，帶助手過來，要後送。」

「尤幹，穿上義警的背心，跟我一起送孕婦去醫院。」

查無此人

阿雄將桌上凌亂的資料稍做了整理，既然已經翻開了那本舊書，阿雄又寫了一封信，他圈起地址較為完整的一位女性：廖〇香，地址是屏東縣滿州鄉長樂村……阿雄並沒有抱著任何期待，想著碰運氣也行。信的內容大都一致：

春香女士：

收信平安。我是阿雄，地址同信封上一致，來信打擾是想請教您，大約三十二年前一位在宜蘭山區種植香菇的吳先生，外號阿猴，他有東西遺落在家父這裡，勞駕您回想，如有消息請來電或回信，我已將回郵信封寫好一併寄來，萬事拜託。敬祝

身體健康

阿雄　拜謝

這已經不是阿雄寄的第一封信，剛開始還期待有人拆信，直到幾次的信件都被退回，信封上總是蓋著「查無此人」之後，阿雄就不抱希望了。他總是拿出回郵信封，將名字稍作更改，其他完全一樣，重點是也不知道該寫什麼。阿雄將信件連同國家考試資料一同收好，隔天前往璞石閣（花蓮縣玉里鎮）郵局寄出。

阿雄的父親尤哈尼幾年前就退休了，常在拉庫拉庫溪跟尤幹玩追蹤遊戲。尤哈尼和

尤幹已經不打獵了，只是習慣性地去拜訪山林，對尤哈尼他們來說，森林才是自己的家，即便沒事也要「回家」走走，順便看看有沒有盜獵者或山老鼠。

尤哈尼在那場圍捕行動中，雖然只是留守在警所內，因事件驚動了整個警界，尤哈尼也跟著升遷，幾年後就調回拉庫拉庫溪，這裡有森林。

「有森林的地方才是家。」

尤哈尼總是這樣教育著孩子們，而尤幹就像天上的蒼鷹，尤幹說中央山脈都是他的家，從思源到拉庫拉庫溪，對尤幹來說「很近」，所以當他有時間，就會來找尤哈尼，他們又會一起「回家」走走。

尤哈尼跟尤幹在圍捕槍擊犯那天，被指派送一位受驚嚇的孕婦下山就醫，那天早上尤哈尼喜得一子。尤哈尼開著警車在山路奔馳，他想著早上妻子前往醫院生產的痛楚，感同身受，不自覺地在崎嶇的山路上飆速，警示燈順著溪流方向直奔宜蘭，尤幹見尤哈尼過於緊張，提醒他穩住才能安全地把人送到醫院，尤哈尼點點頭繼續開車。

尤幹從後視鏡看著孕婦，她的外貌看起來不到三十歲，跟她一起來的男子是漢族，一路安慰著孕婦，他手掌寬大，讓尤幹想到山上的熊。那男子看起來年紀稍長，約四十歲出頭，肌肉結實、皮膚黝黑，但是跟尤哈尼那種黑不同，是長年在外晒太陽的那種黑，他們身邊只有一個小旅行袋，也許是匆忙來不及準備。尤幹又想，怎麼剛剛瑪劭說是遊客？

男子看來有些緊張，尤哈尼不斷說不用擔心，自己妻子也是今天早上生產，了解這種心情，那男子要求尤哈尼，「出門在外，臨時有狀況，身上不太方便，不要去大醫院，去一般婦產科診所就好，大醫院的費用太高。」

尤哈尼想著，去大醫院生產費用確實貴了些，看了一下尤幹，那不如去妻子生產的婦產科診所，一來比較近，二來還可以看看自己的妻子和兒子，他們商量後，車子進入了市區。

尤哈尼開著警車到了診所辦完手續後，直奔二樓找他的妻子 Valis。Valis 有點虛弱，半閉著眼睛休息，看見尤哈尼跟尤幹很開心。尤哈尼用手將妻子的頭髮撫順，讓妻子獨自生產，尤哈尼感到抱歉。尤幹看著大眼睛、黑黑的嬰兒，說要帶一隻山羊給 Valis 補補身體。

尤哈尼覺得今天真是驚險又感動的日子，交完差事也該回去警所了，孕婦安全送醫，既不是違法事件也不屬於交通事故，就沒有其他繁瑣的事情需要做了，尤幹和尤哈尼終於可以回山區，這一路下山需要兩個小時，路途真的遙遠啊。

尤幹突然想到什麼，對著駕駛座的尤哈尼大叫：「啊！想到了。」

尤哈尼嚇了一跳，方向盤向右偏了一下，「什麼啦！突然大叫，嚇誰你。」

尤幹想起那位男士在哪裡見過。尤幹一路上看著後視鏡，那敏感神經不斷地搜尋記憶庫裡的畫面，車子內太暗，又是側著臉看不清楚，原本以為那男子是擔心孕婦來不及到醫院而緊張，現在想起來還有其他事情讓那男子憂心。

「尤幹，你想到什麼嗎？」

「對啦！我想起來了，我剛剛看到他下車站起來時，就快要認出來了。」

「快點講啦，都快來不及呼吸了。」

「就在我們上面那個十九林班地啊，我在那邊看到他的香菇寮啦。」

「也是辛苦啦，沒有人舉報就算了，那個領悟局他們自己處理。你看我們那麼忙，除了一般勤務，要抓逃犯、要送孕婦、要管制進出，現在連香菇也要管嗎？」

「我沒有要舉報啦，就是他曾經拿走我打的山羌，在工寮看到山羌皮的時候真的很生氣，你知道嘛，是規矩，不能拿人家的獵物，對不對啊尤哈尼！現在看到他有懷孕的妻子，就當給她補身體好了。」

「是啦，應該順利生下來了，醫生說會給她催生，預產期差十幾天而已，跟我兒子同一天生日，一定會很厲害。」

秋天的星空很高、很遠，也很亮，在山區沒有光害的地方，星光閃閃照亮著蘭陽溪，冷空氣悄悄地睡在樹葉上，尤哈尼想著，如果有女兒，那就更好了。

連續下了幾天大雨，今天假日，逗留好幾天的雨，終於移到了對面的海岸山脈聚集，阿雄在信箱拿著被退回的信，一個多月了，這次的信件是最晚被退回的一次，信封上依然蓋著「查無此人」四個字。

身分

雨後的森林是最吵鬧的時刻，動物們躲了幾天飢腸轆轆，趁著雨停傾巢而出，急著出外覓食，獵人會利用這個時機獵捕一些獵物以便過冬，如果說吵鬧，應該屬於蟲鳴的天下，牠們時而高亢、時而低沉相互爭鳴，阿雄的耳朵幾乎快耳鳴。假日時刻，村落的人大多都往教會聚集，阿雄也不例外，他著裝完成，再把領帶繫上，出門之前他擦亮了固定穿的那雙黑亮皮鞋，阿雄看了鏡子裡的自己，皮膚白皙、五官端正、眼神正直明亮，除了頭上髮量愈來愈稀疏之外，其實自己長得滿帥氣的，有幾分港星黎明的瀟灑。

阿雄關上大門，撐起一把黑傘，往教會的方向走去。

阿雄走在村落的街上，要前往教會的人三三兩兩地相互打招呼，不知道是不是因為要上教會的關係，大家都刻意裝扮，連說起話都和往常不同，特別注重禮節，這讓阿雄也跟著做出僵硬的微笑，阿雄常常想，有必要這樣嗎！

「阿雄！」

這種大叫法！這個聲音，怎麼這麼熟悉！阿雄轉身尋找聲音的方向，果然是惠珍，在大房子也只有惠珍會這樣喊人。惠珍下車跑到阿雄身邊，繞著阿雄兩圈。

「阿雄，你今天好帥啊！你要去當伴郎嗎？」

「不是啦，我要去教會，妳怎麼會在這裡？」

「我要去瓦拉米步道走走，假日嘛，可是我好像走錯路了，所以就在這裡出現。不過遇見你也很好啊，你今天好帥啊！」

阿雄正愁著沒有正當理由不去教會，惠珍突然出現，這可是一個非常好的藉口，阿雄一家人早早就在教會跟教友們交流了。阿雄拉著惠珍，小跑步地往前面一點的教會，阿雄的父母和教友看著阿雄帶著一位陌生女子來教會，都睜大眼睛期待著阿雄說明兩人的關係。

「Tama[5]、Tina[6]，各位教友平安，我今天有特別的朋友來，今天暫時不做禮拜了，下週見。」

惠珍對著大家鞠躬敬禮，阿雄沒有等回應，直接轉身牽著惠珍的手又跑了。

阿雄的母親 Valis 喊著說：「晚上帶回來吃飯啊。」

阿雄邊跑邊跟惠珍說等一下再解釋，惠珍邊跑邊笑，她感覺應該有什麼有趣的事情。阿雄終於停下腳步，兩人一路笑著走到阿雄的住屋處，阿雄快速地換好衣服又急忙地鎖上房門。

---

5 Tama：「爸爸」之意。

6 Tina：「媽媽」之意。

「我們開發財車上去，妳的車子放我家就好。」

惠珍上車之後沿路笑著，她想知道到底發生什麼事，現在看起來是惠珍替阿雄解危的樣子。

「妳看到了嗎？妳看到了嗎？我們教會那些教友！真的不是我不喜歡去教會，只是大家正常一點說話就行了，幹麼上教會就要一副不食人間煙火、彬彬有禮的樣子，我真是受夠了。」

阿雄無奈地說著教友在教會和日常的行為差異，阿雄手舞足蹈地說，偶爾模仿其他人的表情和動作，原本就笑點很低的惠珍，簡直是失控地大笑，整條瓦拉米步道和山溝裡都可以聽到惠珍的笑聲。

「還是惠珍最自然，笑得連猴子都嚇到。」

「哪裡哪裡！哪裡有猴子？」

「妳看對岸那邊，仔細安靜地看，下雨過後動物都出來覓食。」

阿雄指著對岸十一點鐘的方向，惠珍往阿雄身上靠，她將左手搭在阿雄身肩膀上當支撐，墊著腳尖認真地尋找。此刻他們站在一座吊橋上，橋面沾滿著雨水，惠珍身上有一股淡淡的香氣，但不是香水味，也許是洗髮精的味道吧，阿雄被惠珍的氣味吸引得有點恍神。惠珍的手依舊搭在阿雄肩膀，手的溫度讓阿雄有一股暖意，惠珍腳踩在吊橋的鐵絲圍欄上，吊橋輕輕地搖擺，惠珍一點也不害怕，山溝因下過雨、水量豐沛轟隆作響，淹蓋了阿雄的心跳聲，惠珍在橋上搖晃得很高興，看她是把吊橋當搖籃享受了。

雨天過後步道行人稀少，山林多了一些清涼的冷意，拉庫拉庫溪河道蜿蜒迂迴，惠珍想下切到河床走走，阿雄告訴她，雨天過後容易遇見黑熊而作罷，他們隨意地聊著，天空的帷幕悄悄掛著一道美麗的彩虹，步道的旅行在阿雄小小的悸動中落幕。

阿雄的母親 Valis 回家後就忙著張羅晚餐，今天難得全家都在，大兒子在宜蘭當警察，一家四口會回來吃飯，老二在高雄當軍官，今天也帶著妻子回來，小女兒一家人也從花蓮回來度假，正好阿雄有女朋友來，這可讓阿雄的母親 Valis 忙了一整個下午，阿雄的父親也忙著烤一隻乳豬，尤哈尼太開心了，阿雄終於帶女朋友回家，所有的孩子只剩下阿雄沒有伴侶，他們都在為阿雄擔心著。

餐桌上少不了身家調查的詢問，雖然阿雄已經說明惠珍是工作夥伴，但是好像沒有人聽見阿雄說話，一家人專注著問惠珍問題，惠珍也和阿雄家人聊起來。阿雄的母親 Valis 尤其感動，一餐飯吃下來幾乎大家只顧著夾菜給惠珍，因為碗裡的菜實在太多了，惠珍又把菜夾給阿雄，這小小的動作讓阿雄的家人更喜愛惠珍。

「太開心了，我們一直以為阿雄壞掉了！都沒有帶過女朋友回來，我差點以為他喜歡男生，常常偷偷觀察他。」阿雄的父親尤哈尼對著惠珍說。

家人你一句我一句地好不熱鬧，惠珍看得出來阿雄的家人都愛阿雄。一餐飯吃下來，阿雄差點撐死，惠珍把家人夾的菜都給阿雄吃。惠珍臨走前，阿雄的父親尤哈尼堅持阿雄要送惠珍回去，說是晚上山路黑暗一個女生會害怕。母親 Valis 頻頻點頭，說路上會有變態會劫車，如果惠珍出事了，那他們一輩子心裡都會有陰影。二哥索性丟了一包行李在惠珍車上，而後一腳把阿雄擠進副駕駛座，家人揮揮手叫阿雄今晚不准回家。

惠珍一路上開車，難忍阿雄一臉無辜的模樣，一路大笑回到住屋處。惠珍住在市區一棟別墅裡，阿雄看著惠珍打開電動鐵門，又滿腦子問題想要問惠珍了。

「這別墅有五個房間，除了樓上一間是我在使用，其餘的每天都有人固定打掃，你可以選樓下房間，樓上也可以，樓下所有東西都可以使用，這房子不是我的，只是代為保管，所以你的疑問我回答了，還有什麼要問的？」

阿雄看著房子內部陳設，不知道要說什麼，至少知道他們不會是同一個世界的人。

「沒有問題了，我只是好奇，我住在這裡不會影響妳嗎？」

「你看看房子四周。」

阿雄抬頭看著屋內，從進門到屋內甚至廚房、上樓的樓梯口，大約有六個監視器，阿雄愣住了，惠珍是誰？或說，惠珍到底是什麼背景？

「阿雄，你別擔心，安心住一晚，就當讓你父母開心，我沒關係，很多事情就是那麼一點緣分，也許你該說說你的故事了，當然你也可以不說，這是你的權利。」

惠珍看著阿雄，她用右手比著自己的臉，意指著阿雄的樣貌和家人差異太大。惠珍對著一個監視器比了手勢，不久市內電話響起，惠珍告訴對方暫時關掉室內監視系統，明天早上再開，她說完掛掉電話，走進廚房準備簡單的茶點。

其實今天在阿雄家，惠珍進廚房幫忙端菜，阿雄的母親 Valis 很感謝惠珍來作客，不管有沒有緣分成為一家人，都很高興認識惠珍。

阿雄的母親 Valis 心思細密，堅毅且開朗，她在廚房告訴惠珍：「阿雄是我們的孩子，雖然他不是我生的，你看見了，阿雄跟我們那麼不一樣，但是我們愛阿雄。」

失蹤人口

國中生的年紀，就是可以毫無理由、光明正大地鬧彆扭，阿雄的二哥拓巴斯早就對阿雄的膚色很感冒了，憑什麼自己那麼黑阿雄就這麼白，而且阿雄還跟他同一天生日。母親每年生日都會讓阿雄和拓巴斯一起拍照，母親看著一白一黑的兒子總是滿臉欣慰，自滿地說，世界上只有她可以有這麼特別的兩個孩子。母親把相片放在書架上，到今天已經有十四個相框放在上面。拓巴斯怎麼看阿雄怎麼礙眼，他一定要好好跟阿雄說清楚，叫阿雄這個來路不明的弟弟滾蛋。

阿雄的母親 Valis 這幾天有些心神不寧，她騎著機車，後座載著兩個二十吋大蛋糕，時間過得真快，今天是兩個孩子十五歲生日。機車經過了國小大門，一位教友說兩個孩子在學校操場打起來了，Valis 伸長脖子往操場看了一眼，將機車騎進校園後，Valis 並沒有制止兩個孩子打架，尤哈尼也聞風趕來，他在妻子身旁和圍觀人群一起觀看，周邊村落的人開始聚集。

「阿雄下盤，下盤穩住。」阿雄的母親 Valis 在場邊下指導棋，兩個孩子突然停止動作，不知道是不是該繼續打。

「不可以打臉、抓蛋蛋，不可以勒脖子，繼續動作。」阿雄的父親不但沒有制止，還說明著規則讓孩子繼續打。

場邊一位挺著圓滾滾肚子的壯漢，拿起圍籬一根鐵條，在地上畫出競賽用大圈圈，場邊圍觀的人席地而坐，他們準備看一場實力不對等的摔角賽事。

「拓巴斯你太急了，不要只顧著攻擊，要有策略，腰力、腰力。」

母親在旁邊喊著，一邊仔細看著孩子出手的狀態。尤哈尼看阿雄力道實在不足，阿雄太高、重心不穩、常常處在弱勢，尤哈尼喊著：「阿雄，馬步蹲低一點，重心移到下盤像長樹根那樣，出力！」

拓巴斯持續強勢攻擊，將阿雄摔個四腳朝天，場外有掌聲也有指導的聲音，兩個孩子竭盡全力地發洩情緒和精力。阿雄環抱著拓巴斯，再一個轉身勾住拓巴斯的小腿，拓巴斯一個重摔手腳著地，阿雄終於得分。

母親大喊：「阿雄漂亮，繼續，不要太浪費力氣。」

拓巴斯被摔了一次，自己有些意外，拓巴斯奮力地撲向阿雄，阿雄重心不穩，順勢蹲下抱住拓巴斯雄厚的腰。

「阿雄很好，轉身壓制，壓制。」

尤哈尼看阿雄好不容易可以壓制拓巴斯，站起來大喊。阿雄畢竟不是拓巴斯的對手，拓巴斯一個側翻，反壓制了阿雄，這一回合還是拓巴斯占上風。

「阿雄你力道不足要智取，蹲低，穩住！不要比蠻力。拓巴斯再來！看你的技巧了，繼續！」

父母除了指導如何出手，沒有意思讓孩子停止打鬥，兩個孩子持續打了半個小時，剛剛那位壯漢已經買了一箱啤酒和圍觀的人一起觀戰，他拿了一罐給尤哈尼：「男孩子就是要打一架才可以解氣。」

「沒錯，就是這樣。」

圍觀的人也沒有想制止這兩個孩子打架，這個年紀的孩子，打一架才能把怨氣發洩，什麼大道理都是屁話，不如讓他們打，不要打到重要部位就好，尤哈尼也這樣想。

「拓巴斯手臂握緊，腰出力！阿雄你要掙脫啊！手臂掙脫，阻擋！」

Valis 很認真地看著孩子的動作，既然要打，就打出個樣子。

阿雄實在沒力氣了，他癱在地上喘氣，沒有人進場替任何人說話，尤哈尼也等著孩子接下來的反應，孩子喘著氣彼此對看了許久，拓巴斯回頭看著母親，而後轉身把那個討厭的弟弟扶起來。圍觀的人報以熱烈的掌聲，尤哈尼拿著酒灑了三滴敬獻給大地，尤哈尼感謝神靈給孩子智慧和力量，他拿起啤酒跟大肚子壯漢乾杯。

阿雄的母親 Valis 將機車上的蛋糕切給圍觀的村民吃，蛋糕的奶油有些融化變形，大家拿著奶油塗在兩個孩子的臉上，他們今天十五歲了，狠狠地打了一架，一起吃著有沙子的蛋糕，母親 Valis 終於忍不住淚灑現場。

寒露又悄悄地凝結在樹梢，Valis 剛生產完躺在診所裡，她得忍著痛下床走路。Valis 昨天開始給嬰兒餵母乳，嬰兒房裡，除了自己的孩子、保溫箱的嬰兒，還有一個長得像牛奶一樣白的嬰兒正在大哭，Valis 看著嬰兒一黑一白暖暖地笑了，膚色差異也太明顯了，可是白嬰兒怎麼哭個不停？

Valis 敲敲玻璃窗，護士告訴 Valis 白嬰兒的母親和先生一大早說要去買早點，快三小時了還沒回來，嬰兒應該是餓了，有試著喝牛奶，可是嬰兒喝了又全吐出來。不知是不是母性的本質，Valis 正感覺脹奶，她自己的孩子喝不完，擠掉也浪費，可以分一些給白嬰兒喝，護士聽了樂得有人協助。

時間又過了兩天，護士定時地將嬰兒抱來給 Valis 餵奶，Valis 感覺不對勁，護士才說起白嬰兒的父母出去之後一去不回，他們已經聯絡警方，也正在聯絡育幼院，白嬰兒成了棄嬰。Valis抱著嬰兒心中一陣酸楚，怎麼有人這麼狠心地遺棄孩子，白嬰兒正吸著Valis的奶水，他們四眼相對，Valis對著嬰兒說：「喝多一點啊，過幾天要被別人帶走了，以後要堅強長大喔。」

Valis收拾好行李，準備帶著自己的兒子回家，Valis的妹妹將東西都搬上了車，Valis走到嬰兒室，那白嬰兒還在嬰兒室裡，Valis忍不住多看了一眼，白嬰兒像似感應到Valis要離開，嚎啕大哭起來，Valis嘆了一口氣，心想再餵白嬰兒最後一次奶水吧，嬰兒像似餓了很久，用力地吸著奶水，Valis感覺乳房有些疼痛，她看著嬰兒突然說：「來當我的孩子吧，放下你，我這一輩子都會掛念你。」

Valis一念之間的想法，讓事情有了圓滿的結果，診所昨晚才接獲育幼院電話，因經費上有困難，希望診所將嬰兒轉到其他的育幼院，或是找人領養。診所正煩心嬰兒的去處，Valis願意領養白嬰兒，診所當然非常樂意，Valis想，養一個孩子沒那麼難，其他的事情以後再處理。

尤哈尼簡直不敢相信自己多了一個兒子，他們大吵了一架，親友紛紛圍觀，尤哈尼覺得養「白浪」的孩子以後會很麻煩，瞞不了其他人。Valis說她根本沒有想隱瞞這件事，尤哈尼在氣頭上，說是要把嬰兒丟掉，雖然尤幹在旁邊說合，但止不住尤哈尼的怒氣，他氣沖沖要把嬰兒搶走說要送走，還要跟 Valis 離婚。Valis 聽尤哈尼這麼殘忍絕情，心中更是一把怒火，吼著說：「把嬰兒摔死好了。」

說時遲那時快，Valis 將襁褓中的嬰兒往外用力一扔，嬰兒從尤哈尼的眼前飛出大門，尤幹和尤哈尼三步併作兩步的衝刺，他們奔向嬰兒被拋出的方向，在嬰兒落地前，尤哈尼撲倒接住嬰兒，尤哈尼驚嚇地打開嬰兒的毯子，嬰兒睜開眼睛，對著尤哈尼笑。

尤哈尼抱著嬰兒走回屋內，Valis 瞪著尤哈尼。

「我已經丟掉了喔，是你自己抱回來的。」

「對！對！尤哈尼，孩子是你抱回來的，你要負責。」

沒想到尤幹站在妻子那邊替她說話，尤哈尼抱著嬰兒心裡一陣酸楚，「當山地人會被人家瞧不起喔。」

「不會啦，當 Bunun 不要當山地人就可以了，阿雄！」

尤幹抱起白嬰兒叫他「阿雄」，尤幹記得那男子的手掌寬厚，像黑熊的腳掌，叫「阿雄」很適合他。

那陣子，尤哈尼搜山，或透過許多關係追查那對夫妻的下落，但除了遺落在車上的那本舊書之外，在尤幹說的香菇寮，或是旅館登記的地址去追查，都沒有下文。好不容易在舊書裡記錄著一個名字吳〇侯，經過查證，是失蹤人口，從此尤哈尼不想再花時間尋找了，好好將阿雄養大才重要。

尤哈尼和 Valis 商量好，在阿雄十六歲那年再跟他說明一切。村莊的人都知道這件事情，但沒有影響阿雄的成長，因為尤哈尼一家人都非常疼愛阿雄。

有森林的家

阿雄在夢裡看見一片森林，樹林裡是他熟悉的步道，拉庫拉庫溪流有尤幹和父親尤哈尼聊天的聲音，阿雄打架依舊打不贏二哥拓巴斯。自從十五歲最後一次打完架，父親說二哥有摔角的天分，並開始指導二哥摔角技巧，而阿雄拿到了一本舊書，書裡面也許有阿雄身世的密碼。阿雄也曾經試著尋找真相，但在一次次的尋找中，阿雄更清楚地看見森林，那初秋的色彩和令人耳鳴的蟲叫聲，有幾次，阿雄都快分不清楚是夢還是真。

秋天的雨是會凍人的，阿雄曾經多次想知道自己是誰，但就在打完架那一天，母親

Valis再一次強調，阿雄是她的孩子，只是遺失了自己的顏色。父親尤哈尼告訴阿雄，即便是傾倒的樹，只要願意勇敢地面對生命，也能開滿燦爛的花朵，因為樹在森林裡，有森林的地方就有靈氣、有生命力、更有包容力，有森林的地方才是自己的家。

惠珍倒了一杯茶給阿雄，月光從窗外侵入大廳，茶很溫暖，惠珍美極了。

馬紹・阿紀

〈記憶洄游：泰雅在呼喚1935〉【節選】（二〇一六）

Masao Aki，一九六八年生，新竹縣尖石鄉葛菈拜部落（Klapay）泰雅族。曾任公共電視「原住民新聞雜誌」製作人／主播，是原住民第一位新聞主播，也被日本NHK電視臺「亞洲新發現」節目進行主題報導，曾執筆《臺灣立報》原住民版「蕃人之眼」專欄。

馬紹擁有豐富的文學創作、數位媒體與研究經驗，現為世新大學數位多媒體設計學系助理教授兼任原住民族學生資源中心主任、原住民族文化傳播暨發展中心主任。曾擔任過公廣集團原住民族電視臺臺長、世界原住民廣電聯盟主席以及財團法人光啟社社長等職。著有《泰雅人的七家灣溪》、《記憶洄游：泰雅在呼喚1935》等書。

記憶洄游：泰雅在呼喚1935【節選】

第三章　Mewas 美娃思

「Tayal Neban（泰雅．聶凡）是我的名字，我來自宜蘭縣大同鄉南山部落，泰雅族的傳統名稱叫做 Pyanan（比亞南），意思就是『已經煮好了』，煮好了很多好吃的食物歡迎大家來作客，我代表世新大學的原住民學生歡迎大家。lokah ta kwara[1]！irang karap te[2]！」

從小出生在日本東京的 Tayal Neban，一直到國中畢業，才被父母親接回臺灣。他因為非常喜歡畫畫，因此從淡江中學畢業後，就直接申請就讀世新大學原住民專班動畫設計組。

二〇一六年三月，二十二位北海道札幌大學愛努民族的學生，由副校長本田優子博士和一位曾經在臺灣宣教的二宮一朗牧師率隊，來到臺灣進行海外文化研習。其中一位男生野本健一，他是北海道二風谷愛努民族博物館副館長的兒子，現在也是札幌大學副校長的研究助理。他們這一趟的海外文化見習最後一站，來到臺北世新大學的數位多媒體設計學系「原住民專班動畫設計組」進行交流。

在交流會一開始，Tayal Iban 先用流利的日語致詞，之後二宮一朗牧師再邀請札幌大學的愛努族學生代表上臺。「大家好，我是野本健一，我來自北海道的二風谷，我從小就跟著父母親學習愛努族的文化。這是我第二次來到臺灣，請多多指教。接下來，我要吹奏愛努族的傳統樂器『mukkuri』……」

「Tayal 學長，等一下換你上臺吹『lubu[3]』！你不要輸給他喔……」從司馬庫斯部落來的 Palang，羨慕地看著臺上的野本健一身穿愛努族傳統服、非常有自信地吹奏口簧琴，他轉身給四年級的 Tayal 學長打氣。

像 Palang 這樣從小住在都市，或者跟父母親、祖父母離開原鄉搬到都會地區的原住民學生，在世新大學原住民專班大概占了一半以上，且他們大多數也都不太會說自己的母語。

---

1 lokah ta kwara：泰雅語，「大家好」之意。

2 Irang karap te：愛努語，「你好」之意。

3 lubu：泰雅語，口簧琴。

「原住民沒有在怕的啦！」Tayal 右手握拳輕捶左胸口兩下，就穿著曾外祖母 Yabung 親手編織的 tzyu'[4]，走上臺去吹奏跟父親 Iban 學來的三簧片口簧琴。

「我今天穿的 tzyu'，是我的曾外祖母 Yabung Pawan 在一百年前織的布。據說一百年前，她在故鄉 Pyanan 曾經愛上了一個從日本來的年輕人，他們是那種一見鍾情的戀愛。不過，以前 Tayal 的 Gaga[5]很嚴格，他們沒有牽手也沒有親嘴喔。第二天，那個日本年輕人本來要到 Yabung Pawan 的家，但是因為要趕路，所以就匆匆忙忙離開，最後只拍了一張合照。我的曾外祖母後來一直等他從日本寄照片回來，等了一年都沒有等到，她很傷心，每天、每天織布，後來我的祖父 Takun，三番兩次和家人從 Sqoyaw（志佳陽）來向她提親，她最後才答應嫁到志佳陽。」

等隨行翻譯的二宮一朗牧師翻譯完畢，Tayal 從腰間的一個小竹筒取出中間嵌了三片黃銅的泰雅口簧琴，「這是泰雅族的三簧片口簧琴，我要先吹奏一首工作歌以及打獵歌……」

「太厲害了，一支口簧可以吹奏三個音符……」「好厲害啊！」「應該很難學吧？同時要控制三個簧片的角度、吹換氣……」臺下的愛努族學生，包括世新大學的其他原住民學生，全都看得入神。Tayal 的這項吹奏技巧，大概只學了一個月，就吹得跟他父親 Iban 一樣好。Tayal 現在不僅能夠吹奏三簧琴，同時還會製作三簧片的口簧琴，「接下來，我要演唱一首泰雅族的情歌，〈思念〉。」

swa' iyal inlungan niya　她的心呀
rangi maku qasa la wey　我心上的那個友人啊
giwan balay nyux si say nanu　我的心彷彿糾結著難以形容
rangi maku qasa la wey　我心上的那個友人啊

ana balay　就算這樣
ana balay ki　就算是這樣
nyux mswa' iyal lungan mu　可我的心哪　該怎麼說啊

---

4 tzyu'：泰雅族披肩。

5 Gaga：泰雅語，部落的規範。

giwan balay nyux si say nanu　我的心彷彿糾結著難以形容
rangi maku qasa la wey　我心上的那個友人啊

swa' iyal inlungan niya　她的心呀
rangi maku qasa la wey　我心上的那個友人啊
giwan balay nyux si say nanu　我的心彷彿糾結著難以形容
rangi maku qasa~ la wey　我心上的那個友人啊

當Tayal穿著泰雅族的傳統服裝走下臺，一群愛努族的女學生紛紛走上前去要求合照。Tayal開心地笑著，而大家紛紛比出各式各樣的手勢。然後，開始互相加Facebook、LINE，把剛剛拍完的合照上傳、分享給彼此。

在交流活動最後，野本健一走到二宮一朗牧師旁邊說悄悄話。接著，二宮牧師拿起麥克風說：「同學們，請等一下！我們最後要再邀請大家圍成一個圓圈。愛努族的學生們，要帶著大家跳一支愛努族的傳統舞蹈『iyomante』——送熊靈的舞。我要特別地介紹，這個舞蹈的意思就是，愛努族人把飼養一段時間的熊，送回神國的儀式。這個跟你們臺灣的泰雅族人，把櫻花鉤吻鮭的魚苗送回他們的故鄉，精神上是一樣的。但是，我們愛努族人認為，神靈是藉由萬物的形體來到人間，其中也包括熊的身體。因為，熊一般會在冬眠的季節生孩子，所以，愛努族人捕獲母熊的話，有時候旁邊會帶小熊。他們把這個小熊當作神來飼養一、兩年後，為牠舉行送靈儀式，這就是感謝神靈賜予熊的肉體和皮毛給愛努族人。『iyomante』是送靈儀式中特別重要的，別的村落的人也會來參加，所以這一個儀式也有加強團結的效果。除了熊的『iyomante』以外，還有貓頭鷹的『iyomante』，希望以後臺灣也有櫻花鉤吻鮭的『iyomante』……哈哈哈，最後是開玩笑的！」

「喝！」帶隊的野本健一吆喝一聲！

男生、女生面向圓心，開始繞著圈子拍手、唱歌。他們發出鶴的叫聲，甚至把熊、狐狸、貓頭鷹、大海裡的逆戟鯨，一一以肢體動作展現。男生們跳到一半，抽出繫在腰間的的長刀，把刀刃面向自己來回伸向圓心，表達愛努族人與大自然和諧相處的天性。

擔任文化交流全程口譯的二宮一朗牧師是來自神戶，他跟大島正滿的父親大島正健一樣，都是日本的基督教的牧師。他在一九八七年，由日本耶穌基督教團派任到臺灣基督長老教會擔任宣教師；他先在「國語日報社」學習中文，一九八八年四月，他回到日本娶了故鄉在北海道的二宮友子小姐。

一九八八年七月，二宮牧師夫婦被派往位在新竹的臺灣基督長老教會聖經學院，擔任專任教師。這六年當中，他接觸到了臺灣原住民族的歷史、文化的困境，以及都市原住民的遭遇。他兩個女兒都在臺灣出生、念小學，甚至到現在都認同自己是臺灣人。

一九九四年八月一日，臺北市東門教會為了推動都市原住民的宣教事工，便推薦他進駐東門教會，展開原住民聚會的籌備工作，並負責向臺北都會地區的原住民宣教。

二〇〇二年八月，二宮一朗牧師回到日本千葉縣繼續牧會，許多與他建立深厚友誼的原住民朋友都非常捨不得。但他在回國期間，還是經常帶領北海道的愛努族人到臺灣原住民部落參訪與學習。二〇一六年三月，北海道札幌大學愛努民族學生社團（urespa club）的海外研習，再度邀請已經轉任函館市中央教會的二宮一朗牧師擔任翻譯。

二宮一朗牧師早在半年前，就先透過電子郵件請 Sayun 協助聯絡世新大學原住民專班的參訪行程，他還很抱歉地告訴她，因為搭乘直飛的包機，所以沒有辦法再帶學生參訪臺中的志佳陽部落。他們的行程會從花蓮機場入境，然後一路從臺東往南繞到屏東，最後返回臺北，再從桃園機場搭機回到北海道。

而 Sayun 也回信告訴二宮牧師一個消息，那就是她向原住民族委員會申請的「出國短期進修計畫」通過了，所以她可能無法親自接待這一次來到臺灣見習的愛努族青年。

「Sayun，恭喜妳，聽說妳要到英國愛丁堡進修。我會為妳禱告，希望妳將來還會有更優秀的藝術作品。」二宮牧師在出發前一個星期打電話給 Sayun，主要也是想轉達，去年底已經升任二風谷愛努民族博物館副館長的野本先生希望她能幫一個忙。

「啊？真的要恭喜野本先生，他現在升任副館長啦？太棒了！」

「我打電話來的目的就是要幫他向妳請教，有沒有認識的親戚住在宜蘭的比亞南？妳記得野本先生的外甥女 Linda 嗎？」

「我記得啊，偶爾還會在 Facebook 問候她。她不是今年就要從東京藝大畢業了？」

「對！她去年八月回到二風谷拍攝愛努族的『Chipusanke』，後來獲得學校的推薦，報名了二〇一七年山形國際紀錄片影展。她告訴野本先生說，因為受到妳的鼓勵，她決定親自到臺灣宜蘭的比亞南部落，看泰雅族人在羅葉尾溪保育櫻花鉤吻鮭的情形。」

「太棒了！她打算什麼時候來臺灣？」

「聽說是今年暑假，等她考完研究所之後。」

「喔？Linda 要考研究所？」

「好像是……東京藝大映像研究所的……動畫專攻？」

「喔，animation，動畫研究所？正好，我的一位表弟也是學動畫的，他好像也是今年要從世新大學原住民專班動畫組畢業喔，他的老家就在宜蘭比亞南。」

二〇一六年十二月廿一日，Linda 一個人從東京來到臺灣。她打算利用學校的新年假期，到宜蘭的比亞南部落過泰雅族的聖誕節。出發前，她打電話給 Sayun 的表弟 Tayal Neban。他們約好中午十二點整在臺北車站的大廳碰面。去年，透過 Sayun 的介紹，他們已經互相加臉書成為好友。

Linda 的班機比預定時間晚半小時抵達桃園。她一出海關，就搭上往桃園高鐵車站的接駁車。雖然，野本舅舅告訴她可以直接搭國光客運到臺北車站，但她還是想試一試臺灣高鐵跟日本高鐵有什麼不同。結果一上車，十五分鐘後，列車就開進了地下隧道。

「啊？這麼快？我都還沒看到沿路的風景呢！」列車停靠在板橋車站，不久又繼續往前開。五分鐘後聽到了車廂廣播：「臺北、臺北站到了……」

「啊？臺北這麼快就到了？」她起身走到車廂門口旁邊的行李架拉出一個大背包，準備下車。

「哇！好多人啊！」Linda 一走進臺北車站大廳，就被眼前的景象嚇了一跳。一棵巨大的聖誕樹矗立在大廳另一端，車站大廳的時鐘指著十二點十二分。

We wish you a merry Christmas.
We wish you a merry Christmas.
We wish you a merry Christmas.
And a happy new year.

一列電動迷你火車，載著四、五個小朋友圍繞著聖誕樹，不斷播放聖誕節的音樂。

「哎！希望我這次沒有回二風谷和家人過聖誕節，不會有太大的失落。比亞南部落，我來囉！」Linda 直覺地想走到對面的聖誕樹前面找 Tayal Neban，正想著要找人，她的手機鈴聲就響起來了。

「嗨！Tayal，我到了。你在哪裡？」

「我在車站大廳裡，妳有沒有看到一棵很大的聖誕樹？」

「有啊，我現在就站在聖誕樹下。」

「喔——是戴黃色棒球帽、背一個超大登山背包的？」

「對！對！是我。」

Tayal 悄悄走到 Linda 背後，然後拍拍她的肩膀，「嗨，Linda！我在這裡。」

「啊？對不起，我遲到了。」

「沒有問題，我們剛才在宜蘭的雪山隧道也有一點塞車。今天是我的姊夫開車載我下山的。不過，他還要先趕回宜蘭接姊姊下班，所以我們要自己轉搭巴士到羅東。來吧！我幫妳背背包，我們先去吃午餐。」

「喔，我可以，我可以自己背。」Linda 堅持不讓 Tayal 幫忙背行李。他們接著又走回車站地下室，穿過一條熱鬧的禮品販賣區，走進另一棟商場大樓的美食街。

「妳什麼都吃嗎？我是說，像臭豆腐、小籠包……」

「呃？臭豆腐？我不敢，其他的我都可以。簡單地吃，其實，還有一點飽。我在飛機上吃了很多，因為一想到要來臺灣，就非常興奮。哈哈哈……」

這是 Linda 從下飛機之後，第一次開心地笑。Tayal 很貼心地帶她走向鼎泰豐餐館的劃位臺前，「今天的午餐，是我的表姊 Sayun 請客喔！她現在人在英國的愛丁堡進行短期進修，要到明年一月才會回到臺灣。她說，謝謝妳去年幫她介紹一個男朋友，雖然沒有成功……」

「啊哈哈哈……Sayun 真的這樣說嗎？哈哈哈！」Linda 這一次笑得更大聲了。

「Linda，you are so lucky！現在正好有兩個人的位置。」

「我在網路上看過鼎泰豐小籠包的介紹，這是一家米其林一星級的臺灣小吃店？」
「哎？不愧是東京藝大的才女，連臺灣美食都做了一番研究。」
「哈哈哈……我對研究泰雅族的帥哥比較有興趣，哈哈哈！」
「哈哈，很高興，看來妳的愛努族靈魂跟到臺灣來了。」
「哈哈哈哈……說到愛努族的靈魂，你表姊的男朋友，中村先生還一直在二風谷痴痴地等她回來喔！哈哈哈。」
「原來，Sayun 說的交換禮物是……我喔？嗯，我要先考慮一下！」
「哈哈……慢慢來，等我先學會泰雅族的織布你再考慮！」
「這樣，會不會有更多愛努族的帥哥來競爭？」
「放心，Tayal 族的『Tayal』絕對排第一個。哈哈……」
「點菜、點菜，不要客氣喔，這是 Sayun 表姊請客的，我們不要辜負她……」
Linda 在兩年前準備繼續考研究所時，一度因為壓力太大引發憂鬱症而割腕自殺。她和父母之間的關係愈來愈緊張，她的舅舅野本卻一直鼓勵她回到出生的地方——二風谷，尋找一個生命的出口。直到去年，她遇到了泰雅族的紀錄片導演 Sayun，從她的紀錄片裡，找到了答案。

她原本對於擔任電影導演有著無比的期待，但是，她發現，如果連對自己的生命故事都失去了探索的能力，就會像 Sayun 的紀錄片裡那些羅葉尾溪的櫻花鉤吻鮭，或者是平取町沙流川上游的鮭魚一樣，永遠失去了降海洄游的能力。

「啊？我怎麼能夠一直欺騙自己，把自己封閉在一個自認為安全的生態圈裡呢？」她低頭看著右手腕上一道瑰紅色的新疤痕，她的眼睛突然變得愈來愈模糊……瑰紅色的疤痕變成了一隻櫻花鉤吻鮭的魚苗，一直想努力掙扎洄游到她的手掌心裡。

有一天，Linda 從臺灣雪霸國家公園的網站裡，讀到一段生態小檔案：

臺灣櫻花鉤吻鮭（Oncorhynchus masou formosanus）

臺灣特有亞種，屬於冰河時期孑遺生物，數量已瀕臨絕種。由於受到幾次冰河交替期，地殼變動改變地形後，導致鮭魚無法洄游，漸漸演化為陸封型鮭魚。

現在，Linda 正坐在開往羅東的「葛瑪蘭」客運車上，車行二十分鐘，就開始遠離城市的喧囂，車窗外的原始森林裡，偶爾點綴幾戶農家和一塊、一塊階梯式的茶園。車行陸續穿越幾座長短不一的隧道，一會兒陽光、一會兒燈光、一會兒陽光、一會兒燈光……她開始感到眼皮愈來愈沉重，她下意識地看了一眼旁邊的 Tayal，他雙手插在胸前，斜著頭、嘴半開地熟睡著。她長長嘆了一口氣，安心地閉上眼睛。

「咿喔咿喔……」一部救護車緊跟在客車後方，客車切入慢車道，讓救護車先行。

「咿喔咿喔……」救護車的聲音愈來愈遠。

「難道？我就這樣放棄了嗎？還是勇敢地找尋另一個出口呢？」Linda 看著右手腕流出的鮮血，不斷染紅包覆在外層的白毛巾。二風谷水庫沿岸的樺樹不斷快速往後退。二十分鐘前，她還在中村研究員的辦公室，愉快地討論她拍攝的紀錄片要怎樣加上動畫，才能夠呈現鮭魚返鄉洄游到二風谷的愛努族聖地。

「如果當時不通過水庫的興建計畫，我們的祭典和鮭魚洄游產卵的畫面，一定可以原始地呈現。」Linda 看著自己完成的影片，覺得總是在一個地方遇到了瓶頸。即使這一部影片已經獲得畢業製作的紀錄片大賞，甚至也通過東京藝大的推薦，參加「二〇一七山形國際紀錄片影展」。

「中村先生，你覺得我如果再加一些動畫……」

「我覺得不必再加了，這部影片已經造成我很大的困擾。北海道廳的長官要我寫一份報告，交代為何要贊助一部再度挑起北海道開發局和愛努民族舊恩怨的紀錄片？」

「可是，這是真實的歷史啊？」

「對不起，除非妳更改影片裡面的部分內容，否則，我們不能簽署使用舊照片和影音資料的同意授權書……」

「你說什麼？」

「除非，妳同意把有爭議性的部分剪掉……」

「不可能，我絕對不可能更改原作！」

「那麼，分手吧！畢竟，我有我的為難之處……」

「你說分手？好，這就是我的決心！」Linda 抓起中村桌上一把剛剛雕刻完成的愛努族短匕首——那是他剛才送給 Linda 的定情之物。

「Linda，不可以！」

「咿喔咿喔……」十五分鐘後，一輛從平取町健保醫院開過來的救護車，直接把 Linda 送往千歲市民醫院的急診室，中村則陪在救護車後座默默流淚。

「Ken，你可以來一趟千歲市民醫院嗎？Linda 剛剛用刀劃傷自己的手腕……」

「中村，你這混蛋！我早就跟你說過，我表妹的個性很剛烈，你到底做了什麼？」

「現在，傷口已經止血了，正在打點滴。可是她不願意跟我說話，也不願意看我一眼……我不知道該怎麼辦？」

「中村，我絕對不會饒了你！」

「唰！」一聲，像是有人用力拉開病床的拉簾，噪音急速降低分貝。一道強光射進玻璃窗，Linda 被這一道光束驚醒，才發現葛瑪蘭客運通過雪山隧道來到了宜蘭。

「啊？我睡多久了？這裡是宜蘭平原嗎？」她開口問 Tayal。

「剛剛的雪山隧道有十二．九公里，妳剛剛睡了十二分鐘又二十一秒，不包括打呼的十分鐘！」

「啊哈哈……你騙人！我怎麼可能打呼？」

「騙妳的！不過，妳剛剛做夢時，有哭喔！」

「這裡以前是噶瑪蘭族的居住地嗎？」Linda 岔開話題，「那麼，泰雅族的 Pyanan 在哪一個方向？」

「前面那一條河是蘭陽溪，妳往西南邊的方向看，最遠的深山就是我的故鄉 Pyanan 了，再更上去一點，就是 Sqoyaw。」

「那麼，以前從羅東到太平山的森林小火車還在嗎？」

「那個早就已經停駛了，現在在太平山森林遊樂區保留一小段鐵道還在行駛，但那只是給觀光客緬懷歷史用的。」

「我看過大島正滿寫的《泰雅在招手》，他們是在一九三五年七月十八日，從羅東搭乘運柴的小火車到土場，然後再徒步到 Pyanan。」

「哇，果然是東京藝大的高材生喔！事前做過很多研究。我聽表姊說，妳剛考上研究所？」

「我很感謝 Sayun，是她給我信心，讓我願意真正面對自己的族群認同。從小我其實是很自卑的。但是只要回到二風谷，看到舅舅、舅媽他們一直努力傳承文化，我又覺得很慚愧。一直到上大學，我雖然表面上很認同愛努族文化，但是一回到有高度『國民國家（nation-state）』社會意識的東京，我的『愛努民族意識』就會完全瓦解……」

「其實，這跟臺灣原住民族的命運一樣啊。Linda 可能不知道，我也是在東京出生的喔。」

「啊？怪不得，你的日語講得這麼好。」

「那時候，我父親在東京大學攻讀博士，母親為了陪伴照顧他，挺著大肚子來到東京。我出生的時候，他為了叫我不要忘記自己的根源，所以把我取名叫 Tayal。後來他因為工作的關係，和母親先回到臺灣，然後把我交給嫁到東京的大姑媽照顧。我是到了念高中，才回到臺灣跟父母親一起住。剛回來臺灣有點不習慣，因為很熱，不過我很快就適應了。最不適應的，還是回到臺灣就受到漢人同學們的歧視。不過，我從小就知道我的故鄉在臺灣宜蘭，我是『Tayal』，啊，是說，泰雅族。所以當我一回到Pyanan，就拚命學習自己的文化、語言。說起來也很奇怪，只要一回到宜蘭，我身體裡的每一個細胞，全部都會立刻張開大口深呼吸。」

「啊？我現在明白了，你們真的是很強強韌的民族。不像我的祖先，在過去面對和人的壓迫和同化之下，只能極力隱藏身分，避免遭受歧視。其實，我是說自己啦，自己到了大學，還是這樣。我的外表在東京會自動黯然褪色，等回到二風谷，才又會現出自信的色彩。我就是一直生活在這樣交互矛盾的『生態圈』裡。

「我記得小時候，母親告訴我，我們愛努族的信仰認為萬物都是神靈。神在神的國度，長相和生活方式跟人差不多，但是，神來到人間的時候就要變身，熊神變成熊的外型、狐狸神變成狐狸的外型，樹神變成樹的外型……」

「啊，狐狸神？哈哈哈，這不就是中國人說的狐狸精？」

「狐狸精？是什麼？」

「就是……新宿歌舞伎町裡的那些女孩啊……」

「啊？哈哈，亂說！」

「不過，我雖然從小在東京長大，但我的日本同學頂多把我當作從外國來的『臺灣人』。當我回到臺灣，我的同學就會把我當作從山上來的『原住民』對待！」

「這就是『弱肉強食』的定律吧！它一直在每一個民族的生活領域反覆上演——強勢的民族為了達到統治目的，制定各種遊戲規則，干擾了和諧的生態系。像臺灣的政府，非常了解藉由原住民族的文化來強調島嶼的獨特性，才能突顯與中國大陸的不同。但是，我們愛努民族恢復主權，對日本政府好像也沒有什麼好處？」

「哈哈哈，你是說，『小英』總統嗎？我們的羅葉尾溪也有很多『小櫻』喔，我一定要帶妳去看我們的『小櫻』。喔，羅東到了，我們要準備下車了。我先打電話給我的姊夫，要請他等一下到羅東後火車站來接我們。」

Tayal 的姊夫是住在三星的閩南人，他的名字就叫「漢民」，他在兩年前娶了 Tayal 的姊姊 Ciwas。Linda 一看到他，就覺得他的輪廓跟泰雅族人很像。

「我不是啦，我的祖先都是從大陸來的……」

「Linda 小姐，妳沒有原住民的名字嗎？我是說，愛努族的名字？」Tayal 的姊姊 Ciwas 好奇地問。

「我原本的名字是香織（Kaori），但是我一直不喜歡，因為跟我的外表不像。我上了大學，就一直叫 Linda 到現在……」

「Kaori，很可愛啊！這是日本名字吧？」

「對！我也覺得很土……哈哈哈！」

「啊？哈哈哈，我沒有說很土喔！不然，妳回到 Pyanan，我請我奶奶幫妳取一個泰雅族名字。」

「好啊！太棒了！」Linda 注意到，坐在她旁邊的 Ciwas 左手臂上刺著漂亮的圖騰，「Ciwas，妳的手臂是刺青嗎？很漂亮。」

「喔，這是紋身貼紙。妳喜歡嗎？我送妳幾張。」

「不是、不是，我從小就很喜歡畫畫。我後來決定轉念動畫研究所，也是因為無法忘懷最愛的繪畫。看到這個貼紙，會讓我想到泰雅族人的紋面，跟愛努族的婦女一樣。但是，後來都被禁止……」

「對啊！日本人禁止泰雅族紋面，破壞我們的文化……喔，我是說，以前的日本人啦！哈哈哈，Linda 是愛努族，沒關係！」

「哎呦，漢民，你開車開慢一點啦，後面的人坐得很不舒服耶。」Ciwas 發現 Linda

好像有一點暈車，輕輕拍了一下先生的頭。

「喔，好，可是等一下，Tayal 不是還要跟我們一起下山？」

「嗄？Tayal，你等一下還要回臺北喔？那 Linda 一個人怎麼辦？」

「沒辦法，我明天一大早要幫爸爸發表一篇調查報告——就是我剛退伍回來，陪他一起進行的 Pyanan 部落地圖的調查結果。他現在為了那些『小櫻』，天天往羅葉尾溪跑，連媽媽都在吃醋了！」

「喔，對不起，Linda，我忘了告訴妳一件事。」Tayal 又轉換日語。

「咦，怎麼了？」

「等一下回到比亞南之後，我會把妳一個人交給我的媽媽，然後我們三個人都要再立刻下山，因為 Ciwas 六點鐘要接晚班的工作，我也要回到臺北參加兩天的研討會……抱歉啊！」

「啊？千萬別這麼說，是我帶給大家麻煩……」

「不、不，妳放心，我的奶奶會說日語，媽媽也會照顧妳。我因為父親臨時接到雪霸國家公園的通知，必須以計畫主持人的身分到苗栗的總管理處開會。沒辦法，每一年到了年底，就會有很多計畫趕著結案。」

一回到比亞南，Tayal 把 Linda 和登山背包放下車，就先衝到洗手間。Linda 轉身，看見一棟嶄新的洋房座落在一片翠綠的菜田旁。聽到汽車引擎聲，Tayal 的媽媽 Rimuy 從廚房側門走出來。她疑惑地看著坐在車裡的女兒和女婿，不解為何車外面站著一個表情侷促不安的的日本小姐。「不對，她是北海道來的愛努族小姐！」Rimuy 心裡想。

「怎麼了，漢民？你和 Ciwas 不留下來一起吃晚餐嗎？我剛剛已經殺了一隻土雞！」Rimuy 走過來，看著女婿和女兒都不打算下車，一副準備要直接衝下山的樣子。

「Ciwas，你弟弟 Tayal 呢？」她問 Ciwas 時，Tayal 匆忙從洗手間裡衝出來。

「啊，媽媽，這是從北海道來的 Linda，就是志佳陽的 Sayun 表姊說的愛努族朋友。我現在要跟姊姊、姊夫先下山了。妳和奶奶先陪她……」Tayal 匆忙介紹客人後，就直接跳進車後座。

「什麼？Tayal，你今天也要下山？那，這個日本小姐怎麼辦？」

「她不是日本小姐，她是日本的愛努族小姐！妳叫 yaki[6] Iwan 先陪她聊天，我後天就回來！sayonara～sgayayta la！」

---

6 yaki：泰雅語，奶奶。

Linda很快地走近Rimuy媽媽旁邊，然後用一副平時「向家人道別」的姿態面帶笑容說：「sayonara——」

「她現在看起來其實也有愛努族人的強韌生存能力呢！一秒鐘就變成了Pyanan的家人。」Tayal從後照鏡裡看到Linda和媽媽手牽著手走進廚房。

「叮咚叮咚！」Tayal手機的Line發出鈴聲，晚上十一點二十五分，Linda傳了兩個訊息。他打開一看，就笑了。Linda戴著大姑媽從東京寄給奶奶的毛線帽拍照，她坐在yaki Iwan旁邊烤火。

（Line訊息）

Linda（貼圖：手舉「OKAY!」牌子的小兔）　下午11:25

（照片：Linda坐在奶奶旁邊，手指比「yay」。）

Tayal（貼圖：驚嚇與冒四滴汗的饅頭男）　下午11:26

「是櫻桃小丸子和奶奶嗎？」

Linda（貼圖：頭戴花朵和三顆愛心的饅頭女）　下午11:27

「幸福！老奶奶超愛我……」

Tayal（貼圖：比大拇指的饅頭男）　下午 11:28

「享受第一個泰雅的夜晚！」

Linda（貼圖：兩眼冒愛心，說「I LOVE YOU」的兔女孩）　下午 11:28

「抱歉！按錯了！」

Linda（貼圖：扮鬼臉的饅頭男）　下午 11:29

「晚安！Tayal」

Tayal（貼圖：鼻孔冒泡、流口水的瞌睡饅頭男）　下午 11:30

「晚安，愛努族公主！」

十二月廿三日，Tayal 參加的研討活動一結束，就匆忙趕回 Pyanan。這兩天，他天天從臉書、Line 上面看到 Linda 在部落串門子、喝咖啡、到小學教室裡教泰雅族小朋友畫畫，還和一個酒醉、穿雨鞋的泰雅大叔，闖進天主堂婦女會排練聖誕晚會的舞蹈隊伍中。當她傳來影音訊息，他在嚴肅的研討會議中突然發出笑聲。

Tayal 一走出羅東火車站，就看到下山修理貨車的 Harason 表哥等在車站外面。

「哇，Tayal，你的女朋友 Linda 這兩天在部落受到熱烈的歡迎給！尤其是小朋友，一放學就去你們家找她玩。」Harason 一看到 Tayal，馬上報告這兩天發生的事。

「她不是我的女朋友給！我都有在 Line 上面看到，她怎麼會和 Umaw 跑去天主堂婦女會排練的地方搗蛋？」

「就你爸爸啊，他昨天從苗栗回來，就高興地跟 Linda 喝高粱，哇！還乾杯給！他們！你爸爸說要把她留下來當媳婦。他自己都差點喝醉，還打電話叫 Umaw 來……」

「啊該！Haluson 表哥，Linda 不是我的女朋友，我才認識她兩天給。她是 Sqoyaw Sayun 表姊的朋友。啊，好累喔，這兩天都沒睡好，我被分配到的室友打呼很大聲，我先睡一下。」其實，這兩天，Tayal 和 Linda 都在 Line 上面聊天聊到半夜。

他們兩人簡直一見如故，一打開 Line 就可以從北海道聊到比亞南，連 Linda 手上的瑰紅色傷疤，他都知道是「情傷」。但他不知道的是——Linda 這一次其實是離家出走。她來到臺灣，唯一知道的人是 Nomoto（野本）舅舅。因為，是他拜託二宮一朗牧師找 Sayun 幫忙照顧 Linda。

Linda「不慎割傷」手腕的事件發生在暑假期間，後來被野本先生壓下來了。他向北海道廳承諾，Linda 的紀錄片一定會平衡報導，同時，Linda 也會前往臺灣，記錄泰雅族人守護櫻花鉤吻鮭的情形，之後會再把兩個民族的文化融入影片中做介紹。而且目前在臺灣，有一位叫做 Tayal 的數位多媒體設計科系泰雅族學生，已經答應幫忙 Linda 製作動畫了。

Tayal 從臺北趕回到比亞南已經是晚上十一點，掛在廚房門外的溫度計顯示五度。他剛剛在 Harason 表哥的車上聽廣播，氣象預報明天會有一波大陸冷氣團南下，因此合歡山有可能會下雪。他走進客廳，從門縫地板看到睡在姊姊 Ciwas 房間的 Linda 還沒有關燈。他一回到房間就傳一個簡訊給她。

（Line 訊息）

Tayal（貼圖：穿西裝匆忙奔跑的熊大）　下午 11:03

「我回來囉！會冷嗎？」

Linda（貼圖：熊大親吻小兔）　下午 11:04

「辛苦了！很熱！」

Tayal（貼圖：熊大親吻小兔）　下午 11:05

「明天是聖誕夜，要怎樣慶祝？」

Linda（貼圖：熊大開車載小兔）　下午 11:06

「去看小『櫻』！」

Linda（貼圖：眼眶泛淚、雙手懇求的小兔）　下午 11:06

「拜託！」

Tayal（貼圖：豎起大拇指的饅頭男）　下午 11:07

「沒問題！」

第二天清晨，整個比亞南籠罩在濃霧中，前方視線的距離只有五公尺。早上六點，Tayal 從廚房側門走出去，他們一家人幾乎都把這個正對著廣場和馬路的門當作出入口。「糟糕，霧這麼濃！怎麼開車上 Pyanan 鞍部？」他從濃霧的空隙看見東北方的南湖大山，已經掛滿了銀白色的霧淞。

「早安！」Linda 從他眼前的濃霧裡走出來。

「早安！妳這麼早起床，不會冷嗎？」

「這個溫度對我來說剛好……是二風谷的春天喔！」

「妳看，現在霧這麼濃，我們可能沒有辦法開車上山了。」

「啊，好可惜，我原本幻想可以真正在森林裡度過一個聖誕夜呢！昨天你父親說，羅葉尾溪的巡守隊在那裡蓋了一座獵人小屋，我就想，你可不可以帶我上去看看？」

「不、不，那不是小屋，而是一座用塑膠布搭蓋的遮雨棚。不可以在那裡過夜。除非……」

「我從日本家裡帶了一個登山睡袋來……」

「咦？登山睡袋？妳怎麼會背這種東西來臺灣？來，我們先進到屋子裡，現在外面愈來愈冷了。我泡臺灣的咖啡請妳喝。」

「啊？太棒了，我想喝……」

「哎，我啊，其實，是想要改變自己。所以，一個人偷偷跑來臺灣。」Linda 喝了一口 Tayal 手沖的咖啡，嘆了一口氣。

「怎麼了？我沖的咖啡不好喝嗎？」Tayal 問她。

「不、不！我是說，我一直很羨慕你的表姊 Sayun 擁有適應各種『生態圈』的能力，應該是說，勇氣。我覺得，可能是因為泰雅族的山林、河川有一種療癒心靈的祕密元素……」Linda 坐在飯廳裡，把離家出走的原因告訴 Tayal，「不過，我不是單方面的離家出走，因為我舅舅野本知道我想來臺灣，所以拜託一位二宮牧師找 Sayun 幫忙。」

「啊，原來是這樣。好吧，如果中午之前濃霧散去，我們就出發上山去看『小櫻』，而且就帶兩個睡袋到泰雅族的森林裡度過妳夢想中的聖誕夜。說不定，半夜真的會有泰雅族的精靈來送聖誕禮物……」

「太棒了，我來到這裡的心願終於可以實現了。」

「Tayal，你們怎麼可能住在那個 tatak[7]？你沒看到山頂上都是霧淞，說不定半夜還會下雪。」中午吃過飯，媽媽一聽到他們準備要上山露營，就勸他們打消念頭。

「Rimuy，可以啦、可以啦，沒有問題。我還不是常常跟 Neban、Yukan 他們睡在那裡。只要生的火整晚不熄滅，下雪都沒有問題。」Iban 看到 Tayal 決定帶 Linda 到羅葉尾溪過聖誕夜，就覺得沒什麼大不了，不過就是生火取暖、烤一塊五花肉、喝兩杯高粱酒的「平安夜」罷了。

「走走走，我親自開車帶你們兩個上去。」Iban 說。

「那不然，今天聖誕夜，Ciwas 和漢民都會回來參加教堂的子夜彌撒。明天早上，我們全家人再一起上山去看『小櫻』，順便舉行聖誕烤肉大會？」媽媽說。

「哎，年輕人有年輕人的聖誕夜，今天他們先上去生火、整理營地，明天我們到的時候，就可以直接烤肉啦！按呢都對啦～（Iban 的口頭禪）。」

「走走走，快一點，我等一下還要趕回來參加子夜彌撒，不然，媽媽會生氣。」

Iban 穿著夾腳拖鞋就走出大門。

「這一條山路，我閉眼睛都知道要在哪裡轉彎。怕就怕從都市來的遊客，他們在這種濃霧中開車，都會把車開在中間的雙黃線上。」

「喔，Linda 小姐不要害怕，我開車絕對安全。」Iban 再補一句日語。

「Iban 伯父，這就是大島正滿博士一九三五年走的路線嗎？」

「他們以前啊，還要繞過對面的山稜線，但是因為現在有水泥橋，所以很快就可以跨越山谷。以前他們要走半天，現在開車只要半小時。妳看，上面那一個涼亭是思源埡口，我們就快要到比亞南鞍部了。」

車子一開到海拔一千五百公尺的山上，所有的濃霧都散開了。

「啊，這是雲海？好像來到了天堂啊！我們剛剛從那底下穿出來的啊？我從來沒有看過這麼漂亮的景象！」

---

7 tatak：泰雅語，工寮。

「Linda，妳看喔，從這裡開始，妳看到的樹都是紅檜、扁柏和樟樹。妳看，現在掛在樹葉、樹梢上的是霧淞，跟北海道的雪不一樣喔！等一下翻過 Pyanan 鞍部，就是臺中市囉！」他們的車經過剛才看到的涼亭，公路旁出現一個「思源埡口」的地標，底下標示著海拔一千九百四十八公尺，而這裡就是蘭陽溪和大甲溪的分水嶺。

Iban 把兩個年輕人放在羅葉尾山的登山口，先確定他們帶了足夠的食物和水，以及可以點火的打火機，就放心地調頭下山。Tayal 帶著 Linda 拐進一道半開的鐵柵門，往前走了兩百公尺後，到了羅葉尾溪的入口。入山之前，Tayal 從背包裡拿出一小瓶媽媽交給他的紅標料理米酒。

「Linda，在我們進入森林之前，要先用這個米酒祭祀祖靈……」

「我們愛努族的儀式當中，也會用酒敬神喔！」

冬天的羅葉尾溪靜悄悄地流著，一條蜿蜒小徑引導他們走向溪谷。他們走到了溪邊，Linda 看到兩座小橋並排在潺潺的溪水上方。一座是不鏽鋼材質的橋，它直接跨到對岸的登山步道；另一座是用五根手臂粗的圓木纏繞在一起的木橋，它先跨到小溪中間的大石頭上，再繼續延伸到對岸另一座平坦的大石頭上。

「不鏽鋼橋是雪霸國家公園做的，木橋是我的父親和部落族人做的。冬天溪水的流量很小，但是到了夏天，尤其是颱風一來，這些木橋還是會被沖毀……」Tayal 才剛說完，Linda 就從他旁邊直接跨上木橋，走到一半，她突然停下來，「Tayal，請幫我跟羅葉尾溪拍一張合照！」

「哎，小心一點，這個木橋比較滑。」Tayal 舉起手機連續拍了二十張照片。

他們跨過羅葉尾溪之後，再爬上一個緩坡。突然，一棵高聳參天的紅檜木就矗立在眼前。Linda 還來不及看完它直衝上天的氣勢，又被前方一整排樹幹、樹枝掛滿松蘿的扁柏、肖楠吸引住目光。

「哇，好像走進了宮崎駿的魔法森林裡喔！」Linda 不時抬頭看著高聳的檜木，又低頭看著布滿地衣和松蘿的森林步道。

「我們到囉！」Tayal 指著小溪對岸的遮雨棚，「那裡就是獵人工寮，妳不要小看它喔，等一下妳就知道了。」

他們又跨過一座更長的不鏽鋼橋，走進一個山壁形成的天然圈谷。一座用塑膠布搭蓋的遮雨棚掛在平坦的營地上方。Tayal 走進遮雨棚後放下背包，開始從各個草叢、角落找出砍柴刀、鍋碗瓢盆，以及半瓶他上次和父親喝剩的五十八度金門高粱酒。

「啊？太神奇了，這裡簡直什麼都有。」Linda 用崇拜的眼神看著 Tayal。

「Linda，我先生火，妳可以在這附近走一走，不過，必須在我的視線範圍內。」Tayal從一堆柴火中拉出一根粗大的樹頭，「這應該夠我們燒到明天早上了」他心想。

接著，Tayal又從另一個石頭洞裡拉出一根乾燥的松樹幹。他用刀削出許多薄片，把它們集中放在遮雨棚下的火爐位置中央。他一下子就用打火機點燃松樹薄片。不一會兒，營火生起來了。他先慢慢添加小樹枝、大樹枝，等到營火愈燒愈旺，他就把剛剛拉出來的樹頭架在熊熊的火堆上，一縷濃濃的青煙漸漸瀰漫了整個羅葉尾溪的山谷。

Tayal想起今年三月北海道札幌大學的愛努族學生來世新大學參訪，當一位學弟問他們有關愛努族的信仰，其中一個女孩回答：「愛努族的信仰是認為一切自然、動物、植物、器具都是有靈魂。尤其是對於帶給人類恩惠或者人的力量所不能及的事物，都會被尊敬為神。其中，最重要的是帶來光和熱的火神……」

他打開媽媽交給他的一個紙袋，裡頭有幾個小塑膠袋，分別裝了半隻剁好的土雞肉塊、新鮮的香菇、生薑、鹽巴、蘿蔔塊，他再仔細看，蘿蔔塊裡還有另一小包黑黑的東西，「啊哈，maqao[8]！」他自己看了也笑了。

他走到山壁下，打開引流山泉的水龍頭，把鍋碗瓢盆清洗乾淨，一些從接頭滲漏的山泉都結成了薄冰。「啊，好刺手啊！」Tayal快速把烹飪的器具洗乾淨，然後裝了半鍋子的山泉水，把媽媽準備的食材統統放進鍋子裡。他先抽出幾根旺盛的柴火放在石灶中央，然後把鍋子架在石灶上。「哎，準備這一頓聖誕大餐，真是叫人感動得痛哭流涕啊！」Tayal 一邊擦拭煙燻的眼淚，一邊添加木柴到石灶底下。他想到表姊 Sayun 從愛丁堡透過 Facetime 跟他視訊時，特別拜託他一定要好好照顧她的朋友 Linda，因為說不定將來她自己真的想要嫁到北海道。

「好啦，好啦，我原本已經答應一起退伍的同梯，去世新大學參加拿珊瑪谷社團學弟妹舉辦的聖誕 party……」

「拜託啦！Tayal，你不是說要我回來幫你帶一雙英國的 Dr. Martin 鞋？」

「喔，好啦！好啦！看在馬丁大夫的份上……沒有啦，表姊妳放心，我一定會好好照顧 Linda。」

Linda 獨自走進羅葉尾溪的森林裡，一路上就一直聞到一股芳香，這個味道跟小時

---

8 maqao：泰雅語，山胡椒。

候在二風谷的樺樹森林裡聞到的一模一樣。她大口地呼吸，感覺到全身的細胞也跟著在呼吸。

「咦？這條小徑，怎麼跟通往沙流川舉行『Chipusanke』的小路一樣？」她愈走愈深。一截巨大的紅檜板根擋在前方，「這不是外公的獨木小舟嗎？」她跨過紅檜板根，突然閃過一個畫面，是她外公背著兩歲的她，坐進他雕刻的獨木舟裡。然後，他撐起船篙，跟著其他族人的獨木舟慢慢划向下游的淺灘。她看到水中的鮭魚一隻、一隻奮力洄游向上。河岸邊的婦女圍成一圈，唱著神之魚的歌。一位愛努長老站在淺灘上，用一支長槍鏢捕鮭魚……。

「啊？原來這些童年的記憶一直都在啊？那麼這些年來，我到底走到哪裡去了？」

她又經過一座獨木橋，低頭便看見三、五條櫻花鉤吻鮭正在嚙食水底的食物。她的腦海裡突然響起一個熟悉的旋律，她邊走、邊哼。

「這個歌，在哪裡聽過？」她心裡想，是不是Tayal的奶奶唱給她聽的？

lokah ta kwara Tayal　泰雅族，加油！

lokah ta kwara laqi　泰雅小孩，加油！

lokah ta kwara Tayal　泰雅族，加油！

lokah ta kwara laqi　泰雅小孩，加油！

「我啊，快一百歲了。小時候，是讀日本的小學。」Tayal 的奶奶 Iwan 三天前看到從日本東京來的 Linda，就好像看到老朋友一樣。一等 Linda 把行李背包放進 Ciwas 的房間，Iwan 奶奶就高興地拉著 Linda 的手要往後院的烤火房走。

「agay! ini na ha, aya! phngawa cikay ha kiy!（哎呀！婆婆，請先等一下，讓她先休息一下！）」Tayal 的媽媽 Rimuy 用泰雅語，叫婆婆先讓 Linda 休息一下。

「妳會累嗎？」Iwan 奶奶用日語問她。

「不，不，我不累。」Linda 說。

「我呢，現在沒有辦法走太遠，不然，還是會想去東京看我的大女兒。妳看，這一頂毛線帽是我大女兒從東京寄過來的。」Iwan 奶奶一邊繼續拉著 Linda 的手往烤火房走，一邊把毛線帽往 Linda 的頭上戴。

一打開烤火房的門，一股濃濃的烘焙香味迎面撲來。

「好香啊，這是什麼味道？」Linda 問。

「這是泰雅族的香菇。我嫁過來的時候，都跟我的先生上山採野生香菇，然後再帶到山下去賣。」

「奶奶是幾歲結婚的？」

「我啊，十八歲從 Skikun[9] 嫁過來。是父母親叫我嫁過來的。」

「Skikun 在哪裡？」

「就是，Pyanan 再下去一點的地方啊！我們以前不可以自己談戀愛，不像現在的年輕人這麼自由……Linda 在日本有男朋友嗎？」

「啊？」Linda 低頭看著手腕上的疤痕。

「奶奶，Tayal 說妳可以幫我取一個泰雅族的名字……」

「嗯……『Mewas』！我的媽媽，她是一個非常善良的人，以前是一位護士。我給妳她的名字。」

「Mewas！好好聽喔！謝謝奶奶，我喜歡 Mewas 這一個泰雅族的名字。」

lokah ta kwara Tayal　　泰雅族，加油！

lokah ta kwara laqi　　泰雅小孩，加油！

lokah ta kwara Tayal　泰雅族，加油！

lokah ta kwara laqi　泰雅小孩，加油！

「啊！我想起來了，就是這裡！我曾經在 Sayun 的紀錄片裡看到的泰雅族小孩，就是在這裡，用他們的雙手把櫻花鉤吻鮭的魚苗放進羅葉尾溪裡。」她彷彿看到了自己的外公也站在泰雅族的孩子旁邊。

「不！那是一群愛努族的孩子，他們跟著大人一起站在沙流川的岸邊，迎接從大海裡洄游的鮭魚……」

一瞬間，猶如萬馬奔騰的鮭魚來到了沙流川的上游——二風谷，婦女和小孩站在岸邊唱著歌，大人們站在河川的石頭上用魚槍鏢射鮭魚……

「就是這個記憶！鮭魚洄游產卵的記憶。原來它們躲在羅葉尾溪的深山裡。我終於找到突破生命瓶頸的答案了……」

---

9 Skikun：宜蘭縣大同鄉四季部落。

Tayal 獨自一個人在營地裡完成了炊煮，正想坐下來休息，才想起剛剛交代只能在視線範圍內走動的人，不知道跑哪兒去了？

「喂，Linda，回來囉！」Tayal 大聲呼喚。

「嗨！」她從遠處的森林裡回應。

「Linda，妳走太……遠囉！」Tayal 大聲呼喚。

「Mewas，我的泰雅名字。」她從遠處的森林裡回應。

「Mewas，回來囉！」Tayal 大聲呼喚。

羅葉尾溪飄下了今年的第一場雪，Mewas 用手掬起一片雪花。

「啊？是六角形的雪花呢！」

她愈走愈深，而 Tayal 呼喚的聲音愈來愈微弱。

「翻過這一座山，就到七家灣溪了？」

Mewas 愈走愈遠……。

「沃沃……沃沃沃……」

Mewas 聽到遠方的溪谷傳來狗叫聲。

第四章　bu' 箭

趕在太陽落下海拔三千多公尺的雪山山脈前，Nowa 將篝火裡殘餘的火苗掩滅，他走出門外，準備關上用赤楊木拼排而成的工寮木門。他再一次確認 bu'[10] 沒有留在工寮的床底下避寒，就用力地把木門關上。

他下一次要再回到七家灣溪，可能要過半個月，甚至於一個月之後了。Nowa 轉身抬頭看了北方的群山，只見從有瀑布的那一座高山延伸向西南邊山脈的頂峰，皆漸漸被飄落的雪花染得一片雪白。

「沃沃……沃沃沃……」剛剛跑出屋外的 bu'，對著羅葉尾山的方向一直在叫，聽起來像是有人正從那裡走過來。

Nowa 順著 bu' 吠叫的方向看過去，隱約看到遠方的山頭有一個女孩的身影，旋即又消失不見了。

10　bu'：泰雅語，「箭」的意思。

「bu'！我們走吧，再晚一點，就會被雪追上了！」Nowa蹲下身去繫緊右腳皮靴的綁帶，更確切地說，是繫緊用山羌皮縫製的獵人靴。這種尖頭的獸皮靴，為了防止獵人們在山路上行走時踩到霜或雪而滑倒，鞋底一律逆著山羌毛的生長方向縫製，以便增加在野地行走時的抓地力。每當獵人穿著這種自製的靴子走回部落，許多小孩就會爭相嘲笑著說，他們的腳踩著兩隻瘦小的貍子在交互地行進。即使是這些孩子，包括他們的父母親都還沒有鞋子穿，雖然他們只能赤著腳，忍受冬天腳底板迸裂出許多裂縫的疼痛，也不願意穿這種怪異的獵人靴。他們頂多只能重複地用燃燒松脂滴下來的松油，填補腳底板的裂縫以止痛、消毒，然後等待春天來臨時，腳底板會結上一層厚厚的繭。

bu'一看見主人穿好了靴子，便矯健地從樹叢裡衝出來，牠捲起半圓弧的尾巴、抖動黑亮的毛、豎直耳朵，高興地發出牠特有的低沉「沃、沃」聲音，邊叫邊跳。牠看到主人放在門邊裝滿了儲存的農作物、燻鹿肉和煙燻魚乾的背簍，就知道這一趟出門不是去打獵，而是要回到有很多狗、很多人的志佳陽。

bu'是典型的臺灣高山土狗，牠的母親是Nowa的養父Yukan最心愛的一隻白色母狗，叫做tlaka[11]。若是回溯牠更早的血統，tlaka的爸爸則是一隻純正的黑色高山獵犬，叫做patus[12]。聽說，patus曾經在中央尖山和一隻黑熊交戰。牠是一隻個性相當固執的獵狗，不分勝負絕不罷休。當時若不是主人Payas趕過來解圍，一槍打中黑熊的胸口，patus可能就不會有後代了。這也是為什麼，至今Nowa的養父Yukan家裡有一張黑熊皮，說什麼也不肯讓人帶下山去交易。

bu'的媽媽tlaka有一道完美的半圓弧型尾巴，牠的耳朵半垂、四肢挺直，始終是部落獵人爭相預訂牠後代的熱門獵犬。bu'出生的那一年，也是tlaka最後一次生產。隔年春天tlaka和主人Yukan到中央尖山的獵區狩獵，被一隻帶著幼熊下山喝水的母熊，用前爪重擊當場喪命。Yukan那時從遠處聽到tlaka的慘叫聲，之後突然又變得無聲無息，就判斷牠可能被一隻大型的凶猛動物帶走了。他循聲趕到溪邊，果然看見沾滿血跡的tlaka，奄奄一息地躺在一棵紅檜木底下，而樹幹上還沾黏著tlaka撞擊時脫落的一塊白色毛皮，從牠撕裂的傷口就知道是遇到了熊。

---

11 tlaka：泰雅語，「霜」的意思。

12 patus：泰雅語，「槍」的意思。

「哎呀！tlaka……我心愛的夥伴，妳怎麼……真的走了？」Yukan 在被收養之後來到了 Sqoyaw，包括養父 Payas 過世那一次，這算是第二次傷心地流淚。他脫下身上用鹿皮縫製的披衣，那一件鹿皮衣是他和 tlaka 第一次上山打獵的戰績。他小心翼翼地把 tlaka 用鹿皮批衣包起來，然後抱著牠走到還掛著一片 tlaka 脫落皮毛的紅檜木底下，輕輕抓起那一片沾血的毛皮，放在牠被熊爪撕裂而脫落的左前胸部位。他一邊放，一邊想著當時 tlaka 一定就像每一次一樣，奮勇撲向獵物。只是牠沒有顧慮到一隻母熊為了保護幼熊，一使勁揮出熊爪的撞擊力道，連一棵大腿粗的樹幹都可以被擊斷，更何況牠只是一隻獵狗。

「tlaka，妳安息吧，披上這一件獵人的披衣，妳就不會冷了。好好地去，跟著祖靈們在另一個國度繼續當勇敢的獵狗……」Yukan 把 tlaka 埋在那一棵紅檜木下，並且堆了一些石頭在土丘上，然後默默地禱告。之後整整一年，失去愛犬的 Yukan 對於上山打獵都意興闌珊。他連自己使用多年的弓箭都送給 Nowa，叫他找隔壁的 Iban 拿去射正在七家灣溪產卵的 mbang[13]。

Nowa 記得很清楚，tlaka 最後一次生產，養父 Yukan 還很堅持要用 kiri[14] 背著他最疼愛的 tlaka 從七家灣溪走回志佳陽。

「啊該？阿爸，你這樣子背狗回去被人家笑啦！」

Nowa 當時看著養父把 tlaka 放進他的背籃，地上還堆著剛從籃子裡替換下來的地瓜和芋頭。

「這樣子比較安全啊，我怕牠在路上去追別的動物，受傷就不好了。你知道，隔壁的 Bakan 阿姨說要留一隻幼仔給她，這些地瓜和芋頭都是她早上叫 Iban 從他們的田裡帶過來的。哎，你的背籃比較大，那些地瓜都給你背喔！」

Yukan 輕輕拉起籐籃的握柄轉到背後，把只有露出一個頭的 tlaka 背起來。

「阿爸，我以後也想要養一隻 tlaka 的幼仔，以後可以帶去森林打獵。」

「好啊！到時候 tlaka 生幼仔你就可以先挑選一隻……」

遇到母狗生產，不僅是考量餵養的問題，最重要的是保留最優良品種。有經驗的獵

---

13 mnbang：泰雅語，鱒魚。

14 kiri：泰雅語，籐籃。

人會在母狗剛產下幼仔的同時，就篩選自己要留的以及親戚預先索討的數量，剩下的幼仔幾乎是在眼睛尚未睜開時，不多停留一刻地被主人帶到溪邊，丟進水裡讓溪水沖走。怕的就是一旦母狗開始餵奶，「感情」這種連結被建立起來，主人就狠不下心做出選擇了。這一次，tlaka 生了五隻幼仔，主人 Yukan 決定只留兩隻，但其中並不包括 bu'。

Yukan 背著 tlaka 回到志佳陽那一晚，Nowa 才剛躺在床上，就被養父 Yukan 叫起來到柴房等待 tlaka 生產。Yukan 先在柴房中間生起一堆篝火，然後叫 Nowa 繼續躺在旁邊的竹床上睡覺。Yukan 自己抽出一把乾燥的細竹枝，繼續把上次回來還沒有編織完成的 sgoyu[15] 做完收口的部位。他一直等到半夜，聽到 tlaka 發出低沉的「嗚……嗚……」，就看到裹著胎衣的幼仔順著一些液體、血水滑落在旱稻草堆上。

「啊該？都是母的？喔喔，等一下，後面這兩隻是公的……三隻，三隻是公的。」

Yukan 蹲在地上用左手輕輕挑起黏在幼仔身上的胎衣，左手撥動著每一隻幼仔的腹部逐一檢查。

「阿爸，tlaka 生了幾隻？」

Nowa 聽到養父發出的嘆息聲，趕忙從竹床上跳起來，走到火堆旁邊，用左手抓起一根柴火，站在 Yukan 右邊，傾身向前想看清楚剛剛出生的幼犬。

「哎、哎！你小心那個火把。五隻，牠一共生了五隻。有三隻是公的，不過……來，Nowa，火把交給我，你來選，你想要留哪一隻公的？」

Yukan 確認幼仔的性別和數量後，拿起夾在耳朵上的菸斗，順勢接過 Nowa 手上的火把點燃菸斗圈裡的菸草。

「嗯……嗯，Nowa，那個不要。呼！真可惜，你看看，牠的尾巴、腳和體型，長大之後一定很會打獵，可惜就是三隻腳穿白色的鞋子，不是很好……」Yukan 急忙吐出一口煙，用菸斗指向一隻幼仔，要 Nowa 放棄那一隻穿了三隻白鞋子的幼仔。在微弱火光中，Nowa 正在猶豫到底要不要把那一隻穿鞋子的幼仔挑出來丟掉。

「哎呀，這種腳白白的狗，老人家說像穿鞋子，牠去山上打獵會追不到山豬。而且，決鬥的時候，很容易被山豬咬傷。你就把它丟掉吧！Nowa。」

Yukan 用力吸了一口菸斗，緩緩吐出一陣煙，提醒 Nowa 做果斷的決定，避免將來

15 sgoyu：泰雅語，魚筌。

獵狗在山上遇到危險。

「哎，阿爸，我們只留兩隻，一隻黑色的已經答應斷奶之後，要送給 Iban 帶到七家灣溪。另一隻白色的留在 Sqoyaw 的家裡，我就沒有獵狗可以帶到七家灣溪了……」Nowa 右手挑出那一隻穿鞋子的幼仔，突然又放回去。

「那你決定吧！因為這是你將來要養的狗……」Yukan 把手上的火把還給 Nowa 就起身走出柴房。

「Nowa，你要快一點決定，天快亮了！」Yukan 轉頭對著還蹲在庫房裡的 Nowa 說話。只見 Yukan 吸一口菸斗，再對著司界蘭溪的方向吐出兩個煙圈圈，不一會兒，兩個圈圈就消失在寒冷的空氣裡。

在司界蘭溪和大甲溪的交會處，有一座日本人為了方便登山客攀登雪山所搭建的吊橋。湍急的溪流從這裡開始下切到對岸山壁，轉一個九十度彎之後衝向合歡溪口，繼續匯流奔向下游的 Slamaw。這時，Nowa 左手舉著火把走到司界蘭溪吊橋上，右手掌圈出一個半圓，掌心捧著三隻體溫微熱、眼睛閉合的幼仔。接著，他按照毛色、體型瘦弱排列，把三隻從指尖到手腕邊緣分別是棕色、黑白花色和黑色的幼仔，用輕柔的手指挑撥，先把棕色的、黑白花色的幼仔依序拋進五十公尺下的湍急溪流中。剩下第三隻黑色的……不！他在微弱火光中，看到這隻黑色幼仔的胸前有一搓狀似箭矢的白色斑紋。

「啊？這不是 bu' 的形狀嗎？牠的胸部有一支白色箭矢，絕對會是一隻勇猛的獵狗。」Nowa 把手上的火把丟向橋下，然後用雙手捧著這一隻胸前有白色箭矢斑紋的幼仔，快步奔回柴房，他一進到屋內，就把那牠放在剛才留下來的另外兩隻黑色幼仔中間，tlaka 舔了兩下這一隻剛從死裡逃生的幼犬，再用鼻尖把牠推向乳頭下方，牠「咿、咿」兩聲就開始用力吸吮奶水。

bu' 長大之後，最令人嘖嘖稱奇的事蹟，是第一次跟著 Nowa 從 Sqoyaw 到七家灣溪耕作的途中，抓到一隻 mnbang 的故事。那時候的 mnbang 因為產卵的季節，紛紛離開大甲溪的深潭，公魚、母魚全都游向上游七家灣溪淺灘邊的卵石細沙平緩水域，準備舉行傳宗接代的儀式。在這個季節，只要經過河邊就會看見一隻隻青綠色背部、浮出水面的 mnbang，正在岸邊的淺灘甩動尾巴，製作產卵的產房。

那一天凌晨，Nowa 帶著 bu' 和幾位族人一起從志佳陽，舉著燃燒松樹枝的火把沿大甲溪右岸的陵線出發，前往七家灣溪的耕作地。沿途除了間斷有序的山羌求偶聲迴盪在大甲溪左岸的山谷，剩下的就是，沿路被這一列舉著松脂火把行路的泰雅族人驚擾的角鴞夜啼聲。

「嗚、嗚。」角鴞每隔三分鐘鳴叫一次，一路人馬聽著角鴞的夜鳴聲漸行漸遠，一直走到天色微亮、鳴聲斷絕，他們就熄滅手上的火把，把松樹枝全部交給 Nowa 集中存放在一個乾燥的石窟裡，以備下一次夜行時繼續使用。當他們抵達大甲溪和七家灣溪的交匯處，太陽正從背後的中央尖山升起，金黃色的陽光緩緩從雪山山脈頂端平降到七家灣溪的溪谷。一行人仍然安靜地依序跟從領頭的 Nowa，蹲身捲起褲管準備渡河。

瞬時，就看到 bu' 快速地衝向剛被陽光照射到的七家灣溪上游，牠奮不顧身地跳進只有九度的冷冽溪水——待安靜有序的晨光與潺潺溪流突然被激起一陣翻騰的水花，另一隻獵狗也才被動地追趕在後頭吠叫著，像是在向主人邀功，並慶賀著牠和 bu' 共同完成了一項戰績——一隻將近四十公分長、肚子抱滿了魚卵的 mnbang，正奮力地甩動尾巴，想從 bu' 的銳齒裡掙脫。

「啊該！bu' 真是勇猛，牠抓到了一隻 mnbang！」走在 Nowa 後面的 Iban 定住眼睛，才看清楚 bu' 的嘴裡叼著一隻 mnbang。

「啊該！哈哈哈，Nowa，你的運氣真好，中午可以加菜了，哈哈，阿該哇。」

Iban 的媽媽 Bkan 走在最後面，她生平第一次看到狗下水抓魚，因此又驚訝又好笑地放下背簍，坐在一塊石頭上不停大笑。

「哎！bu' 的哥哥反而跑得比較慢，Nowa，還好你以前沒有把牠丟掉，你看，牠從現在開始都可以幫你抓魚了。」Iban 用羨慕的眼神看著自己的狗在 bu' 旁邊吠叫，

「好了、好了，syax[16]，你不要再叫了！去、去，你也去抓一隻魚！」

Iban 用力丟一塊石頭，syax 一開始先奮勇地衝向上游，直到溪邊就又急速停止。

「哈哈哈，Iban，我們的 syax 還要多多訓練……」

Bakan 想起當時被 Yukan 叫去看他留下來的三隻幼仔，除了一隻白色的要留在家裡養，另外兩隻黑色的可以任她挑選。她當時也帶著 Iban 一起過去挑選，而 Iban 看一眼就說：「我不要穿三隻白鞋子的那一隻！」

自從 Nowa 接手養父 Yukan 的射魚弓箭之後，bu' 就變成了七家灣溪第一射手的搭擋。每年到了 mnbang 產卵的一月和二月之間，bu' 和 Nowa 除了上山狩獵，還可以用絕佳的默契，「抓」到不少肚子裡滿滿都是魚卵的 mnbang。

他們合作的方式，是先由 Nowa 用弓箭射中游到淺灘產卵的魚，中箭的魚在驚嚇

16　syax：泰雅語，「光」的意思。

中逆流而逃，但最終還是會因為體力不支而被沖回下游，這時候 bu' 就扮演了最佳「神叼狗」。牠用銳利的眼光追蹤中箭受傷、載浮載沉的 mbang，等到 mbang 被沖向平緩的淺灘，牠就縱身躍進水中把 mbang 叼回岸邊。有的時候，bu' 還會衝往上游向水底的 mbang 吠叫，把魚群趕往下游的淺灘逃竄，好讓 Nowa 可以放箭射魚。

這樣的合作模式，使得 Nowa 在冬天的工寮裡，總是有著比其他族人更多的煙燻魚乾和鹽漬醃魚，而這些漁獲被帶回去分享給親戚的時候，Nowa 總是會謙虛地說：「哎哎，不是我喔。這些魚啊，都是 bu' 抓到的喔！」

bu' 既然做為志佳陽有名的「叼魚狗」，Nowa 總不會虧待他的戰友。在 bu' 第一次抓到 mbang 之後，Nowa 就在七家灣溪的工寮旁邊，親手為牠挖掘建造一座專屬的半穴式小板岩石屋。這種厚待獵犬的規格，完全不輸給 Iban 和他養父去年利用板岩、赤楊木新搭蓋的泰雅族傳統半穴式工寮。

Nowa 除了考量遮雨、排水功能，還測量了 bu' 的身高，特地在小屋入口設計一塊冬天北風不會灌入屋內的擋板。因為七家灣溪沿岸一帶的耕地分布在海拔一千七百公尺到兩千一百公尺的盆地和緩坡之間，四周環繞著三千公尺以上的大山，一旦到了冬天，北風從雪山和大霸尖山一帶，沿著七家灣溪谷吹襲而下，那些用赤楊木並排而成的工寮外牆無法完全抵擋刺骨寒風。為了因應這種特殊氣候，族人大都會往地表深掘一到二公尺的高度來保暖，然後再慢慢堆疊板岩和赤楊木做外牆。也有人會專程到靠近 Pyanan 鞍部一帶的原始森林裡，刨掘紅檜樹皮拿來蓋在屋頂上，據說這種樹皮非常耐用，而且因為有一種特殊香味，不僅愈燻愈香，也可以防止跳蚤、蛇類進入屋子裡。Nowa 的工寮後來也經過整修和擴建，其中一部分就是用檜木皮搭蓋的屋頂。那些樹皮是他用和 bu' 一起抓到的 mnbang，經過煙燻處理之後，帶到 Pyanan 邀請親戚以 sbayuxl[17] 的方式到深山裡搬運樹皮。Nowa 有時候還用自製的魚乾、鹹魚，交換別人從宜蘭叭哩沙[18]交換所帶回來的玉米種子和地瓜。

每年進入冬天之前，Nowa 和他的養父一起在七家灣溪屯墾、狩獵、栽種雜糧，通常一待就是一到兩個月。在這段期間，他們先把隔年春天預備耕種玉米和地瓜的山坡地重新整頓一番，剩下的時間，Nowa 就會帶著 bu' 到附近的山區打獵，或者再帶一些自己煙燻的魚乾、獸皮到 Pyanan 去，和親戚交換一些鹽巴和日常的生活用品。

---

17 sbayuxl：泰雅語，換工之意。

18 宜蘭縣三星鄉的地名舊稱。

Nowa小時候常聽養父Yukan說，中國人（清朝）來到臺灣的時候，就在宜蘭的叭哩沙開一間專門交換物品的交換所。那時候，他們雇了幾位有紋面的泰雅族婦女在交換所打雜，偶爾讓她們回到山上召喚部落的頭目、長老下山去聽那些中國的大人（也就是官員）講話。每次部落的頭目、長老下山，都會有人幫他們剃頭髮，也會招待他們喝酒、吃肉，回去時還送了很多毛線、布料、縫紉用品、鐮刀、斧頭、米、鹽、藥品，叫他們回去告訴其他的族人不要再馘殺人頭。

「然後啊，換成日本人來了以後，他們就開始往深山開路、砍伐樟腦樹和檜木，後來還派警察住在部落裡監督我們的生活。像我們自己住在七家灣溪比較好，不像現在，住在Sqoyaw，每天看到日本警察一定要敬禮，不敬禮還會被打……」

Yukan在七家灣溪屯墾的時間，因為日本駐在所的警察經常強迫要求每一戶出工修路、蓋學校和宿舍，因此能上山工作的時間變得愈來愈短。他很擔心妻子比黛和兩個女兒，尤其他的兩個女兒都已經到了可以紋面的年紀。雖然說日本人已經禁止泰雅族紋面，但是他一想到從小的玩伴Pisuy，就是在成年之後決定要紋面，後來卻被駐在所的日本警察以違反規定，決定懲處她身為頭目的父親Yakaw，所以她只好放棄繼續紋上額頭部分的紋路，還被強迫嫁給年紀很大的平岩山駐在所的下松主任。其實，當時下松主任早就已經有了日本妻子和三個孩子。

Yukan 一直等到 Nowa 成年，就決定把 Nowa 一個人留在七家灣溪的山上，自己回到 Sqoyaw 附近的耕地工作，以便能夠就近照顧妻子和兩個女兒。

有一天晚上，Yukan 父子兩人在七家灣溪的工寮裡聊天。Yukan 叫 Nowa 打開裝有用今年收穫的小米釀製的酒的罈子。Nowa 打開封在淡黃色酒罈上的葉子後，先剝除最上面一層乾燥的酵母和小米飯。整間木屋飄著芳香的酒味。

「嗯，味道聞起來很成功喔！Nowa！」Yukan 閉著眼睛享受酒香。

接著 Nowa 用瓠瓜瓢舀出已經發酵熟成的小米酒釀，一瓢、一瓢倒進用黃藤編製的長型濾酒袋。他一邊倒，一邊用力，慢慢地扭擠濾酒袋，一縷、一縷淡黃色的小米酒流進了大碗公裡。

「阿爸，你先嚐嚐看。」Nowa 停下手邊的動作。

「哎，我們先敬祖先吧。」Yukan 拾起碗公，用右手食指沾了三下往旁邊灑，然後淺酌一口，「嗯，嗯，好喝，真好喝，你試看看。」

他把碗公交給 Nowa。

「阿爸，你先喝，我再來過濾一些酒。」Nowa 繼續用瓢子舀出小米酒釀。

「啊，夠了、夠了。這些夠我們喝了。明天，我要帶下山去給你的媽媽和妹妹喝呢！你先坐過來。」Yukan 把 Nowa 叫到他的身邊來。

「嗯哼，Nowa，我要告訴你一些話。你不要忘記，七家灣溪是你祖父 Payas 留下來的土地。不要因為日本人沒收我們泰雅族的槍、禁止獵首祭和紋面，就忘記我們的習俗。你八歲的時候剛來，那時候你祖父和族裡面許多人因為感染日本人帶來的疾病而死掉。然後，你的祖母叫我跟你養母把你和兩個妹妹帶到七家灣溪避難，結果你的祖母自己後來也染病死掉了。部落的頭目們為了驅逐外來的人，想用日本人的頭祭祀祖靈消除厄運，決定聯合攻擊日本警察駐在所。那時候啊，他們一共砍了九個人頭、殺死三個人、讓七個人嚴重受傷。想不到啊……日本人叫更多南投那裡的泰雅族人反過來殺我們的人。那個時候，一共砍了二十五顆 Slamaw 和 Sqoyaw 的人頭……你有聽說五年前南投霧社公學校的運動會，那裡的泰雅族發動很大的攻擊[19]？他們後來也殺死了一百三十四個日本人。哎……嗯哼……」

Yukan 一回憶以前的事，就會非常感性，有時還會哽咽，特別是喝了自己釀的小米酒之後。

「哎，我怎麼醉了？Wa，我的話啊，是說……你住在這裡，會有祖靈保護你。

我八歲的時候，被我大哥 Piling 送到 Sqoyaw 給人收養，我到現在還是一直很感念我的大哥。你不要害怕，你只要勤勞工作，一定不會餓死。但是無論如何啊……一定要好好保護這一塊土地，因為有土地，你的子孫才可以繼續生存。還有啊，Piling 大伯父、Yuhaw 二伯父都還住在 Pyanan，你也不要忘記，我們真正的根，是 Pyanan……」

「阿爸，你真的喝醉了，第一次聽你說那麼多。你放心，我會牢牢記住你剛剛講的話。」

Nowa 輕輕把 Yukan 扶起來，把他帶到床邊。

「Wa，你不要忘記喔……」Yukan 躺下去以前又補上一句。

---

19 這裡指一九三〇年的霧社事件。

林金玉

〈能加社之光：斯土、斯人、斯情之嘆詠〉（二〇一五）

Wagi Shyac，一九六八年生，桃園市復興區角板山部落（Pyasan）泰雅族。為資深原住民族新聞媒體工作者，曾任專題記者、論壇企劃、國際新聞編譯、製作人、採訪組組長等職。

出生所在地屬泰雅爾族大嵙崁前山群（Msbtunux）部族，家族源自今日不復存在的三峽大豹社。曾祖父為一九〇〇至一九〇七年間領導大豹社人抵抗日本隘勇線前進侵略的英雄人物瓦旦·燮促（Watan Syat）。

曾獲一〇四年臺灣原住民族文學獎小說組首獎、二〇一五年鍾肇政文學獎短篇小說佳作。起心動念投稿文學獎競賽，不過是想保留長輩流傳下來的口述記憶，用文學書寫的想像填補歷史空白的遺憾。

能加社之光：斯土、斯人、斯情之嘆詠

十九世紀中葉，世界列強間的資源競奪與侵略戰爭延伸至太平洋邊緣的蕞爾島嶼，同時期，島嶼北端標高三百至一千兩百公尺的闊葉林帶山區，有屬於泰雅族馬力巴系（Malepa）分支的瑪能加群（Mncyaq）雄踞一方，與山下的三角湧漢人聚落維持著既敵對又依賴的對峙關係。

列強船堅砲利有備前來，覬覦島上能換取巨大財富的山林資源——卻是瑪能加群安身立命的家園。在那弱肉強食、公義由強權說了算的世紀，這支意志強悍的族群以能加本社（Ncyaq）為中心，在時代巨輪輾壓下以血淚肉身譜出波瀾壯闊的悲愴詩歌。

百餘年歲月流逝，世事更迭山林面貌丕變，族人蹤跡已渺不可知，斷簡殘篇的書寫零落記載他們過去的存在，與不復存在；無人吟唱的詩歌，曲調再怎麼悲涼也無從讓人感動銘心。由是，晦暗的歷史必須講述成故事、延續如遙遠的傳說，從時間長河掬取一瓢古老而模糊的記憶，或歌或詠，娓娓道來……。

序曲

苟大司午喜（Kotas Uxi）——傳說中的瑪能加群先祖，從發祥地平斯弗干（Pinsbukan）帶領一支北遷族人抵達大嵙崁溪流域時，由大英雄布達（Mk'Buta）率領的流域作戰同盟（qutux llyung）對決斯卡馬甬人（Skmayung）之戰役已勝負抵定。

斯卡馬甬潰散敗逃，從歷史舞臺銷聲匿跡。然勝利並未如期帶來和平，共同打贏戰爭的三大支系族人：馬卡納奇（Mkanazi）、馬力巴和馬里闊丸（Mliquan），因土地分配問題再起嫌隙，衝突如弦上弓箭一觸即發。三支系族人最後達成協議，遵循泰雅祖訓以神審聖祭（Mgaga）做定奪，土地分配將以獵得最多人頭一方的意見為主。神審行動後，族人齊聚戈涅畔社（Kngyopan）附近河谷，將獵得的祭品排列河岸，以馬力巴獵得數目最多。神靈所下裁判，族人不得違逆，土地爭議告一段落。

苟大司午喜一族在雪霧鬧社（Sbunaw）附近分得一塊耕地，建立第一個部落打亞赫（Tayax）。午喜之後又帶領一批族人越過塔開山（北插天）山脈，穿過神木群前進東眼山，在北部山麓覓得適合耕地。族人胼手胝足設立了金敏（Kinkilan）、詩朗（Silung）等聚落，續推進至五寮溪、大豹溪匯流處，創立有木社（Ibox），後溯大豹溪而上轉入插角山區建立能加社（Ncyaq），瑪能加群領域擴張大致完成，獵場北界最遠可達三角湧與土城子交接山區。午喜離開打亞赫時留下一戶族人看守，說要保留該地做為後代子孫的「避雨之地（laqi' tasasaw）」。

流離之途

右肩背的黑檀木獵槍槍口早已冷卻，瑪能加群總頭目帖木瑪弘（Taymo Mahon）左手仍緊握褐色汙漬隱然可見的長刃番刀，高大的身軀站在山凹處獨自眺望，或許是最後一次了，不捨那已分不清是被汗水還是淚水浸透染溼的土地。帖木瑪弘瘦長的臉神情冷峻，黝黑長髮透出絲絲銀光，凌亂散落垂至腰際，不再整齊束在頸後；額頭上和下頷的青墨色族群印記依舊桀驁不馴，滿布血絲的大眼頑固地圈住打轉的熱淚，是還未到輕彈的時候！碧波起伏夾雜赭紅暗影的樹浪，山嵐如烽煙四起，旋即，太陽就要落入枕頭山後方。帖木瑪弘自忖，能加社最高的建物瞭望塔樓上，想必已綁上一面紅丸旗，在金秋夕暮中刺眼地扭腰擺臀。

「帖木！帖木！巴亞斯被山砲打到，他的右手被炸斷了！」

左臉又多出一道新疤痕的阿豹瑪弘（Abaw Mahon）瘸著左腿從粗壯的樟樹幹後方竄出，情緒激動地報告最新壞消息。兩名二十來歲的青年勇士尾隨魚貫而至，滿臉宣洩不出的憤慨，立著不發半語。

帖木瑪弘琢磨片刻：還會再壞下去嗎？

「阿豹，我們去一趟佳志（Cyasi），看看老頭目的家有什麼需要幫忙的。」

老頭目瓦旦給怒（Watan Kenu）胸膛淌著鮮血從瞭望塔樓墜落的影像又浮現腦中，歷歷在目般的鮮明記憶啊。

「變促給怒（Shyec Kenu）已經跟頭目的兒子去佳志，會把消息帶給他的嫂嫂。」

「其他人都聽令離開了嗎？」

「巴尤斯帶部下回打亞赫，亞威三兄弟先到志繼（Sqiy），尤繞說雪霧鬧的親族可以收留他們——亞爸[1]和伊凡先送巴亞斯去基國派（Kekopay）……聽弗度說，嫂嫂吉娃斯昨天晚上又吐血……」阿豹吸了吸鼻子壓抑鼻酸的感覺。

1 亞爸：yaba，父親之意。

戰事連年亂局如麻，輸贏殘酷地橫在眼前，他必須全心顧念接下來的戰鬥。

「阿豹，明天你跟我去達卡山（Takasan），一定要趕快說服武道諾幹（Utaw Nokan）答應攻守同盟（qutux phaban），弗度的婚事也要談定！」帖木瑪弘語氣堅決，如無迴轉餘地。

夫婦山上的達卡山社是大嵙崁後山高崗群（Mkgogang）一武功強盛的大部落，和瑪能加群同屬馬力巴系統，雙方長期互有往來。帖木瑪弘打算以長子弗度帖木（Botu Taymo）和頭目女兒的婚約來鞏固結盟關係。

「弗度不是說他絕對不結這個婚！聽那裡的人說，武道的女兒很愛跑去腦寮找腦丁玩——啐！汙死巴萊！撒孽！」阿豹吐出一連串咒罵。

「鏘——」帖木瑪弘反轉刀柄，電光火石地把番刀插回腰間的刀鞘。阿豹和兩個年輕人面面相覷，偌大森林僅聞鳥鳴啁啾。

在輕重緩急之間，他向來有明確而堅定的優先順序，憑著這股果決判斷力，二十年來他伴隨族人從一次次滅族式的侵略戰役中驚險前行、頑強周旋至今。

帖木瑪弘轉過身來，眼神奕奕篤定，對他最忠心的部下、最得力的助手、他自己的三弟阿豹瑪弘說：「該走了！我們先去佳志。」

西元一九〇六年九、十月間，瑪能加群各社與日本軍警最新一波近身交戰延續五晝夜，數千名日本軍警以隘勇兵做前導，從深坑、桃園兩廳多路進擊蜂擁而至。巴力斯[2]如傾巢而出的黑色螞蟻大軍覆蓋白石鞍山，居高臨下俯瞰山腳下的能加社；連日槍林砲雨鳥飛獸竄，螞蟻工兵此際又從山頭發動另一波山砲攻勢。勇士們早已彈盡糧絕，在茂密林木掩護下悲憤、絕望地盯著被轟得殘破粉碎的家園。

以阿豹瑪弘為首的幾個年輕小伙子，涕淚縱橫地爭執著要衝上白石鞍山頭，揮動最後的番刀之舞獻上僅有的肉身祭品：「看啊！泰雅的祖靈，你們的孩子在流血！」

大頭目帖木瑪弘斷然下達全面棄社命令：「無論如何要保留泰雅最後的血脈！」

勇士們身心俱愴，相互攙扶著踏上流離之路，遁入樟楠成群、檜松參天的原始森林。秋風颯颯，樹影婆娑，枝葉窸窣。「我們一定要再回來！」勇士們悲切誓言，他們還不知道此去已是一條永遠無法回頭的歸途。

十月三日，日本軍警全面進占能加、有木、金敏、詩朗等大社，連同周遭各小社共

---

2 巴力斯：paris，敵人之意。

十三社，史料記下「能加社滅社」註腳。百年馳騁塔開山脈以北山區的瑪能加群瓦解，遺族隱沒至大嵙崁溪流域族群中，但絕對沒有消失！

能加社之光

清同治元年，西元一八六二年，帖木瑪弘在能加本社（Ncyaq）呱呱落地。此娃生得白胖健壯、哭聲洪亮，頭胎一舉得男，帶給瑪弘西嵐（Mahon Silan）身為泰雅族父親最大的喜悅，上山三日獵得一頭大山豬分送眾親族友，杯酒笑談間滿意之情溢於言表。帖木瑪弘弱冠成年果然長得高大魁梧、行動敏捷，揮刀快狠、槍無虛發，練就一身泰雅真男人（mlikuy balay）的好武功，深邃的雙眼能望穿百米外樹林最深處、最難以察覺的細微動靜。

一八八七年，全島爆發流行疫情，清朝首任臺灣巡撫劉銘傳以剿伐蕃人出草為由，派遣藍衫薙髮清兵大舉入侵有木社，瑪能加群七社合力還擊。帖木瑪弘在此役被推派為先鋒隊隊長，族人譽為「能加社之光（sinyaxan na Ncyaq）」。

出征日凌晨，先鋒隊勇士們齊聚在頭目尤幹那威（Yukan Nawi）家前面的空地，上百名族人擠滿四周，男女老少或站或蹲坐，神情肅穆地觀看頭目主持淨化祈福儀式。帖木瑪弘一襲織紋華麗的紅色披肩，手捧一碗清水負責斟水（mnqsya'），地位僅次頭目。空地中央已燃起一堆篝火，灰白色煙霧在微亮天光中冉冉升空。

頭目手持一捆蘆葦草，喃喃唸誦祝禱文，信步走至排列成隊的勇士前，每暫停一段祝禱就接過斟水員舀起清水的瓜瓢，含入一口，再用一節蘆葦莖吸管把口中的清水朝勇士用力噴出，祛除噩運並祈求祖靈保佑！

清水淨化儀式完畢，頭目舉起滿溢小米酒香的竹筒杯，獻給天地諸方神靈。小米酒一仰而盡，頭目高聲吟誦起祈福之歌：

天空的太陽　泰雅的列祖列宗啊
請照顧你們的孩子
清水已洗盡他們身上所有不潔淨之物
張開他們的耳朵　擦亮他們的眼睛　清除一路埋伏的毒蛇怨靈
讓巴力斯的子彈繞過他們的胸膛

尖刀在他們的腳下生鏽斷裂
飛箭也在他們的眼前彎曲掉落
砍下最後一顆頭顱　敬告吾祖泰雅神靈

「哇嗚——」圍觀族人與所有青年勇士一起振臂高呼。

「嗡——嗡——嗡——」一名長老跳進篝火旁吹奏起魯木[3]，勇士們聞樂開始擺動雙臂，順著節奏，兩腳交錯踩踏起舞來，族人們繞著火堆鼓譟擊掌。

隨著魯木琴音嗡嗡的節奏愈漸短促，更多人陸續加入空地，「哇嗚——哇嗚——」呼嘯聲此起彼落好不威風。曙光乍現，帖木瑪弘舞動紅色披肩如飛鷹展翅，在一群先鋒隊員中更顯得英姿勃勃，明亮的銳利眼眸散發出捨我其誰之豪情。

蘆花紛飛

尤幹那威頭目有女初長成。吉娃斯諾幹（Ciwas Nokan）年屆十六，出落得玉立亭亭，白皙的肌膚襯得兩頰細長彎曲的笆大司[4]顏色愈顯青豔。族人們口耳相傳，有木社頭目瓦旦給怒（Watan Kenu）兄弟扛了一頭山豬、十隻飛鼠、一整藤籃的小米糕、醃肉，登門來替頭目的兒子說媒了。

東眼山伏流而下的山泉水在能加社附近匯聚成一淵池潭，水質清澈透明。山澗流水淙淙，沿著水潭上方山壁直直落，形成一階階的白色水簾。族人稱此地「溪瀧（silung）」，積水成海之意。婦女常偕伴至溪瀧洗衣、打水，男人到此泡水放鬆疲勞的肌肉；老人說池水功效奇異，能強健體魄不被風抓到著涼；年輕小伙子就不安於乖乖浸在水裡而已，更常攀爬上山壁再縱身一躍，尋求嘩然激起水花潛入水下的快感。

這日，吉娃斯和閨中密友阿慕一相約來溪瀧洗苧麻纖維，惟好友遲遲未到。已經刮除雜質的麻纖，要用清水反覆揉洗、浸泡，將纖維中的膠質和剩餘雜質脫除乾淨，擰乾後在石頭上打鬆，再攤開讓太陽晒乾。為了趁太陽正熱趕忙把工作做完，吉娃斯決定自

3　魯木：luvu，口簧琴。
4　笆大司：patas，臉紋。

己先動手，一個人走下淺溪，彎著腰低頭揉洗一捆捆麻纖。

她一邊搓洗麻纖，一面盤算著要用這批麻纖捻成的細麻線，「配上亞爸交易回來的紅毛線，織成亞爸的長衣，背面呢就用滿滿的挑花織紋……」她心思專注，連「澎！嘩啦——」有東西跳進水潭的吵雜響聲都恍然未聞；太陽晒得她頭皮發燙，額頭滲出的汗水悄悄滑落，沒入湍流溪水消失無蹤。

「斯娃邑[5]，妳的苧麻被水流走了喔！」水中一道黑影發出話，聲調甚是年輕。

「啊？」吉娃斯順著聲音來源猛然抬頭，是一張被太陽晒紅的青嫩臉孔。在憶起男孩的名字前，她想到他剛說的話：「苧麻！」轉頭回看，搭刺蓋——放在石頭上洗好的麻纖不知何時滑到水裡，正載浮載沉往下游漂去。

「啊——啊——」吉娃斯張口失色，速速地踉蹌起身打算去拿回麻纖，突然一陣暈眩，兩腿虛軟，眼前一片白茫……她眨眨眼恢復視覺的瞬間，男孩素淨的臉已經貼近她挺翹的鼻子，「咦，還沒紋臉呢！」幾顆水珠順著男孩的髮際滴落在她的眼睫毛上。男孩熱血方剛的氣息直撲她冰涼的臉頰，有力的左手臂勾住她柔軟的腰身，撐住全身重量，厚實的右手掌緊握她纖細的手臂，緩緩地拉抬她起來……少女胸口莫名緊繃，心臟怦怦地就要爆開了！

「坐下，不要跌倒！我去幫妳撿回來。」男孩簡短有力地說。

少女順從地坐在放麻纖的石頭上，一身冷汗仍有些暈暈然。男孩兩步併作一步地跑跳起來，修長結實的雙腿飛快地踩過大大小小的石頭，「好像猴子喔！」她如是想。男孩一手從溪裡撿起整團溼答答的麻纖，抖了抖、手臂前後畫大圓地用力甩了又甩，數千滴水珠往四面飛濺射出，圍繞著男孩剛發育完成的高大身影。微風輕徐，一陣蘆葦花絮飛過飄落水面，順著水流一圈一圈地打轉……。

「拿去，」男孩回到少女身邊，把救回來的麻纖遞給少女。

「慕懷恕巴萊[6]！」少女一臉紅雲感激地接過手來。

「斯卡耶依搭啦[7]！」男孩帥氣一笑，帶點青澀未脫的稚氣。不待少女回答，男孩已快步鑽進溪畔堆滿一層雪白蘆花的蘆葦草叢，窸窸窣窣，更多花絮飛散到空中。

---

5 斯娃邑：swagi'，對不熟悉異性的統稱。
6 慕懷恕巴萊：muhuay su balay，「非常謝謝你」之意。
7 斯卡耶依搭啦：sgajay ta la，「再見了」之意。

「啊，他是帖木瑪弘！」吉娃斯心裡驚訝道。

那日午後，吉娃斯一直沒跟好友阿慕一提起碰到帖木瑪弘的奇妙際遇，不知為何，她把那段經歷保留在心底，一個人細細地思量。

兩個太陽

遠古時代，兩個太陽在天上輪流出沒。

天氣酷熱，無晝夜之分。

地上河水乾涸作物不生，泰雅人生活困頓，

三名勇士自告奮勇，要去把一個太陽射下，

勇士們各背一個男嬰，朝太陽方向出發，

翻山越嶺長途跋涉，勇士們日漸老邁死去。

三名男嬰長大接續任務，終於射下一個大太陽，

晝夜交替，大地回復生息。

射日英雄返抵家園，已是白髮蒼蒼的老人……。

尤幹那威頭目如願以償把女兒吉娃斯諾幹許配給帖木瑪弘，每回出入部落交涉調解事情時，總把他的年輕亞瑪[8]帶在身邊，有心指導栽培。

一八八六至一八九二年間，臺灣巡撫劉銘傳率大隊清兵開山剿番，大嵙崁溪流域烽火連年，大大小小戰役像暗夜叢集的小黑蚊飛撲掩面而至，揮之不去、打死不退。

帖木瑪弘驍勇善戰、身手了得，以冷靜頭腦多次出入生死，過人的領導統御能力漸露鋒芒，儼然成為動盪黑暗世代族人一心仰賴的希望火炬。尤幹那威決定讓賢退居第二線，族人共推帖木瑪弘接任能加社新頭目。此刻的能加社正面臨立社以來最大的危機，美好時光煙消雲散，然更壞的日子還未到來。一八九五年，平地統治者易幟，老邁的黃底青龍旗黯然退位，取而代之升起的是白色旗面有一輪紅丸居中的圖騰。帝國軍團踏破巨浪而來，以深不可測的野心垂涎著島上豐美的山林資源，北泰雅瑪能加群首當其衝。

8 亞瑪：yama，女婿。

一九〇〇年六月，能加社與日本軍警首度正面交鋒，揭開「能加社事件」序幕。帖木瑪弘頭目獲瑪能加群及大嵙崁前山群諸社公推為總頭目，聯合高崗群、馬武督社組成大嵙崁溪流域攻守同盟，痛擊總督府妄圖壟斷蕃地樟腦開發權的理蕃大業。

兩軍短兵相接互探虛實，能加社勇士在初期競戰拔得頭籌，凱旋而歸是夜族人圍著篝火杯酒高歌，傲笑飲罷勝利的甜美滋味。然而，拿下一個戰場，並非就此贏得整場戰爭。總督府改弦易轍拉長戰線，高壓推進隘勇線，在各要隘按設臼砲遂行威嚇，禁絕蕃地交易，封鎖對外交通，累月數年後果收長期策略功效。

一山不容二虎，一個天空又豈能並存兩個太陽！一九〇五年七月底，日方攻占白石鞍山，取得鳥瞰能加社的優勢位置，兩軍態勢絕對性翻轉，巴力斯高舉的紅丸旗即將遮斷能加社上空的朗朗晴日。

輓歌悲唱

「我倆情深意厚無人比，天荒地老永不摧。你和我如緊緊相繫的繩結，母親也無法動搖。選我所愛，此生無怨無悔，母命實在難從啊……」一曲少女們傳唱的〈繩結之歌（quwas na mumu wasil）〉，讓吉娃斯諾幹憶起在蘆花紛飛的溪畔和帖木瑪弘命運般的遇見。

一九〇三至一九〇五年間，隘勇線持續挺進、圍堵策略雷厲風行，能加社緊鄰漢人聚落，不僅淪為第一線戰區，日常生活也陷入泥沼困境。眼看著槍械彈藥將罄、物資糧草短絀，加上安全顧慮，族人逐步撤離老弱婦孺，投靠大嵙崁流域親族部落。男人在外奔波征戰，女人長年操勞持家，吉娃斯諾幹終於病倒，帖木瑪弘也護送一家妻小避居枕頭山下的基國派社。

暗夜淒淒月影森森，竹子搭蓋起來的簡陋小屋被山風吹得咿呀咿呀地響，夢境中雙親前來探望她，嘎亞[9]用慈愛的手輕撫她劇痛多時的胸口……吉娃斯諾幹夜半驚起，一陣激烈咳嗽後大量吐血，聰慧如她心知虛弱的身體再也撐不下去了。

一早，她喚來以婆婆名字命名的大女兒拉娃帖木（Lawa Taymo）囑咐了這些事：「倉庫裡的lukus plmwan（挑花禮服）、lukus kaha（貝珠禮服）、pala（泰雅布）是準備給

9 嘎亞：kaya，過世的母親。

弗度、北揮和當拿，三個弟弟將來討老婆要用的聘禮，無論如何要留著，千萬不可以拿去用。」傍晚，已不幸守寡的好友阿慕一紅著雙眼來到她臥睡的竹床前，兩人手牽手地在她混濁的呼吸聲中靜默著，直到新月升起。半夜，「亞爸回來了！」大女兒拉娃奔進屋內秉告她。

聽到帖木瑪弘已風塵僕僕趕回，吉娃斯對阿慕一低聲交代了些話。阿慕一噙著淚水走出門外，與低頭穿門而入的帖木瑪弘擦身而過，站在竹屋外頭她聽到帖木瑪弘低沉沙啞的聲音輕喚著：「吉娃斯、吉娃斯，我回來了！」

山風呼嘯重重敲打著竹屋上的小木窗，砰砰徹夜未寧。曙光露出前，女人在有她的男人、家人、友人的圍繞中離世。三歲幼子當拿帖木（Tanga Taymo）哇哇哭嗆哽咽不已，帖木瑪弘抱起小當拿安慰他說：「當拿，不要哭了，雅亞已經走了。」這是當拿帖木長大以後，對他父親最早也是僅有的一個記憶。

一九〇六年葉落深秋，能加社棄社退據大嵙崁溪流域，族人仍籠罩在日軍追擊的陰影下。尋求達卡山社攻守同盟奧援刻不容緩，帖木瑪弘積極促成長子弗度和達卡山頭目女兒的婚事，搬出吉娃斯諾幹親手織作的貝珠衣回報盟友，然這場政治聯姻卻在殺豬後發現頭目女兒懷孕宣告破裂！弗度極力撇清女方懷的是他的骨肉，「我絕對沒有碰過她！」斷然退婚。女方的頭目父親怒不可遏，達卡山社族人認為這是對他們的奇恥大辱，帖木瑪弘苦心籌劃的攻守同盟之約終究胎死腹中！

十一月寒風料峭，帖木瑪弘與日方議和，總督府同意讓能加社遺族集體遷至祖居地打亞赫，不過把帖木瑪弘一個人留置在角板山駐在所附近的詩朗社一處耕地，就近看管。隔年中，大嵙崁流域再爆發「蕃匪騷擾事件」，打亞赫族人受藏匿山區的平地抗日分子慫恿，十來名勇士在阿豹瑪弘帶領下貿然突襲枕頭山砲臺，惟不敵巴力斯優勢火力，狼狽逃散。伊凡瑪弘領著老瑪弘潛至東眼山，不幸誤踩地雷當場死亡。老瑪弘抱著次子血肉模糊的軀體悲痛欲絕，一個人獨坐在旁，二日不捨離去，最後用樹葉覆蓋伊凡的屍體，蒼涼返回打亞赫。打亞赫族人流傳著另一說：有一名身材高䠷的年輕女子偷偷潛赴東眼山，見狀倒地淒厲失聲，女子後來用她身上繫的泰雅布裹住伊凡的身軀，和老瑪弘兩人合力挖出一個土坑，葬入其中後離去。

世事變幻悲傷總無期，一個月後老瑪弘走了，族人說他是難過死的。右臂被炸斷的巴亞斯瑪弘舊疾復發感染破傷風菌，半年後營養不良痛苦死去。帖木瑪弘父子一門豪傑莫不投入對敵作戰，其實也是整個族群男性的時代縮影；伊凡和巴亞斯跟著大哥捍衛社稷多年，竟然都錯過終身大事，死後孑然一身沒有留下任何子嗣。

英雄殞落

吉娃斯諾幹臨終時望著已是滿面風霜的男人，使盡全身最後力氣對他說，阿慕一是個刻苦耐勞的好女人，「你和她若能共結連理，兩人可以相互扶持、共度餘生。」女人撒手人寰，兩個小兒子年僅五歲、三歲稚齡，仍是需要人照顧的年紀。三個月後，帖木瑪弘續絃，對象卻非如女人所期待，而是選擇打亞赫一名身材高眺的年輕女子瑪外洛赫(Maway Lwax)，他打算動用留給小當拿的聘禮迎娶新婦。聽到消息的大女兒拉娃帖木，天一剛亮從志繼社夫家趕到帖木瑪弘一人獨居的工寮，打算勸阻父親。

「亞爸！雅亞走以前千交代萬交代我，那些得尼嫩[10]不能動！那是要給當拿以後娶老婆用的。」拉娃高聲提醒父親關於母親所囑咐的遺言。

「瑪外以後要照顧當拿，等當拿長大，還是會還給他。聘禮擺在穀倉裡那麼久不用，也是會被老鼠吃掉。」

「亞爸，你為什麼要娶那個瑪外！」拉娃甘冒大不韙當面質問父親，「她愚鈍得要命，不會下田也不會織布，每天就只會勾引男人！」

帖木瑪弘神色凝重未給答覆。

見父親無話可說，拉娃更大膽挑明地講：「雅亞的遺言是要你娶亞大阿慕一，她如果知道你帶別的女人回來一定會生氣！」

「夠了！事情已經決定就這樣辦了！」父親聲色俱厲怒道，女兒不敢再亂發一語。

帖木瑪弘遣人到基國派的倉庫去抬走聘禮時，穀倉的梁木和支柱忽然唧唧唧地一陣劇烈晃動，冥冥之中，吉娃斯諾幹在天之靈似乎也在抗議。

對日鏖戰七年，能加社棄社幾近滅族，全盛時期人員一度高達上千，如今零落兩百餘人，老弱婦孺居多。打亞赫——相傳苟大司午喜（Kotas Uxi）留給子孫的「避雨之地」，位在一處山崖高地，腹地狹長耕地不足，流離失所的能加社遺族雖在此暫得遮風避雨之地，但很快地由於農作短收，族人挨餓受凍、生活艱苦萬分。

一九〇七年十一月初，史稱「明治四十年蕃匪事件」落幕。總督府震怒，「能加蕃出爾反爾，帖木瑪弘不能信賴！」打算藉端報復。帖木瑪弘冒險赴角板山駐在所與日警談判，他帶著長子弗度同行，準備交給日方做人質。日警高姿態悍然拒絕，反過來要求

10　得尼嫩：tminun，編織品。

用兩個小兒子做人質，目的在澈底箝制帖木瑪弘日後再起反抗之念。帖木瑪弘被迫同意，但提出日方妥善照顧兩名幼子並給予教育的附帶條件，日警點頭答應。

在泰雅族的概念中，沒有所謂的「歸順降服」一事，部落間的爭端除了以神審（Mgaga）聖祭做仲裁，更常藉由談判進行「和解（sbalay）」，達成雙方共同「接受（smwan）」的承諾和協議。是年十一月中，帖木瑪弘棄械投降換取能加社遺族一條生路，依照日方安排公開發表「悔過書」。前塵如過眼雲煙，人事已盡、留待天命，英雄思及至此也不由得感慨落淚。

一九〇八年正月隆冬、林野霜白，帖木瑪弘一大清早倒臥在詩朗社的耕地，享年四十六歲。能加社之光殞落，輕若鴻毛，族人黯然悲嘆，阿豹瑪弘發狂似奔入森林，嚎啕之聲迴盪山谷。

天涯孤雛

一九〇九年春來送暖，打亞赫山野褪去一身寒露，彩蝶翩翩爭相親吻大地芳澤；群山綠映間或一簇簇金黃枝葉，正是馬告花開的時節，撲鼻清香滲入山林的每一個呼吸孔。日警依約帶走帖木瑪弘的兩名幼子，安置在即將開辦的角板山蕃童教育所的學童宿舍。秋高氣爽十月天，北揮帖木（Behuy Taymo）和當拿帖木，以及十多名來自大嵙崁流域各社的泰雅族學童，換上日式浴衣，開始牙牙唱起五十音童謠。

阿豹瑪弘自懵懂少年起，一路追隨帖木瑪弘抗敵禦侮，是個被子彈射穿大腿時也忍牙不哀叫的鐵血漢子（mlikuy ngarux）。然而，阿豹瑪弘勇猛有餘卻不諳謀略，無法體會帖木瑪弘歸降的用心良苦，大哥過世的打擊，更讓他難以坐視親姪子將由巴力斯教育撫養，「說巴力斯的話、穿巴力斯的衣服，這樣下去我們泰雅會滅亡了！」

某夜，阿豹瑪弘潛進教育所宿舍，打算帶走兩個姪子，未料工友及時察覺，鳴鐘警告。混亂中阿豹瑪弘僅能抱起小姪子當拿帖木遁逃，跑到深山躲藏數日，日警遍尋不著。總督府方面擔心阿豹瑪弘再度劫走人質，遂令將北揮帖木送至桃園安置，交由日警緒方氏照顧。一九一二年，北揮帖木以「能年次郎」之名入桃園尋常高等小學校，和日本小孩一起接受教育。阿豹瑪弘獨斷的行動讓北揮帖木和當拿帖木兩兄弟，從此走上截然不同的命運。

帖木瑪弘身後留有一把獵槍，槍身是已用到烏漆油亮的黑檀木，弗度帖木極為珍愛，但阿豹瑪弘也有心拿來做紀念，叔姪倆為爭奪帖木瑪弘的獵槍發生爭執。弗度固執地拒絕馬咻[11]阿豹的要求，出言不遜，說：「嘎爸[12]留下來的東西就是我的，哪裡輪得到你說話！」惹得阿豹瑪弘一怒之下拿起獵槍朝弗度身上打去，槍身應聲斷裂！阿豹瑪弘憤然離去，留下滾地哀嚎的弗度和碎裂成兩截的黑檀木獵槍，叔姪之情恩斷義絕。未幾，弗度帖木重傷不癒死去，阿豹瑪弘遠走志繼社，族人不勝唏噓！如果當初多一點親情、少一點執拗，這場悲劇或許就能避免了。

小當拿被迫與二哥北揮分開，繼母瑪外洛赫又招了個贅夫，在大哥弗度死後如天涯一孤雛舉目無依；有了阿豹瑪弘在旁攔阻，日警乾脆放棄追回人質的念頭。就這樣，沒了至親的關愛與手足的陪伴，小當拿孤伶伶地在打亞赫野地到處遊蕩。「咚——咚——咚——」芒草叢後方有人在敲打樹幹。矮小的當拿納悶，隔著高大的草叢喊道：「是誰？誰在那裡？」無人回應，敲打聲持續在響。小當拿壯起膽子穿過草叢一探究竟，發現樹下空無一人……山風吹過林間，嗚咽低語著：孩子，不要怕，是我回來看你了！

日換星移流光荏苒，隨著手臂肌肉愈來愈有力、腳程愈跑愈快、身材如新芽般不斷抽高，大自然喚醒了當拿帖木與生俱來的本能。春日他在草叢間循線追索野兔出沒的蹤跡，夏夜在滿天星斗覆蓋下枕臂入眠，秋紅爬上樹梢找尋野果充飢，冬雨躲至山崖背風處升起小火堆取暖，不知歲月不覺寒盡地靠山林母親餵養長大。偶爾，他會拿著自己抓到的獵物帶去給繼母瑪外享用，尋求片刻難有的家庭溫暖。及至十五、六歲，經過山林的鍛鍊，當拿帖木長得精瘦結實，骨架端正挺拔，五官深邃、兩眼炯炯有神，能加社之光的血脈無疑在他體內兀自奔流。

某日，當拿在旱地上幫忙瑪外的男人砍草，在草叢裡忙進忙出。一名打亞赫的亞給[13]路過，看到皮膚黝黑、手細腳長的當拿帖木像隻蟋蟀似地攀在芒草葉上，感嘆道：「這個孩子如果父母親還在的話，就不會是現在這個樣子了！」當拿帖木自幼孤苦伶仃，對親生父母的事情幾乎毫無所悉，老婦一番話在他內心激起多道波瀾：「我的雅亞、我的亞爸是誰？我是誰？」

直到此時，透過能加社遺族老人道來，當拿帖木才知道生父帖木瑪弘是一位偉大的

---

11 馬畩：mama，父執輩長者。

12 嘎爸：kaba，過世的父親。

13 亞給：yaki，年長婦女。

泰雅族瑪駟笏[14]，帶領瑪能加群和大嵙崁溪流域族人抗清兵反日軍；從定居志繼社的大姊拉娃帖木口中，他也才知悉吉娃斯諾幹為他準備聘禮一事。他聲淚俱下滿心悔恨：「原來雅亞是這麼疼愛我！」成長時期心中所有的怨懟、憤怒、不滿與傷痕都被溫熱的淚水洗淨安慰了。

志繼社的遺族長老勸他離開瑪外的家獨立，「泰雅的男人要開墾自己的土地，才能討老婆、建立自己的家庭。」當拿帖木決定一改以往終日無所事事、生活毫無目標的習性，他留在志繼社，帶著身上僅有的一把番刀，走入東眼山尋找那等待他披荊斬棘去開拓的新天地。

手足情深

大船搖晃顛簸地令人作嘔，廣闊得無法斗量的「溪瀧」目不及岸邊，在那遙遠的地方有陌生的日本國。一八九七年，帖木瑪弘以能加社頭目身分參加總督府安排的「全島蕃人觀光」活動，船駛進橫濱港之際，巍峨如山的黑色鐵船列隊迎賓，粗壯的砲管虎視眈眈警戒，白底紅丸旗耀武揚威地萬旗攢動。上岸後，平地樓起的新穎市容和熙來攘往的人潮，著實令從未與聞島外世事的帖木瑪弘大為讚嘆：「好一個武力強大、人丁興旺、生活富裕的呼帕嘎浪[15]！」十年後，帖木瑪弘在角板山駐在所含淚歸降，礙於形勢，把兩個幼子送去做人質，但他要求日警讓孩子接受教育，或許是他在既成事實下所做的最後的重大謀略吧！

命運作弄，同為帖木瑪弘的血脈，幼子當拿從小在山上伶仃過日，次子北揮成為總督府重點栽培的蕃人精英。北揮帖木，日本名「能年次郎」，天資聰穎，在一群日本同學間表現卓倫，一路以「第二名」成績完成學業，至於第一名如果不是從缺，就是保留給日本人自己的子弟。一九二六年初，能年次郎在總督府招撫下，接受政治婚姻入贅日本國愛知縣望族，有了新姓氏名字「鈴木次郎」。是年春天三月，鈴木次郎帶著新婚的日本妻子，以部落公醫身分回到大嵙崁角板山聚落。不久，在角板山蕃童教育所校長中

---

14 瑪駬笏：maruhuw，頭目。

15 呼帕嘎浪：hupa qalang，大部落。

山氏居中協助下，鈴木次郎與當拿帖木在角板山診療所相認。

在日警建設管理下，此時期角板山已是總督府理蕃事業的模範聚落，房舍整齊街道寬敞，一棟棟日式木造平房庭院花木扶疏，豔紅的山櫻花、粉嫩的富士櫻、雪白的吉野櫻正在樹枝頭恣意爆放朵朵璀璨。

理個小平頭、身穿卡其青年裝的鈴木次郎已在診療室獨坐久候。望著窗外一樹風華，他憶起十五年前在那人聲鼓譟、校鐘鏗鏘大作的深夜，他赤著腳緊追小當拿遠走的哭聲，只見馬帓阿豹熊抱著小當拿的模糊背影，瘸著腿奔入濃重夜幕中隱去。他又想起父親帖木瑪弘用那雙厚實粗糙的手掌輕拍他的肩膀說：「北揮！你要好好保護你的弟弟當拿喔。」當中山校長陪同一副泰雅服飾裝扮、長髮整齊地束在頸後的當拿帖木走進診間時，鈴木次郎在他臉上看到兒時記憶中的父親容貌。

「當拿……」鈴木次郎壓抑驟然湧上的情緒問候，「你過得好嗎？」

「嗯！」囁嚅簡短應聲的當拿帖木紅了眼眶，點點頭。

時空的距離在兩人中間橫亙出巨大的陌生感。短暫沉默後，鈴木次郎驅身向前一步說：「從今以後，我們不會再分開了！」他用雙臂緊緊抱住比他高出一個頭的親弟弟，澎湃的情感再也克制不住地讓他痛哭失聲，當拿帖木顫抖著身體哽咽熱淚，一旁的中山校長也不由得雙目濡溼。血緣緊緊繫住兩兄弟的靈魂，找到彼此失落已久的歸屬感。

做為日人有計畫培養的蕃地人才，鈴木次郎被賦予多重任務，扮演「新理蕃事業」代理人的角色。從一九二一年起，鈴木次郎藉著山區巡迴醫療之便，積極勸說北泰雅諸社繳械歸順。此外，禁神審、止紋面、斷織布、停燒墾等各項「端正」泰雅民風的政策，鈴木次郎皆以堅定的信念戮力運作，規勸族人接受遵從。鈴木次郎未嘗不知，他不過是日人操弄的一顆棋子；父執輩揮灑熱血犧牲生命，保留族群最後生存尊嚴的努力，他由衷感念；但是，身為泰雅子孫，帖木瑪弘的子弟，他有屬於這個世代要背負的使命和責任。

「當拿，我相信嘎爸不是簡單地答應日本人的要求，他提出讓他的小孩接受教育的條件，一定有他的目的！泰雅的小孩要向日本人學習現代文明，才有機會扭轉命運！」鈴木次郎私下會熱切地向當拿帖木一吐那很難與日人同儕分享的內心世界，「我們的祖先已經打仗太久、犧牲太多了！」

當拿帖木對鈴木次郎充滿手足孺慕之情，儘管，他不完全理解鈴木次郎擲地有聲的理想抱負，但他素樸地認識到泰雅人對土地的堅持。祖先開疆闢土、建立傳承世代子孫的家園，他以驕傲之心謙卑地感謝；是「土地」，餵養他成長茁壯、賦予他新的生命意義，他自己也是用雙手，在辛勤開墾出來的土地上建立家庭、生養子女。因此，任何妄想侵犯領域的外人，都必須像巴力斯一樣，承受被嚴厲懲罰的後果！

自力更生

能加社遺族經過十數年休養生息，當年由父母親背在背上、走避戰亂的幼兒們紛紛成家，新生代人口再增加，讓遺族與避居地族人之間隱藏的土地、水源分配問題日漸浮現，惟此時已非可藉由神審仲裁解決紛爭的年代。一九二八年，當拿帖木二十五歲，受公推為頭目，帶領兩百餘名以能加社遺族為主幹的族人，攜家帶眷遷居至義亨社（Giheng）臺地。集團移住計畫雖是由日警主導規劃，從另一角度來看，也符合能加社遺族重建部落的長期心願。

然而，族人即將遷住的新居地可不是流淌乳香與蜜汁的樂園，而是一片荒煙蔓草的山野地。日本人恩威並施勸導族人放棄山林燒墾，改行水田定耕農業，義亨臺地雖然坡地平緩，卻缺少最重要的灌溉水源。日警允諾將在臺地上方開闢灌溉水圳，惟礙於修建經費龐大，動工期遲遲沒有進展。

滿懷希望毅然放棄原居部落土地、房舍、家產的義亨族人，移住半年後生活再陷困境，士氣渙散、怨聲載道；禍不單行，當拿帖木此時又遭逢喪女之痛。兩個女兒分別感染了百日咳與痢疾，接連在簡陋的工寮中病逝，妻子碧水伊嵐（Pisuy Iran）心灰意冷，難過病倒。

經歷了錐心泣血的骨肉分離之痛，當拿帖木更能體會他的父親，帖木瑪弘，當年被迫把兩個兒子交給巴力斯做人質的天人交戰。人只要還活著，就能持續盼望！用錢能解決的問題，就不會是真正的問題！他決定拿出妻子節省持家捨不得動用的搬遷補助費五十圓——相當日警巡查部長一個月的薪資，做為修建灌溉水道的第一筆動工基金。

當拿帖木頭目一呼百諾，日警也鼎力配合，義亨社族人以義務勞動方式完成長達近一公里的灌溉水圳。當清澈的山泉順著水圳涓涓灌入臺地上一條條溝渠的那一刻，族人們都哭了，那是歡欣而喜悅的眼淚啊！隔年春天，站在角板山社一隅往下遙望大嵙崁溪對岸的義亨社，可以看到族人從臺地最上方往下直達溪畔，開闢出長約五百公尺、層數超過六百層的梯田，一片綠油秧苗和環抱四周的秀麗山脈，以及蔚藍色天空相互輝映。

大嵙崁溪的源流發自品田山北側標高三千一百公尺處，溪水一路湍急陡降，切過山谷、繞過峻嶺叢山，曲折地往北流；豐沛水量如一條藍綠色彩帶在義亨臺地下方轉了一個直角大彎，成東西流向朝平緩的丘陵地奔去。

人生終有時，再動人的詩歌也有曲終人散的時刻；然故事還未結束，傳奇尚未完成，能加社之光的血液持續奔流。

阿民・法拉那度

〈Barasa〉（二〇一〇）

Amin Balangatu，林阿民，一九六九年生，臺東南王部落卑南族。原舞者創始團員。曾於國立臺北藝術大學舞蹈學系擔任助理教授教原住民樂舞。

目前自立行號，主要從事園藝服務業，並與國立臺北藝術大學音樂學系陳俊斌教授合開通識課程教授原住民樂舞。

Barasa[1]

晨霧瀰漫的森林，縷縷纖細的炊煙緩緩飄向山的另一邊，四周高大的水青岡拔地而起，直挺挺地衝向天際。這天清晨格外寧靜，樹底下以幾根樹幹及帆布簡陋搭建的獵寮中，Barasa 舒服地蜷曲在睡袋裡，他打從心底就想偷個半日閒。

海邊升起的旭日從挑高的樹蔭灑下，光束在樹群間來回穿梭著，迷霧隨著炊煙逐漸散去，地上盡是跳躍的光點。水青岡樹上的猴群早已悄悄地在覓食，挑三揀四、跳上跳下地覓尋成熟的果實，尚未成熟的便隨意丟棄，正好落在帆布上，此起彼落的滴答聲，把壓根不想活動的 Barasa 惹火了，想都沒想地便鑽出睡袋，右手遮住陽光往樹冠上查看——這一看差點沒把他嚇壞。眼前約莫有二、三十隻猴子正在四處覓食、嬉戲，場面很壯觀，尤其看到母猴細心梳理小猴的毛髮時，更讓他有股莫名的感動，等他回過神來才開始覺得心慌，深怕稍一不慎自己會遭到攻擊。

Barasa 不想打擾猴群的活動，只打算安靜地躲進睡袋裡，偏偏這時樹上傳來一連串既緊張又急促的嘶吼聲，猶如一把獵刀劃破安靜的森林表象，原本優雅地走在林地上的藍腹鷴驚恐地振翅逃竄、擔心的母猴迅速地抱起小猴爭先逃離、連遠處的山羌也驚慌失措地奔竄嘎叫，表情猙獰的猴王正對著 Barasa 怒目示威，緊接著又飛快地躍上他處枝頭，頻頻搖晃枝葉高聲咆哮。Barasa 不敢掉以輕心，兩眼緊盯猴王的舉動，心中默默祈求祖靈的保佑，同時想起了一件往事……。

兩年前的夏末，臺東上空兩個太陽持續的發威，Barasa 騎著機車漫不經心地到處壓馬路，不知不覺來到以前放獵山鼠的路徑上，腦海裡的記憶如湧泉般傾洩而出，曾幾何時，眼前是一大片的甘蔗園，如今取而代之是一棟棟並排矗立的洋房，那時 Barasa 才剛回到部落沒有多久。

不遠處傳來機車的隆隆聲，只見車主用力地操控車子，深怕一個疏忽便會摔個四腳朝天似地。Barasa 識相地移車，正打算離去時，腦後彷彿被人重重打了一拳，回頭一看，不就是剛才那位搖搖欲墜的騎士，又隆隆地調頭，嘴裡碎碎念著：「Barasa……Barasa……Sabala……Sabala……我啦！」

---

1 Barasa：卑南語，「石頭」之意，這裡當作人名。

「誰呀！這討厭的綽號，我都快忘了。」Barasa 心想著。

那人差點跌在 Barasa 跟前，紅紅的牙齒和下垂的眼皮無神地對著他笑，Barasa 認真起來看著他，雙眼就像幻燈機般把記憶裡的死黨底片一一進行比對，終於認出他來。

「啊！KuTu[2]嗎？」

「喔對！啊，你認出了！Barasa。」

「真正的！好久不見！你還在水利局打混[3]嗎？」

「不，現在已經換單位了！」

Barasa 狐疑地看著他。

「看什麼，不能換嗎？你去臺北沒有多久就換了。沒有你一起老是笨笨的，抓不到東西，只好跟 Baligan[4]上山。哪像你上山下海都可以。」

「喔，是嗎？那現在是林務局實施國家搬運法的一分子囉？」

「沒有啦！是實習生啦！哈哈哈！」

「喂！你是不是吸過血，還有沒有剩下的？」Barasa 兩眼發亮盯著車後，就像看到獵物似地。

KuTu 轉身打開置物箱取出偉士比。

「當然，誰叫我是KuTu！」

Barasa抿著嘴看著他，兩人目光一致走向椰子樹下，KuTu開始聊起部落的近況，提起Baligan被猴群攻擊的故事。

年前也是番石榴成熟的時候，Baligan因為想吃到這時節垂涎肥美的野豬肉，便找KuTu一起上山巡視獵具。Baligan選在一處有流水的地方搭寮，周圍滿是野生的瓜果，獵寮搭建好，兩人便拿出米酒小酌，喝到醉醺醺後便自行補眠去。當KuTu醒來時，早已不見Baligan的蹤影，四處遍尋不著下只好先回到獵寮等候。

沒多久Baligan步伐蹣跚出現在遠處的山徑上，無力地呼喊著，KuTu趕過去時差點不敢相信自己的眼睛：Baligan滿臉是血、混雜著泥土及汗水，身上的衣褲多處破洞，手腳則有不少的抓痕。

---

2 KuTu：卑南語，「蝨子」之意，這裡當作綽號。

3 打混：這裡指「在溪岸或海邊捉水產」的意思。

4 Baligan：卑南語，原為犁田用具，這裡當作人名。

KuTu 嚇傻了，不知從何問起，只見 Baligan 竟然還有力氣開玩笑：「剛剛和猴子們打架，你說一個人怎麼打敗那麼多猴子，所以我才會全身受傷啊！不過呢，我也讓好幾隻受傷。要不是那麼多隻一起來，我早就給他……」

「怎樣？」KuTu 開始回過神。

「什麼怎樣？快點！很痛哪！趕快載我下山！」

KuTu 扶著 Baligan 走了一小時的山路才到機車處，途中還好幾次差點滑下山崖。去醫院途中，為了怕他摔下車，不得已還用橡皮繩將兩人綁在一起。事後檢查，Baligan 的臉上留下三道猴子的抓痕，身體、大腿則多處有咬傷的痕跡。

KuTu 當時也沒說清楚到底 Baligan 是如何與猴群起衝突，不過 Barasa 知道眼前的猴王只是在善盡本分，保衛牠的家人罷了，只要不挑釁應該就可以避免一場硬仗。

話雖如此，面對猴王的來勢洶洶，Barasa 還是不由得打了個冷顫，猴王上上下下來回測試了數次，身後的公猴個個摩拳擦掌虎視眈眈，Barasa 就待在原地，兩眼緊盯著猴王的腳步，絲毫不敢懈怠，腦中閃過無數個打鬥的畫面，口水小心翼翼地吞下咽喉，深怕喘口氣猴群馬上就撲了過來。

Barasa可不想在這裡掛彩，畢竟他還得保留體力應付可能的獵物。雙方就維持這樣的態勢數分鐘，慢慢地，公猴群此起彼落的吼叫聲漸行漸遠，伴隨著樹枝的折斷聲消失在廣大的樹海中，猴王最後離去時還不忘張牙舞爪一番，狠狠瞪了他一眼。目送牠們離去的背影，Barasa頓時像洩了氣的皮球，短短數分鐘感覺卻像數小時那麼久。

Barasa總算鬆了一口氣，不過這時腳趾間卻奇癢難耐，他先是不以為意地跺了幾下，之後彷彿心裡有數，走近堆火邊以目光查看腳趾，「猴子已經大發慈悲了，你們卻趁虛而入，呸！」

Barasa有點無奈。他抿著嘴隨手拿起鹽罐，捏了一搓就往螞蝗灑去，沒一會兒如花生米粒大的螞蝗猶如痙攣般，左右扭轉後紛紛從腳趾間彈開來。Barasa靜靜地看著，但也沒忘記數一數數量，冷冷地說：「沒猴子多」，便拿起枝條把還在掙扎的螞蝗撥往炭火中，結束了這段小插曲。

Barasa的睡意全退了，卻依然無精打采，盤坐在地上，懶洋洋地折了幾段乾樹枝，點燃橡皮開始生火。

大約十天前，Barasa先帶了十門獸鋏設置陷阱，前幾天再度上山打算巡視獵物，結果兩天下來非但沒有收獲，連獵物誤踏陷阱掙脫的跡象也沒有。Barasa心裡很難受，加上稍早的混亂，今天可說一點心情也沒有去巡視獸鋏及套繩。烤架下柴火燒得猛烈，沒一會菜飯也溫熱，Barasa 扒了幾口飯、配了幾口辣椒，也算是今天的早午餐了。

飯後照往例點起一支菸，吞雲吐霧中他不解，為什麼放獵的位置及角度都是精心設計，還是沒有獵物上門呢？到底哪裡出了問題？難道是沒用月桃葉擦拭獵具，還殘留著之前獵物的味道？還是獻給山神的祭品不夠多？可是他明明準備了三個 binariyau[5] 還有一杯米酒啊！尤其 binariyau 還是特地請大姊做的啊！

Barasa 自北部回鄉也有一段時間了，除了打些零工和照顧自家的田地外，就是沒頭沒腦地閒晃，要不就是邀三五好友聚在麵攤前喝喝小酒。

兩週前，院子的毛柿樹結果了，一粒粒橘紅色的果實懸掛在樹上好像聖誕燈飾般，在陽光底下閃閃發亮。從 Barasa 有記憶起，這棵毛柿就長這麼大，多年來似乎未曾改變多少，記得小時候家家戶戶門前幾乎都有栽種，隨著路面拓寬才逐漸被砍伐，而部落中目前碩果僅存的就是家裡這棵毛柿樹。

那天 Barasa 剛從田裡回來，mumu[6] 沒像往常在樹下乘涼，反而在製作獸鋏的踏板。

「是怎樣？怎麼在做踏板？」

mumu 沒回答只是低著頭，用那微微抖動的雙手用力拗折鐵線，同時不斷地大聲呼氣及吆喝，但怎麼也拗不順，更別說要用剪刀剪鐵片了。Barasa 看了心疼，便搶下 mumu 的工作，要他休息一下，但 mumu 卻使性硬要 Barasa 還他工作。

「kis sa[7]！知道你嗎？這件工作我從年輕到現在，是我不願分開的回憶，搶走我的，不對是你，放心給我吧！這也會是你以後的回憶，如果想你幫忙，拿起獸鋏擦去鐵鏽再抹油給它。」

Barasa 默默拿起鋏子便開始擦拭上油，一旁的 mumu 沒吭半句話，只是咳了幾聲。

「知道你，現在你拿的，獵過什麼嗎？」沉默許久，mumu 終於開口。

Barasa 搖搖頭。

「看看這獸鋏牙齒沒了幾顆，知道你嗎？這是常常獵到野豬的好鋏子，當年為了買

---

5 binariyau：卑南語，以糯米包餡料做成的傳統食物。

6 mumu：卑南語，祖父或祖母。

7 kis sa：卑南語，對孫子或幼齡小孩的暱稱。

這門鋏子，mumu 她還好多天不准我碰檳榔呢！呵呵呵！」

mumu 聊起過去打獵的趣事，Barasa 會心地笑了笑，其實他已經聽過很多遍了，但他總是靜靜地不插話。遠處 mumu 拿了張椅子緩緩湊過來，菸斗的香味瀰漫在四周，遠處卑南山的落日餘暉映照在 mumu 的臉上，老人家滿是皺紋的嘴脣喃喃自語：「好像最近不是農忙的時候，唉！好懷念帶有點騷味的湯。」

「有點像木炭燻過的東西也一樣好！」mumu 遠眺都蘭山的那頭，跟著補上一句。

飯後 Barasa 抬頭仰望耀眼的星辰，mumu 的話不停地在耳邊迴盪。

他憶起小時常跟隨長輩獵訪河川及田野，升高中那年的暑假，mumu 見 Barasa 整天無所事事，才開始帶他入山。他還記得當時怯生生的，沿途多次想要開口提問，每次都被 mumu 怒目回視。後來才知道獵人面對大山是很謙卑的，上山前不會在部落裡到處宣揚，入了山更是靜默不敢大肆喧嘩，因為一切都是有山者、有土地者所給予的，獵人不敢踰越禁忌，擔心有所冒犯，也不能驕傲自己的能力，害怕神靈以為無視祂們的存在；這也是 mumu 一直希望他能用眼睛看、用耳朵聽，親身體驗並謙虛地領悟森林給予他狩獵的一切，以及背負獵物的能力。

慢慢地，Barasa 也可以一個人獨自上山。他還記得每次扛回獵物時，mumu 和 kajiyan[8] 總是笑得比頭上鮮豔的花環還要燦爛，而 mumu 身旁的酒友從來也沒少過，大家微醺的兩頰比圍籬綻放的九重葛還要豔紅，mumu 與 anai[9] 們圍聚一旁，輕聲哼唱古調，一唱就是一整天，纏饒的餘音連同菸斗的香味在院落徘徊持續好幾天。

後來板模業興盛，Barasa 跟著部落青年一起北上討生活，一待就是七、八年。期間偶爾回來，那時 mumu 已經很少上山了。兩年前決定回到部落定居時，身旁多了太太 Muya 和剛出生的 Tumai[10]。

那晚，星星彷彿也了解 Barasa 在想什麼，皎潔的月色比平常來得更耀眼。Barasa 凝望遠處的卑南山好一會兒，感覺很熟悉卻又陌生，很遙遠卻又彷彿靠近，猶豫間腳跟旁又多了幾根捻熄的菸頭。看看手上的香菸即將熄滅，他深深吸了一口氣，決定與 Muya 商量上山的事。

---

8 kajiyan：日語，媽媽。

9 anai：卑南語，部落婦女稱呼同性的用語。

10 Tumai：卑南語，原為「熊」，這裡當作人名。

幾天後 Barasa 利用 mumu 在後院整理菜園的時機，騎車採買了兩斤糯米、鹹魚、豬肉和米酒，緊接著又把糯米送請店家用機器研磨成泥，接著又到附近山區採集假酸漿及月桃葉，一切準備妥當後，前去拜託大姊製作 binariyaw。

頭一回上山只是放鋏子，預計兩天後回家。話雖如此，Muya 還是擔心不已，她清楚 Barasa 想上山的心情，之前也是顧慮她的感受而遲遲未作決定。愈接近上山的日子 Muya 就愈沉默，她看著 Barasa 挑選獵具時那副謹慎又雀躍的神情，心情就愈加矛盾。

上山前一晚 Muya 輾轉難眠，倒是 Barasa 一如往常很早就寢。那晚夜色出奇得寧靜，無雲的星空下，月光在清風中搖曳生姿，窗前七里香朵朵潔白的小花散發濃郁清香，Muya 凝望窗外，在滿天星辰下虔誠地向天主祈禱。

清晨雞啼聲喚醒了擔心整晚的 Muya，這時 Barasa 早已起來默默打理著行囊。Muya 一陣鼻酸，Barasa 也沒多說什麼，他輕摟著 Muya，承諾兩天後一定平安下山，她泛紅的眼眶讓 Barasa 低頭不敢直視。他回房摸摸 Tumai 的小臉蛋，只見小傢伙流著口水睡得正香甜，Barasa 湊近講了幾句悄悄話，然後跟 Muya 交代完事情，就騎上野狼一二五筆直地往目的地駛去。

卑南山腳下，Barasa 選擇一條沒灌上水泥的產業道路準備入山，右半邊緊鄰垂直陡峭的山壁，左側下方則是蜿蜒開展的河谷。一路上雜草叢生，隱隱約約可以看出人行的小徑。Barasa 騎在崎嶇的山徑上，小心翼翼避開多處坍方地，搖搖晃晃左閃右避彷彿參加越野賽似地，經過一個多小時的顛簸，來到一處寬闊的杉木林區，機車到此再也無法向前。Barasa 停下車伸伸懶腰，同時活動一下快要麻痺的四肢，因為從這裡開始就得用步行的方式。

就像要去拜訪一位久未謀面的老朋友，心情既期待又興奮。雖然回部落定居後，多少也聽說大山的近況，但是 Barasa 心裡還是有點緊張，畢竟面對大山，他覺得自己很渺小也很卑微。跨過芒草後就進入一個充滿禁忌又危險的森林，山路崎嶇就算令人疲累不已，他還是得隨時保持身體的敏銳；古老的禁忌雖令他心生畏懼，該有的儀式禱文千萬不能馬虎懈怠，愈是經驗豐富的獵人愈是恭敬誠懇地祈求神靈的賜與，不敢怠慢每一次的入山。

Barasa 捻熄香菸、調整好心情，開始準備入山的儀式。他先砍了幾片蛇木葉覆蓋在機車上，接著又砍了幾根芒草，將草尾綁在一起拉直後，橫放在腳下的路徑上。Barasa 乾咳了兩聲，拿起準備好的一杯酒，手指反覆沾點酒水向外灑去，同時虔誠恭敬地在心裡默唸起禱文：

na miyadare na menanau na temuwamuwan semalikiD ku kaDi Da demaTaLa kana kuwadisan na biRaRa

aDiLa kurnan nan kanku musabak knmu isabak

nu nauwiku Da demiyarma na gemuwkuas aDi ku mader I sabak kanmu

有土地者啊！有守護者啊！祖靈們啊！我在此設下守護門，擋下不好的神靈們，讓他們無法跟著我進入你們的庭院裡，照顧我不讓欺負者、捉弄者纏身，而迷失在你們的庭院裡。

Barasa 將剩下的酒水灑向地面，背起行囊，以戒慎的心情跨過芒草，頭也不回地向前走去[11]。

穿梭在層層疊疊的杉木林間，溼熱的空氣讓 Barasa 汗流浹背，他小心翼翼跨過林地上七橫八豎倒臥的枯木，深怕一不小心誤踩到在另一側盤據的百步蛇；他不想打擾牠們的獵食，只想盡快地趕到工寮。Barasa 步伐穩健，不過畢竟久未入山，速度及體力上還是有差，他揮拭汗水就近靠在一棵櫸木下休息，一邊調整呼吸一邊抬頭仰望攀附在樹上結果纍纍的愛玉子，「要快點，中午前要趕到第三工寮才行。」Barasa 擔心著。

眼前這條羊腸小徑是日治時代開鑿出來，特地給騎馬巡視的長官以及伐木時搬運木頭走的路。原本路面寬敞，但是經過時間及天災的洗禮，已經看不出原有的面貌，只有當年參與過伐木的獵人們憑記憶勉強清出一條路。山徑蜿蜿蜒蜒通往一間木屋，那是一間早期的林班工寮，約十幾坪大，由於也曾是林務局的工作站，所以裡面還以木板隔出廚房、客廳及臥室。當年林務局的造林撫育計畫，很多原住民都有參與，甚至攜家帶眷前來，那時工寮裡裡外外都是人，沒有上工的就在工寮附近放鋏子以及打理飯菜，還有人專程提著好料上山，酒過三巡後再下山。當時熱鬧的盛況，Barasa 也經歷過。每每打獵下山或上山，總是在此地留宿一晚，alialiyan [12] 總是熱情地招待他，對照現在藤蔓叢生一片荒涼的景象，Barasa 感慨良多。他繞了工寮一圈，許多回憶慢慢地湧現，有時鮮明、有時又很模糊，停留了好一會兒才不捨地離去。

離開第一工寮，眼前的景象又大不同。有別於之前的人工林，這裡的地質屬於板岩

---

11 入山的儀式，跨過芒草後是絕對不能回頭看。

12 alialiyan：卑南語，朋友們。

特別易碎，尤其是豪雨或地震過後更容易崩塌。Barasa 走在半山腰，坍塌崎嶇的小徑僅容兩人擦身而過，往往旁邊不是一大片碎石坡就是懸崖峭壁，有時碎石板上還布滿青苔，稍一分心很容易就滑倒。

不過，視野隨著步伐開闊起來，空氣也跟著逐漸涼爽，一路上雖然險象環生，但是Barasa 的心情隨著四周變化的景色顯得輕鬆。由於長期崩塌加上沒有人工造林，所以這裡形成了次生林相，沿途以灌木居多，很少高聳入雲的樹木。碎石坡裡，蘇鐵奮力求生存；崖壁上的隙縫，到處可見野杜鵑爭奇鬥豔；地面是矮小蕨類的地盤，清幽高雅的蘭花則偶爾點綴在碎石坡或崖壁縫隙裡。

不久，可以聽到瀑布的水流聲愈來愈近，Barasa 加快了腳步，緊接著穿越一片生長在崖邊的樹林區。走在突起的樹根上，眺望峭壁下方，隱約可見一間位於溪流中央漂亮的竹造屋，那就是第二工寮。Barasa 沿著前人所開鑿的階梯垂直走下崖壁，長年油綠的青苔，差點讓他摔落谷底，幸好壁邊有簡單的鐵線扶手，讓他得以緊緊握住不至於發生意外。

一到溪流邊，Barasa 就迫不及待地走向川流，蹲下身讓冰涼透澈的溪水盡情帶走身上的黏膩，雙手舀起水花頻頻往臉上潑，同時洗一洗早被汗水浸溼的頭髮，咕嚕咕嚕清清喉嚨數回，整個人總算舒服暢快起來。他甩掉臉上多餘的水珠，起身走到獵寮前，進屋前還謹慎地察看屋內四周，確定沒有異物後才放心進入。眼前鍋盆碗盤散落一地，牆壁上掛放各類的容器，床頭堆滿霉味四溢的被子，連床下都塞滿了雜物。

Barasa 心想：這是多久沒人來了？怎麼一點人氣都沒有？

他四處張望後，選定一棵粗大的木頭閉目休息。

有一段時間，他真的快要進入夢鄉，忽然，tubi[13] 細長棉柔的鳥叫聲，「啾啾啾……」由左而右飛過。

Barasa 心裡一驚，立刻坐起身來，沒多想什麼轉身就背起行囊離開。

tubi 不吉祥的叫聲讓 Barasa 心神不寧，雖然老一輩的說法不一定會應驗，但是山上規矩多，為求心安，他還是砍下路旁的九芎樹枝葉[14]，從頭到腳輕拂著身體，同時唸唸有詞：

13　tubi：卑南族的占卜鳥，據說叫聲由左而右代表不吉利，由右而左則是吉利。

14　獵人在山上遇到不好的徵兆或不順遂時，會以九芎枝葉驅趕惡靈。

aiDu na malatam benabiRwa na miyanaTanaTayan i maTekuDabiLaLa pabawi ku kamu

aDi ka a Du Da ni li batan Da TaLan beniRwa kanku aDi mu La temala tala La Da awkawiyan

Diyawka Diyawka wTawiL kanku bui bui bui

在此習慣捉弄的、壞死的，我以有靈力的九芎枝葉驅趕你們，不要在行走的路徑上危害我，阻擋我到目的地。走開、走開，遠離我！呸、呸、呸！

Barasa 將枝葉迅速地往腦後遠遠丟棄，繼續趕往下一個目標。

從這裡起到第三工寮，將是一段又陡又遠的山徑。有別於之前的林相，樣貌更加原始。這裡的海拔較高，到處可見牛樟以及梣樹、高山櫟、大葉柯、栓皮櫟等殼斗科樹種，高聳入雲的樹冠上，黃藤相互爭光，各類樹藤也不甘示弱地跟進，下垂的藤幹交錯纏繞，遮蔽了應該要有的陽光，置身其中彷彿走進一座隧道。抬頭一看，全是密密麻麻的藤類，前方幾乎看不見盡頭，周遭稍微有些動靜，總讓人不寒而慄地四處張望。

不過，Barasa 也不寂寞，一路上有鳥群窸窸窣窣、上下穿梭在藤蔓之間，遠處還有黃鼠狼跟他比賽追逐上方跑跳的松鼠群。好不容易看見前方隱隱約約的亮光，Barasa 很高興總算要走出這座陰森的隧道了。

走出藤蔓後，一路相伴的鳥群飛快地衝向天際，眼前是一大片高過人身的蕨類及惱人的刺莓，Barasa 的身影頓時隱沒在其中。又是一處看不到盡頭的地方。Barasa 深呼吸，抽出獵刀，準備通過眼前的障礙。

山徑一路攀高，終於可以看到不遠處挺拔的肖楠及紅檜，由於海拔還不夠高，所以只是零星生長著，但對 Barasa 而言，意味著就快到第三工寮了。他選了一棵紅檜坐下來休息，走了三個多小時的山路，真的腿也痠了，剛才手臂誤觸隱藏在蕨類間的咬人貓，如同電擊般刺痛的感覺隱約還在。

他想洗把臉，可是附近沒有流水，於是鑽進一棵中空的紅檜木裡，削下一塊樹片，藉著甜甜的香味來提振精神。位在下風處的 Barasa 意外看到遠處有山羌及山羊徘徊覓食，這裡的獵物明顯比前兩個工寮來得多，雖然往上還有第四、第五工寮，不過他不想走那麼遠，畢竟這裡的獵物足夠他狩獵了。

Barasa 繼續前進，繞過熟悉的巨石、跨過流水，隱藏在雜木林中的獵寮已經到了。深山沒有時間，Barasa 憑經驗推估現在應該是中午時分，下午放完十門的時間應該綽綽有餘。沒有多作休息，他先是整理獵寮四周，接著又到附近割取芒草做為床鋪，然後又鋸倒整棵九芎樹，打算做為今晚的營火。

諸事備妥後，就等汗水流盡，靜下心準備獻祭山神及諸神靈。他手提祭品起身走向巨石，旁邊有一處天然形成的石桌，他擺上三個 binariyau、一杯米酒和幾粒檳榔，接著點燃一束香，開始誠心誠意地獻祭祈求：

na kiya kaDu a miya Denan na miya dare na temuwamuwan La ayiDi ku maderu kanmu

alamu TemawulLa aw berai i ku Diya Da nu nisisan Da maTukul aw Da abelan Da nu binabaau

Lamani ku Diya Da niredekanmu na miya alum RigiTi ku Da kaDu kamu isabak a Di du redekai ku Da gemuwaguwas Da kuwadisan

居住在此的有山者、有土地者及祖靈們，這是我的獻祭，請前來聞香並賜我，你所厭惡的、老或弱的飼養物，請諸位原諒我的到來，也請保佑在您的庭院裡不受惡靈騷擾。

Barasa 唸完最後一段禱詞，靜靜地背起藤簍鑽進樹林，開始找尋獵物的獸徑。山溝野溪中只要看見冷青草或長葉水麻[15]曾被啃食過的痕跡，就循線放置一門獵具。

隨著時間過去，草叢中傳來陣陣竹雞的啼聲[16]，提醒他時候不早了。正愁最後一門還找不到好地方時，他突然發現有幾隻野豬正從山谷攀爬而上。瞄了一眼，不禁會心一笑，立刻卸下背簍，拿出 mumu 讚不絕口的獸鋏，循著獸徑往上走。

眼前山溝旁邊一塊大石頭底下有明顯的野豬腳印，他立刻抽出獵刀，在那挖了約十公分深的坑洞，大小如展開的獸鋏。接著砍了兩根如拇指粗細的樹枝，穿進鋏子的彈簧圈裡，兩手扶正鋏子雙腳，再用力一壓，就把彈簧撐開來。左右拉開鋏子口再勾上踏板，以固定栓固定，彈簧自然就被扣住。拿出樹枝後，小心翼翼地將鋏子放進小坑裡，再順手折了兩段山過溝的葉梗，用刀子橫劃三條線再用手輕輕拗折，順勢橫放在踏板上，最後鋪上月桃葉片。

---

15 這兩種是山羌或山羊普遍會吃的植物。

16 山上竹雞總是很準時啼叫，聽到時約莫下午四點多左右。

他在離放置點稍遠處挖取乾泥土，謹慎地把鍬子埋藏起來，因為野豬很聰明，一旦發現有人為挖掘過的痕跡就不會靠近，之後又找了幾根粗大的枯木，放置在可能走偏的路徑上當作圍籬，以確保野豬會循著 Barasa 希望的路線踏入陷阱處。

這些已經是幾天前的事了，當時 Barasa 對所有的陷阱放置點感到很滿意，加上工作進行得相當順利，讓他滿懷希望，甚至連夜趕路回家。此刻蹲坐在柴火旁的 Barasa 怎麼想都不明白為何沒有獵物上門？不知不覺，菸一根接著一根，忽然耳邊「啊嘎嘎」的聲音一連好幾次，Barasa 立刻推斷應該是獵寮下方約一公里處，位於野溪附近的吊繩可能已經套中山羌。於是趕緊穿上雨鞋，難掩興奮地綁上獵刀，又匆匆地塞了一只麻袋於背簍裡，轉身就往樹林鑽去，尋聲飛快地奔下山谷。

放置已久的套繩終於有了動靜！Barasa 腦海裡浮現多個與獵物搏鬥的畫面，但萬萬沒想到在奔走的小徑上被橫生的藤蔓給絆倒。由於走得太急促，瞬間跌落陡峭的碎石坡——Barasa 緊繃地睜大雙眼，本能地立刻以手腳抵住碎石坡，過程中手邊雖有抓住幾撮蕨類，但下滑的引力依然不減。他直覺的反應應該要把正面貼近碎石坡，於是趁著手中握住樹幹的機會巧妙地翻過身來，終於止住下滑的速度，緩緩停住……倒是身旁兩側滾動的碎石不斷地滑落山谷。

Barasa深吸幾口氣，試著穩定情緒。脖子緩緩伸出朝底下看，腳下石坡的深度約有幾層樓深，谷底僅有幾棵粗大的松樹。在如此的陡坡上，他打量著是否有脫困的可能。環顧四周，幾乎是大小不一的碎石塊，以及生長稀疏的酸藤，距離雖不遠，但如果想確實抓住酸藤，非得還要爬上一段。Barasa心想：不試著爬，恐沒機會脫困了！若繼續往下滑又沒植物可抓握，一不小心很可能會摔斷腿。

他沒有考慮很久，鼓足了勇氣，正面緊貼著碎石坡，小心翼翼地向上爬，費了一番工夫，眼看酸藤已近在手邊，接著一鼓作氣伸長了手臂，奮力一握！終於緊緊抓牢，就這樣借助酸藤使勁地攀爬，好不容易才回到原先的小徑上。

氣喘吁吁的Barasa累得癱在一塊牛樟頭上動也不動，回頭往下再看看碎石坡，不禁打了個冷顫。徐徐的微風像是在安慰似地，四周異常的安靜。等稍微回過神來，才想起：山羌該不會已經掙脫吊繩了吧！

儘管如此，還是抱持一絲的希望，打起精神，步伐蹣跚地來到放獵處。只見獵區裡交錯的蕨類凌亂倒臥，吊繩則不翼而飛，他正懊惱地抓抓頭準備離去時，樹上突然傳來微弱的聲音，隱約可見在交錯橫生的樹藤中躲藏著一隻猴子。Barasa見狀，再也忍不住放聲大喊：「哇！懶惰鬼，樹上有路不走，下來踩我陷阱！」

「我不獵了！你得意了！冒失鬼……呸！」

他上氣不接下氣，氣呼呼地對著樹上猴子大罵。

Barasa 滿臉倦容地回到獵寮，癱坐在草蓆上緩緩點上一支菸。他懶得回憶今天一整天的遭遇，只是灰心期待剩下的幾門能夠有所收穫。

山上天色暗得快，入夜後愈晚愈寒冷，他呆坐在火堆旁取暖，什麼都沒想。事實上也只能如此，伸手不見五指的森林裡，除了眼前的火光，此外一片漆黑。看似寧靜的樹林，入夜後總有各種奇怪的聲響，愈在意就愈坐立難安。

這時，水青岡上方傳來枝葉沙沙的摩擦聲，一聽就知道是飛鼠前來觀看火光。心裡雖然有數，但單手枕著頭半躺在草蓆上的 Barasa 還是忍不住拿起手電筒往樹上一照，只見許多紅紅亮亮的眼睛就在眼前跳來跳去，其中白面飛鼠最為出色，也最接近獵寮。從未有過這麼多隻飛鼠就近眼前，一股莫名的感動油然而生，感覺牠們就像是前來安慰自己的祖靈們。Barasa 不禁輕輕嘆口氣，喃喃自語：「感謝祢們來陪我！」

關上手電筒，已經適應黑暗的眼睛仍然盯著飛鼠，同時想起上山前的夢境：一位身穿白色禮服身材姣好的女子，用她那雙又圓又大的眼睛親切地看著他。Barasa 羞答答詢問她的名字，但女子始終微笑不說話。刻意想靠近，卻怎樣也無法接近；使勁伸出手想牽住她，卻始終無法如願。他不死心再次伸出手，眼看就要碰觸到了，一瞬間女子忽然幻化成沒尾巴的白老鼠，他吃驚地後退幾步，卻不慎滑落無底的深淵！下墜中不斷地掙扎求救，卻發不出任何聲音。接著背後又被不明的尖銳物刺穿身體，說不出的痛楚令他奮力吶喊——猛然地 Barasa 從草蓆上驚醒，一身的冷汗，分不清是夢境還是現實。

想到此，Barasa 依然心有餘悸打了個冷顫，回過神，飛鼠們早已不見蹤影。眼看營火快燒盡，連忙添加幾根較粗的木柴，便鑽進溫暖的睡袋裡，半夢半醒地捱過寒冷的月夜……。

今天是入山的第三天，早晨的陽光依舊懶洋洋。Barasa 睡眼惺忪地鑽出睡袋，無精打采地添柴，少了猴群的鬧場，他還想繼續睡回籠覺。就在此時耳邊隱約傳來細微的石頭滑落撞擊聲，以及斷斷續續野豬的哀嚎聲。Barasa 跳了起來，屏住氣息專注傾聽，他知道野豬已經誤踩陷阱，正極力地想要掙脫腳上的獵鋏，但是獸鋏上的鐵鉤阻礙了牠的衝勁，來回拉扯中鐵鉤也不斷地勾住藤蔓及樹頭，藤蔓被拉扯的聲音猶如颱風般強烈，連同轟隆隆的石板滑落聲，在靜謐的森林中彷彿山崩似地令人震撼。

隨著愈來愈膽顫心驚的石頭滾動聲，Barasa 更加確定獸鋏已經牢牢扣住野豬了。他的睡意全退了，心跳也開始加快，雙手微微顫抖，呼吸也變得急促起來。就像即將要上戰場的勇士，此刻他的士氣高昂，連日來鬱悶的心情統統一掃而空，臉上全是獵人應該有的神采。他連忙穿戴好裝備，隨即走到附近找尋粗細適當的山龍眼，砍下其中的一棵，趕忙削製獵刀的長握柄。野豬的憤怒聲持續進行著，Barasa 的腎上腺素早已飆到最高點，但還是強忍住欣喜、不敢貿然衝過去，因為他知道此時誤入陷阱的野豬可是會拚了命地掙脫反抗。

緊握著獵刀的長柄，接連地刺向樹幹以確定獵刀不會從長柄上脫落，Barasa 強忍激動坐在大石上，抖動的雙手勉強點上一支菸，緊張的心情全都表露無遺。一會兒坐下，一會兒又來來去去地徘徊，總感覺時間過得特別緩慢。試著放空心思卻愈是胡思亂想，不知道熄了幾根菸、吐了幾口氣，終於森林再度恢復平靜，再也沒有聽到任何明顯的聲音。Barasa 知道野豬累了，但他不會給牠充裕的時間恢復體力，於是立刻提起獵刀迅速地飛奔至獵場附近，遠遠只見野豬疲累地癱倒在地上。

Barasa 放慢了腳步，穩住自己的氣息，刻意壓低身高，準備好戰鬥的姿勢，伸長脖子悄悄地接近。不料，就在距離一、二公尺前，野豬嗅到了味道，瞬間彈起身來發狂地衝向他，突如其來的力道從刀尖、刀柄瞬間傳遍全身，Barasa 奮力抵制，腳步踉蹌硬是滑退一公尺遠。第一刀太過匆促未能刺中要害，Barasa 沒想太多迅速地站穩腳步，憋足了氣，緊握長柄就等野豬直接衝向刀尖。野豬被鐵鉤牽制住，猙獰低吼向後退了幾步，牠也不想給 Barasa 太多時間擺好架勢，於是馬上又再度衝撞！Barasa 身體前傾，幾乎是單腳站立，一口氣緊緊憋著，全身的力量灌注在長柄上，死命地抵抗野豬。瞬間，「啪」了一聲，獵刀刺破厚實的豬皮，直接貫穿心臟，只見野豬兩眼睜大同時發出淒厲的叫聲，全身僵直硬生生地倒地，四肢不停地顫抖……還握著長柄的 Barasa 仍然憋著氣，看著對手睜大雙眼漸漸地失去了生命。

Barasa 確定野豬已經戰敗，才抽出獵刀退下長柄，握著獵刀，輕拍著野豬的後腿，準備送牠最後一程：

Wala walamau wala kamu demuwamuwan aw tauwili Diya nu ka ka butan
meredek ka nanku ki a Lu nan
nu keDan i ka mamau la Da naniyan badibadiyan paretek Da beTen nu DaDek a ba
TaTugul ka niyam lalalakanan uwala ua la Da temeagn

走吧、就走吧！回到祢祖先的行列，也召喚出你的同伴來到我的獵場。你的力量會永遠是我們的話題，你的身體也將延續我們的後人。走吧！請驕傲地走吧！

坐在不遠的地衣上，Barasa 等著野豬身上的扁虱全離開了，才要扛回獵寮。

看著對手已經闔上的眼睛，Barasa 有些傷感又有點激動，一切都發生得太快，想到野豬第一時間彈起來攻擊，Barasa 還是心有餘悸，尤其最後取下緊咬在野豬腳上的獸鋏時，才發現原來只扣住牠的腳趾！如果第二次還沒有辦法刺中要害，如果野豬再一次使勁掙脫獸鋏，那倒在地上會是誰就很難說了。Barasa 愈想，心情愈難以平復，腦筋一片空白，顫抖的雙手點上一支菸，試著緩和高漲的情緒。

一個小時後，野豬早已沒有餘溫。Barasa 撥撥獸毛，確定扁蝨已走光，才拍拍獸身準備扛回去。約一百公斤重的野豬背在身上的確很吃力，不過打贏勝仗的感覺讓他的腳步顯得輕盈。時間應該已經過了正午了，而山林似乎正在為失去的一員哀悼，開始降下一層又一層的薄霧。不一會兒，森林漸漸灰暗，像是飄起濛濛的細雨。

回到獵寮後，Barasa 燃起營火，將剩下的飯菜溫熱，不急不緩地進食，因為待會有好長一段路要走。看著飽滿的麻袋，思緒因為興奮而開始紛亂，他想著：不知道趕不趕得及吃晚飯……Muya 一定擔心死了吧？早跟她說在山上沒辦法用手機……啊！大姊有交代要把肋排的部分留給她，得先跟 kajiyan 說……mumu 會很高興吧！有很多事要忙……啊！Tumai 還沒看過這麼大的野豬，不知道會不會怕，萬一……。

忽然，Barasa 猛然想起獵殺的最後一幕，那雙睜大的眼睛有如夢境裡的女子，而白色禮服不正是野豬黑色的獸毛嗎？白色沒尾巴的老鼠可能代表野豬的大小，至於夢境最後……Barasa 笑了起來，可能是山神想讓他體驗野豬被刺中的感受吧！

Barasa 不再胡思亂想，低著頭靜靜地把飯吃完，心中充滿感激，臉上全是滿足的笑容。

梁秀娜

〈初見〉（二〇二二）

Sened Tjuljapalas，一九六九年生，屏東縣瑪家鄉佳義部落（Kazangiljan）排灣族。國立高雄師範大學表演藝術所畢業。目前擔任屏東縣原住民 VUSAM 圖書館館長、屏東縣原住民文教協會總幹事。

早年從事表演指導工作，長年在舞蹈編創的工作中發現部落的故事太少，能參考創作的題材有限，於是開始書寫自己部落的故事。憑著這股自己的故事自己寫的熱情，二〇一九年開始跨行寫作，佳績頻傳，二〇二〇年以〈銀色月光之舞〉獲大武山文學獎肯定，二〇二二年作品〈芙塔蘭〉獲屏東文學獎小說獎、〈初見〉獲臺灣原住民族文學獎小說獎、〈龍眼樹下〉及〈母親的旗袍〉也分別獲取第三屆 Vusam 文學獎新詩及散文獎項。

初見

驀然回首，歲月悠悠，
誰也無能為力的事，要怎麼救？
而那時，他們風華正茂。

一九四一年，春

清晨，巡查大人田福帶領佳義社的族人上大武山頂，他們要去預定興建大武山祠的山上。有「未來的部落勇士」稱號的查拉西夫也被叫去打雜，他幫忙背美智子桑的東西。美智子嫁給田福前，在名古屋是正統的西川流派舞踊[1]，所以她對表演非常要求。為此，田福很不高興地一路唸：「去大武山頂走路困難，妳在做什麼？拿那麼多！」

美智子不悅地回：「理蕃課長很嚴重地說，紀元二千六百年紀念活動和蓋神社，都是非常值得的慶祝，大家要認真表現！」

田福又唸：「不需要的東西不要帶，很麻煩！」田福是個焦躁且粗暴的人，要不是美智子的父親和警務部坂口部長是好朋友，他早就對她的嬌縱沒耐心了，再加上他們結婚五年，始終不見美智子的肚子有動靜。

美智子說：「我在名古屋表演《壽式三番叟》的時候，一定要用長唄三味線[2]，我今天只有打鼓，很隨便表演了！」

到了目的地也是下午了，日本軍人已布置好地鎮祭[3]的會場，附近的幾個社也都來這裡參與慶祝，佳義社、若葉社、北葉社等十四社都來了。族人對日本人要在大武山頂蓋神社很不高興，大武山在族人心裡是多麼神聖，尤其大武山頂附近，那是聖域所在，大武山神所在之地，如今竟要在這裡建大武山祠？當然，族人的反對是沒有用的，

---

1 西川流派舞踊：日本傳統表演藝術，類似今日的舞蹈與啞劇融合，日本舞踊較早時期與神事及能樂等活動結合。在江戶時代（十七世紀）獨立發展。日本舞踊分為「花柳流、藤間流、若柳流、西川流、坂東流」五大流派。

2 長唄三味線：日本傳統的弦樂器，已經有四百年的歷史，此樂器反映了濃郁的江戶文化，如今已經成為日本傳統文化的一個重要標識。

3 地鎮祭：日本祭祀神明、祈求建築安全的儀式。

日本天皇想主宰世界的野心，已遍及整個太平洋及中國，日本敢死隊正野蠻地在太平洋各地侵門踏戶，怎容許原住民的仰望不是他呢？

時值寒冬，地鎮祭在冰冷中進行，所有人在冷風中奉祝天皇的野心，將要在這裡立下永恆，族人們沉默著憂鬱，心中無力地祈禱大武山神，請祂懲罰他們，讓建祠失敗！

地鎮祭結束，便是各社青年團的表演節目了，佳義社的節目是開場表演，美智子這次挑了五名佳義女青年團，其中詩娜是她特別喜歡的學生，她除了跳得好，長得也白白淨淨，還特別像日本小女生。

她們一行五人，身著和服走向表演場地旁，女孩們笑得很美，兩個小辮子在肩上搖啊搖地，如同山中最甜美的詩，清新中帶著嬌柔，說像花朵太豔俗了，應該是像小櫻桃那樣可人。

活動主持人是田福桑，他以極渴望的口吻介紹佳義社的表演：「為了很高興我們要在這裡蓋神社，今天佳義青年會的女孩子要表演一個很——美麗的舞蹈，這是美智子桑教她們的《壽式三番叟》[4]，請大家掌聲鼓勵！」

寒風凜冽，繚繞的雲層快速地翻越山稜，冷風穿過古木群，葉雨紛飛。

詩娜和佳義社其他四個女孩穿著和服背對觀眾，一字排開地站在表演場地中，而這表演場地只不過是一塊較高較平的土丘。美智子站在舞臺邊，並將鼓置於鼓架上，鼓架是查拉西夫稍早在附近臨時砍來的樹幹做的。

表演開始，全場安靜，美智子重敲了兩下，五名背對的少女，迅速地將右手抬高至身側的右上方，右手執的白扇上面，還畫有兩朵盛開的百合，扇面面向觀眾，接著美智子由慢轉快的碎鼓聲，慢慢地讓女孩子們以扇遮面轉向前面來，美智子接著開始唱出《壽式三番叟》裡的祈福歌謠，少女們隨著她的古調，緩慢地將右手遮面的扇子，在一個轉身中拉開。詩娜是主要角色，她的和服比旁邊四位還要好看些。佳義青年團的表演讓所有人都驚呆了，除了是看見她們美麗的和服外，還被詩娜曼妙的舞姿及可愛的臉蛋給迷住了。尤其，對於她們的嘴唇非常羨慕。

「哇，那個嘴巴，紅色的，好漂亮啊！」

「哇，她們的日本衣服跟我們的不一樣！」

「她們頭上的花，很不一樣，那個花在哪裡採的啊？」

4　《壽式三番叟》：日本舞踊古老的演出劇目，以祈願長壽、天下太平、五穀豐登做為祈禱的舞蹈內容。

查拉西夫在人群中也看得入神，心想詩娜怎麼那麼美啊？詩娜在舞蹈中不小心對到他的眼神時，自己心裡還小鹿亂撞地獨自害羞。

表演完，美智子對詩娜說：「下一次我們在歡送志願軍的時候，我再教妳們表演《莎韻之鐘》，我們再找很多女孩子練習跳舞，我叫裁縫班做很多好看的頭花。」聽見美智子一連串的計畫，詩娜就知道她很滿意她們的表演，這讓她很有成就感。詩娜很喜歡美智子，因為她們很像，都喜歡別人讚美她們的舞蹈，都喜歡跳舞和美麗的事物。

回程的路上，詩娜突然感到肚子痛，痛得坐在地上起不來，這時田福桑叫查拉西夫背起詩娜，讓大家快點趕路。查拉西夫是獵過一隻熊的勇士，背詩娜對他來講是件很輕鬆的事，他二話不說，動作俐落地將詩娜一拉，就上背了，詩娜還沒來得及說不呢！詩娜閉著眼睛靠在查拉西夫的背上，本想要說放她下來，可為了不耽誤大家回部落的時間，只好忍住自己的想法。查拉西夫走得很快，比他們其他人要快得多，為想早點帶詩娜回部落吃藥，他後來乾脆用跑的。

詩娜有氣無力地對查拉西夫說：「不要跑，搖來搖去肚子更痛。」

查拉西夫沒聽到，仍在跑，詩娜便拍他的肩膀，查里西夫這才停下來問：「怎麼了？」

詩娜又再說一次：「不要跑，搖來搖去肚子更痛。」

查拉西夫認真地想了想，怎麼樣的跑才不會搖呢？

此時詩娜忽然覺得查拉西夫讓她有一種踏實的安全感，她也對自己有這種感覺感到奇怪。她曾聽說查拉西夫的母親在生他時就去世了，父親在他母親去世隔年因病也跟著走了，部落族人都傳言查拉西夫是他們家的掃把星，他祖母為了保護他，便將查拉西夫帶往深山自己照顧，實在是這兩年她病重，怕自己突然走了，查拉西夫一個人她不放心。想到這些詩娜就不由自主地憐憫他。

到了駐在所，青年團的人都解散回去後，田福又對查拉西夫說：「查拉西夫，你是最有力氣的人，你走去我的宿舍，拿一個很大的石頭，上面有刻國語碑，你搬去升旗臺旁邊，然後把它種在那裡，種好你再回家。」

查拉西夫一臉不悅地說：「我很累了！明天再拿吧！」他很不喜歡田福無止境地使喚他，而且每次他打獵回來，田福總任意拿他的獵物。

田福微怒：「你那麼早回去做什麼?你家只有一個生病的老人。」

查拉西夫聽了很生氣，說：「祖母生病了，我要早點回去照顧她。」

田福讓他回去了，心裡唸著：「沒禮貌的蕃人，你需要教訓。」

泥濘

雨後的部落，正在午睡。

查拉西夫對他的牛不斷地吆喝：「哈！哈！」他的牛似乎是有心無力，舉步維艱，吃力地拉著牛車往上坡方向走，住在道路兩旁的族人都好奇地出來看。

「查拉西夫，你買新牛車喔？」

「查拉西夫，你打獵很快啊，一下子就有錢買牛車了。」

「查拉西夫，我來教你啦！」

幾個對查拉西夫有好感的女孩子，也跑來牛車旁給查拉西夫打氣，她們一邊幫忙扶牛車，一邊唧唧喳喳地討論查拉西夫。

峨冷看著查拉西夫笑說：「查拉西夫，你坐在牛車上很好看喔。」

娥格絲也附和道：「查拉西夫，下次用這個載我們出去玩好不好？」

娥格絲又說：「查拉西夫，峨冷說妳要不要去她家外面唱歌啦！」意思是要他去求婚，峨冷家是頭目家族。

峨冷笑得很燦爛，做作地打了娥格絲一下肩膀：「喂——我又沒有說。」然後偷看了一下查拉西夫。查拉西夫剛剪了頭髮，短髮使得他深邃的眼眸更顯迷人，略高的身材及獵人的體形使得他在人群中，總是最顯眼。自查拉西夫家搬進佳義社的第一天，她就對他一見傾心。

查拉西夫滿頭大汗地訓練他的牛拉車，完全沒心情理會周圍親朋好友說的話，當牛車和看熱鬧的人潮前進到他朋友家旁時，他三位朋友正坐在鋪有石板的院子中飲酒，他們除了要查拉西夫下來喝一杯外，還笑他的愛慕者：「峨冷！不要再看查拉西夫了啦！妳轉過來嘛！我們也很好看啊！」講完，喝酒的那三人就自己大笑。

峨冷看了他們一眼，並翻了一個白眼。

「峨冷！查拉西夫不會愛妳啦，只有我在等妳，不要他了啦。」講完那三人又笑得更大聲。

峨冷轉過去瞪他們：「你們閉嘴啦！煩死了！」

滿是泥濘的路使得牛車的訓練很不順利，好幾回已四肢無力的牛，險些無法停住牛車後拉的重力。

這時，田福桑剛好經過看到，他氣極敗壞地罵：「混蛋！這個平平的路，全部被你的牛車弄壞了，這個路是你一個人的嗎？下來！」

圍觀的族人嚇到，都站一邊去，那些七嘴八舌的玩笑話，瞬間在時間中被生生地抽走，而喝酒的年輕人立刻酒醒，擔心他們的朋友查拉西夫會出什麼事。查拉西夫下了車，小心地回應田福桑：「對不起，我等一下會來修理這個路。可是下雨天的泥土，本來就很軟啊。」

田福打了他一巴掌，再用力地踹了他的肚子，查拉西夫重心不穩地倒在地上，田福再大步向前，用他穿了厚重警靴的腳，用力地踩在查拉西夫的側臉上，他邊用力地踩邊罵：「你趕快修理這個路！不要以為你是厲害的獵人，就覺得自己很了不起！我叫你吃大便，你也要去吃大便，知道嗎？混蛋！」

自日本人規定收穫祭只能舉行一天起，老一輩的人就愈來愈不能忍受他們奴隸族人的變態心理，如今他們到處征戰，還要族人志願捐款，還要族人志願去當軍伕，讓生活朝不保夕、苦不堪言。時局動盪得如此劇烈，族人惶惶，這樣的日子何時才是個頭？

田福忿忿離去後，查拉西夫便站起來，牽起他的牛離去。峨冷看了很不忍心，正要過去安慰他，被娥格絲拉住了。

峨冷天真地說：「他入贅來我家好了，這樣就沒人敢欺負他了，我保護他。」

娥格絲笑她：「妳那麼愛他喔？妳的嘎嘛依娜[5]不會同意的啦，他是平民。」

婚宴

塔如札倫家一早就被全社族人的賀禮堆滿了前院，是峨冷的大姊芮斯，和魯凱族頭目的次子勒戈崖的婚宴。

排灣族頭目家族的婚宴，可說是部落裡僅次於收穫祭的盛大活動了，雖然日本總督府削去了頭目的實權，然精神領袖的地位，在每個族人的心裡不是說抹去就能抹去的，所有族人仍帶著歡喜的心前去道賀。其間，田福和美智子夫婦也在其中，說是被邀請，更貼切地說是不請自來，他們除了控制婚宴要在一天就結束，還要檢查所有送來的禮品中，有沒有他們喜歡的。

到了傍晚，青年男女穿著家裡最華麗的盛裝，一一從自家走向頭目家參加晚宴。詩娜的母親在家幫她穿戴時交代：「女孩子動作要小小的，不要隨便跟男生講話，不要讓頭飾上的東西掉下來，眼睛要一直看前面，不要東看西看，人家會以為妳很隨便。坐

---

5 嘎嘛依娜：排灣語，「父母」之意。

在中間的頭目都在看，他們講妳好話，就很多人會想娶妳，他們講妳的壞話，大家就都不敢要妳。」

查拉西夫要出門前，他的祖母也叨叨地唸過：「男孩子，背要挺直，臉上要一直可愛的笑容，長輩需要你的時候，要趕快去幫忙。你喜歡的女孩子、她們的依娜嘎嘛[6]，你要照顧很多。」

婚宴中的四步舞，是部落裡年輕男女最喜歡的橋段。女孩子在內圈，男孩子在外圈，年輕男女相互偷看的眼神在交叉牽手的心裡，已汗出多少小鹿亂撞的音符。不知怎地，自上次大武山祠鎮地祭活動後，查拉西夫便對詩娜默默有了好感，但他總是勸自己，不要想太多，自己是會帶來惡運的人，遠遠的喜歡就好。倒是峨冷，在四步舞的舞步中，不斷地望向查拉西夫的方位，只要查拉西夫不小心望見她，她便笑得很開心，整場的婚宴舞中，她眼中只有查拉西夫。

峨冷的母親是頭目，她也坐在四步舞圓心的頭目群中，峨冷的所有舉動都在她母親的眼裡，她母親很生氣走向峨冷，輕輕地將她拉出舞圈外，假裝幫她整理服裝，並輕輕地在她耳邊說：「女孩子的眼睛不要一直看男生，很丟臉！妳的嘎嘛要是知道了，他一定會打妳！妳看的人不適合我們家族，他是平民！」

峨冷也小聲地回母親：「我就是愛平民。」母親瞪了她一眼，然後，再輕輕將她插回四步舞的圓圈中。

族人天籟般的歌聲，緩緩吟唱，吟唱著讚頌大武山神，吟唱著祝福新人。傳統歌謠〈lujumai〉更帶出男女傳送心意的含蓄詞意，男孩女孩一句一句地對唱，音調反覆的歌曲在田福桑和美智子桑聽起來覺得無聊，因為他們聽不懂那些詞意裡的心跳和耐人尋味的密碼。四步舞的迷陣，一波一波地如美麗的浪潮來襲，青年男女在美好的夜色中，乘著音符的浪濤直至迷醉方休。

田福聽不懂這些歌曲，不感興趣，他便走向正和朋友暢飲的頭目問道：「頭目，你今天很高興呢，喝很多酒。」

頭目帶著開心的酒意對田福桑勸酒：「來啦，田福桑，不要那麼認真工作每天，今天要給他快樂啊！」

田福笑著答道：「頭目，我很高興啊，可是……我剛才聽到一個很不好的消息餒。」田福便把頭目拉去一旁。

---

6 依娜嘎嘛：排灣語，「父母」之意。

在酒圈中酣暢的頭目被拉出來有些不悅，問道：「田福桑，什麼事啊？」

田福說：「我接到通知在早上，說你的女婿勒戈崖是很好的青年，而且有志願要去打仗效忠天皇。」

頭目這下真的酒醒了，猜測田福不知道又再打什麼壞主意：「田福桑，拜託啦，幫忙一下，不要讓我的女婿去，你要我怎麼樣都可以。」

田福滿滿壞主意的眼神，停了三秒便大笑出來說：「啊呀，頭目，我們已經是好朋友很多年的，都是你幫助我在佳義社。我想一想……我想一想……啊！我想到一個辦法，我找一個人替代你的女婿，你覺得好不好？」

生性懦弱的頭目從來也不敢忤逆田福，便說：「啊呀，太感謝田福桑了，你對我真的是太好了，我們就像兄弟一樣，你太照顧我了。」

田福眯著眼笑著說：「我找查拉西夫替代你的女婿，那個人很討厭，而且他的祖母也快要死掉了，他去參加志願軍很好。」

頭目這時不知如何回答，左右都是為難，心裡覺得對不起查拉西夫，又問：「那個田福桑，我要怎麼感謝你啊？」

田福笑著說：「我們是兄弟，我不要你孩子結婚的禮物，那個是他們的，我要一個小小的小刀就好了。」

頭目笑了，正要走去拿刀時，田福補上了一句：「那把你掛在牆上，刀子的木頭上面有漂亮的雕刻，那把。」

田福有收藏小刀的癖好，自從派駐到佳義社以來，就用盡各種機會，甚至半威脅式的要求族人贈與家中的青銅小刀，這當中也包括詩娜嘎嘛的傳家寶物也被強迫贈與了。

頭目停住了，回頭跟田福說：「田福桑，那把不行，那把是我們家族每一代要傳下去的寶物，那是真正的頭目最重要的東西。」

田福有些不悅地說：「小的刀子可以再做，這個女婿……」

頭目很無奈地回他：「好，我答應你。」

青年會

佳義社的青年會，已習慣了每天警鐘響後的執行任務。這一天青年會的年輕人被分了幾組，每組都抬著一籠小雞，挨家挨戶地指導養雞事宜。詩娜和查拉西夫由於在青年會中的朝夕相處，感情已漸漸升溫，指導養雞的任務他們又被分為同一組，青年會的人都說他們是天生的一對，紛紛調侃他們。

「查拉西夫，先去幫你岳母弄好雞舍吧！」

「查拉西夫，詩娜是長女喔，你要入贅。」

查拉西夫回過頭問詩娜：「我想考巡查補，我將來想當一個有力量的人，有力量才能保護家人，不被欺負。」

詩娜心裡喜悅，查拉西夫開始規劃他們的未來了，他的許多試探在在讓她感受到，幸福其實很簡單，幸福是兩個人有共同的目標，而且都是為了對方而想讓自己更優秀。

就在大家都忙完協助社裡的養雞事宜後，女生們就被美智子喚去排練舞蹈。女生們到了駐在所，美智子讓她們進來她的宿舍，每個人發了一套日本和服，那都是美智子帶領裁縫班趕製出來的，只有詩娜那套是美智子親手縫製。女孩兒們都為這些漂亮的和服讚嘆，尤其是詩娜那套，美智子幫她準備了完整的配件，從襦袢、襟芯、腰紐、帶板、帶枕、帶締、帶揚、足袋、木屐再到和大家一樣都有的和服和腰帶，美智子是用了自己上等布料的和服再加以改製，她用了幾條金線，去勾勒原本花朵圖案的線條，看上去就是耀眼奪目的舞蹈服裝。

大家一陣為舞衣心花怒放後，美智子趕緊喚醒她們：「快，我們還要練舞！全部的女孩子，不要偷懶呀，理蕃課長那天要來參加我們的歡送會，我們再練習一次。」

女孩子們練舞時，田福桑就讓男生們回家了。這時田福把查拉西夫叫到辦公室，他假裝好意地問：「查拉西夫，你的祖母好多了嗎？你最近的打獵愈來愈厲害了，小林桑跟我說，你時常打獵很大的動物。」

查拉西夫小心回應：「是的，田福桑，因為我的祖母常生病，我要常買藥。」

田福又說：「查拉西夫，你的祖母很多辛苦，你要很好的表現，你的祖母才會被你好好照顧啊。」

查拉西夫不解地問：「很好的表現？祖母才會被我好好照顧？」

田福咳了兩聲，接續道：「好，我告近你一個事情，早上我接到通知，你要當志願軍，你是佳義社裡最強壯的人，理蕃課長很尊敬的通知，你也是我們的志願軍。」

查拉西夫這下懂了，他非常生氣，可命運就在日本人手上，而且是在他眼前的這個大壞蛋手上，他壓抑住了怒氣轉而求他：「田福桑，可不可以不要去？我的祖母沒有人照顧啊。」

田福一副很同情的樣子：「查拉西夫，我很頭痛啊，理蕃課長很嚴重的通知，我不能不聽他的話。」

查拉西夫突然跪下來，哀求田福，田福一開始還假裝同情，到後來他開始不耐煩了，把查拉西夫踹開，走向櫃子邊的鏡子，邊對著鏡子梳理他自然捲的亂髮邊說：「好了，好了，你是所有男孩子的榜樣，要對天皇效忠，為天皇站在最前面打仗，你才能成為真正的日本人，大家都會尊敬你。」

查拉西夫恨透了田福，田福把他吃得死死的，讓他很難呼吸。遂心中暗自發誓，若能活著回來，一定不會放過田福。

一九四二，春

志願軍的歡送會就在下午，佳義社有八名志願軍參戰，青年團的年輕人都說他們很勇敢，有真正的日本精神，志不志願其實他們心裡都清楚。

歡送會的開始，先在駐在所祭拜，接著田福要他們面向東北方，向遙遠的天皇敬禮，進行完祭天祈佑的儀式後，就是歡送會的表演節目了。

田福以溫柔的聲調介紹〈莎韻之鐘〉的舞蹈出場，詩娜腦袋轟轟地走向出場預備位置，她眼眶泛紅，眼淚開始在眼睛裡打轉，在她碎步出場時，深深地吸了一口氣收住了淚水，她想這是目前唯一可以為查拉西夫做的事了，好好地把這首舞跳完吧。

詩娜的和服是鵝黃的底色，袖子和裙擺上的圖案是綠色櫻花，櫻花以金線勾勒出一些花型，腰間綁著橘色系的名古屋帶，白紗材質的帶揚微露在腰帶上緣，腳上穿的足袋白得發亮，她溫柔地踩踏每個音符的心語，古典造型的髮髻上，插上碎鑽拼貼成櫻花的髮簪，髮簪尾端垂掛兩串透明的珠串，珠串在舞動的步伐中搖搖晃晃，它細碎地唱著〈莎韻之鐘〉。

表演完，田福大大地讚賞〈莎韻之鐘〉的表演，還說：「哇，很漂亮呢——這個詩娜的跳舞，大家掌聲鼓勵，好不好！」

歡送會結束，志願軍就要出發前往屏東機場了。大家在安靜中踩著沉重的腳步，在瀟瀟的雨中忍住心裡的不捨。查拉西夫的好友把他祖母背了出來，頭目穿著簑衣跟在人群中內疚，峨冷拿著大葉遮雨感嘆初戀走了，詩娜的淚比雨下得還快，心痛如絞沉默地像遊魂走著。

走到部落出口，查拉西夫的祖母微弱地哭喊：「查拉西夫——我的孫子，嗚嗚嗚……你的祖母沒有用，沒有力量保護你，啊依——我們的大武山神啊，他的路上，希望可以得到祢的保護，把戰爭變小，讓他不要遇到危險。」查拉西夫的祖母太過傷心，講兩句就昏了過去，查拉西夫的好朋友們擔心祖母淋太多雨生病，就送她回去了。日本軍人又在前面催，就在離去前查拉西夫回頭望詩娜一眼，詩娜在人群中大聲喊：「活著回來。」

待他們的隊伍消失在山路間，詩娜還在雨中望著查拉西夫消失的方向，獨自，站了許久。

一九四三，夏

挺身報國隊[7]走後的日子，生活仍然黯淡，皇民化的政策像是巨輪，依然不斷輾壓族人每天的生活。但像詩娜、峨冷這一輩的年輕人，從一出生日本人就在了，他們被灌輸了滿滿的日本精神，他們沒有像他們父母一樣有那麼強烈的創痛，還非常忠心地為天皇做事。詩娜在青年會的日子似乎已然習慣，但青年會的生活不管多忙，詩娜每天都會去探望查拉西夫的祖母。

有一天，詩娜如常地去探望祖母，在查拉西夫家門口遇到峨冷，峨冷看見她有些不悅：「詩娜，妳來這裡做什麼？」

詩娜知道峨冷喜歡查拉西夫，也知道她是很單純的女孩，查拉西夫走了以後，她還時常來探望祖母，就更了解她真是一個善良的好女孩，只是她像個小孩一樣，總吃她的醋。詩娜回她：「我來看祖母啊。」

峨冷不悅：「不用，查拉西夫的祖母就是我的祖母，我自己會照顧她，妳以後不要來。」

詩娜本想笑出來，但又想逗她就說：「峨冷，妳確定嗎？妳的嘎嘛伊娜好像不要查拉西夫喔。」

---

7 高砂族志願軍在一九四二年三月十五日出發，此隊出發時，命名為「高砂族挺身報國隊」。

峨冷：「妳怎麼知道？」

詩娜：「妳們塔魯札倫家的事，大家都會知道啦，頭目啊！」

峨冷有些失落地說：「對啊，我的伊娜嘎嘛很愛反對，很討厭！我再求他們看看，如果不行，才可以輪到妳，知不知道？」

詩娜笑著回她：「好的，公主，我們先一起照顧祖母。」

峨冷不再生氣了，她想想也好，她一個人照顧也挺累的，就讓詩娜幫她做一下好了，就說：「嗯，妳是暫時的。」

詩娜笑著看她：「好、好、好！」

時間過得很快，查拉西夫去戰場也一年多了，其間，詩娜常常在駐在所聽到戰場上有人傷亡，也常聽到高砂挺身報國隊的威猛。有一回，她聽見田福桑和其他日本軍人聊到戰事，日本軍人說道：

「我們在巴丹島可能會贏得戰爭，我們帶去的高砂軍，非常的一級棒，他們打仗太厲害了在叢林裡！在開始的時候，皇軍先讓他們上岸，為了要看到美國人的槍炮放在哪裡，你知道嗎？他們跑得比子彈還要快，真想不到他們可以成功上岸。還有，後來在樹林裡沒有補給的時候，他們知道山上的東西可以吃什麼，所以很多人沒有餓死。他們的耳朵也很厲害，會知道敵人的位置，所以我們皇軍可以很快就把敵人圍起來殺死。喔，還有一個事是感人的，我們皇軍有一次被敵人攻擊的時候，帶領他們的田中步隊長被子彈射到了，那個時候很危險，大家都在逃命，沒有人可以救步隊長，結果，有一個高砂軍伕忽然把他背起來，然後一直跑一直跑，他跑步很快，子彈都追不到，啊呀！太厲害了。我看這個情形，美國人快要被我們打敗了。」

詩娜聽了暗自高興，她希望這些生還者裡有她等待的人。

詩娜才要走，就看見美智子氣呼呼地進駐在所辦公室，質問田福：「為什麼？為什麼要叫我回日本？我沒有說要回去！我的歐豆桑是生病，可是我沒有申請要回去日本啊！你在打什麼主意！」

詩娜本無意要聽他們夫妻吵架，但她聽到美智子對田福說的話她就嚇到了。

美智子問田福：「難道，你真的想要娶詩娜？」

田福喝斥她：「這裡是辦公室，不是讓妳隨便的地方！回去！」

一早，田福集合了青年會，要他們告知佳義社裡所有人，臺灣總督府宣布在巴丹島一戰，皇軍成功擊退美國。而且，佳義社的高砂軍今天就要回來了，有兩個人回來，但是，還不知道是誰。

志願軍就要回來了，家裡有參加高砂挺身報國隊的家族都非常緊張，只有查拉西夫沒有家人，因為他的祖母在他去打仗後半年就去世了。到了下午，駐在所的警鐘響起，全部落的人飛也似地跑往駐在所的方向，他們想看看是誰生還回來了。詩娜、峨冷、查拉西夫的好友也都為他祈禱，希望回來的是他。

到了駐在所門口，門口已插上了幾面高砂挺身報國隊的旗幟，旗幟在午後的風裡飄揚，獵獵著大東亞共榮圈的野心，對日本人來說這是勝利的肯定，對族人來說却是無法阻止的傷痛。詩娜進了駐在所，很快地就看到了查拉西夫，查拉西夫也遠遠地看見詩娜。田福桑在前面說著：「很好，我們有兩個人回來了，我以為都會死掉，沒有想到這麼厲害，他們是我們的榜樣，我們大家給他們掌聲鼓勵鼓勵。」

接著他又說：「他們在臺灣總督府已經獲得總督長谷川的表揚，而且他們現在都是警手了，我們大家給他們慶祝慶祝，好不好！」

這時田福看見查拉西夫正看著詩娜，便在他耳邊說：「查拉西夫，詩娜很漂亮餒，可以娶她做你的妻子啊。」田福心想，查拉西夫現在是有功勞的警手，不再是以前那個他可以隨時除掉的人，而且打過仗的人應該不好對付，田福琢磨著，還是拉攏他好了，他不想要有麻煩。

查拉西夫笑著說：「女人很麻煩，我已經習慣一個人了。」

田福又瞇著他不懷好意的眼神，笑著說：「喔？那麼可惜，詩娜是很漂亮的女孩子，她需要被保護啊，你不要的話，我可以再娶一個臺灣的妻子喔。」

查拉西夫也跟著笑說：「哈哈哈，可以啊。」

歡迎會結束後，查拉西夫起身想要走回家，峨冷趕在詩娜之前走去查拉西夫前面說：「查拉西夫，你好像又長高了喔，你的祖母過世了，都是我在照顧喔。」

查拉西夫客氣地說：「謝謝妳的幫忙，之後我會報答妳。」

峨冷害羞地說：「報答什麼啦，是我自己想做的。」

查拉西夫還是很客氣地說：「非常謝謝，但是，我一直趕路回家，已經兩天沒有睡覺了，現在想回家睡覺。」然後對她行一個九十度的鞠躬禮就走了。峨冷覺得查拉西夫變得好陌生，就像不曾見過的人一樣，她心裡好失落。

此時，詩娜看查拉西夫要離開，便要上前去找查拉西夫，還沒走到就看見查拉西夫對她行九十度的鞠躬禮，便走出駐在所，沒多看她一眼。詩娜愣在那裡，無法理解，她每天等待，心心念念的人怎麼變得這麼冷淡？是她哪裡做錯了嗎？還是有發生什麼事？

轉身

查拉西夫走出駐在所後，午後雷陣雨又開始下了，詩娜在雨中默默地跟著，她現在不知道他怎麼了，但她不忍心他一個人孤獨地回家，她不忍心他自己吃飯，她不忍心他自己洗衣服，她不忍心他沒有家人。查拉西夫慢慢地走在路上，他知道詩娜就在身後，他知道她一直都在等他，他知道只有她最在乎他，他知道他說什麼她都會願意，而他也知道他怎麼做對她才是幸福，他珍惜這一小段不是獨處的獨處，大雨中，兩個溼透的人，看著不同的方向。

忽然，查拉西夫停了下來，轉過身對詩娜說：「妳回家吧！我們不適合在一起。」

說完他就轉身離去。

查拉西夫殘忍地結束了詩娜的夢，詩娜還以為一切就要開始，她百思不解，心痛得不知該往哪裡去，心想，這雨下得真是剛好，她可以不用遮掩地大哭一場，眼睛紅了不會有人發現那是傷心，生病了不會有人知道那是因為傷心欲絕。

查拉西夫轉身之後，性情就大變，他變得和田福很要好，任何事都願意幫助他，田福起先不相信，但在查拉西夫一次次地幫他私吞公款後，他漸漸的不能沒有查拉西夫了。什麼事都要他幫忙張羅，什麼事都要他幫忙完成，到後來，他只管他要私吞的事業，其他辛苦的事都交給查拉西夫。

有一天，田福和查拉西夫前往勘查大武山祠，因為在附近修路的日本軍人來通報，說大武山祠被雷劈了，要他們去看一下，走往大武山祠的路上，查拉西夫走得很快，倒是田福趕不上查拉西夫的腳步，上氣不接下氣地喘個不停，途中田福喊累，他說他要在林間方便一下，要查拉西夫在路邊石頭先坐著等他，他就獨自進林間解放。這時，查拉西夫默默地跟在田福後面，從警靴裡拿出了短刀，他的眼神變得很嚇人，瞳孔露出了凶光，他等這一天等了好久，從回來的那一刻就開始計畫這一天，走過一回戰場，死亡對他來說沒什麼可怕，他要除掉這個惡魔，就在他要接近田福時，田福突然轉過來並用槍指著他。

田福對查拉西夫說：「我就知道你有問題，有的時候我很相信你，可是你的冷靜有時候很奇怪，果然，你還是恨我。」

查拉西夫說：「沒想到你這麼小心，你很會演戲，我還以為你相信我了，好！我認了，你殺我吧！但是，一個巡查殺了一個有很多功勞的警手，好像會很不好。」

田福對他大聲吆喝：「混蛋，竟然想殺我，以為我不敢殺你嗎？！我讓你知道什麼叫死！」於是田福叫查拉西夫轉過去背對他，接著一腳將查拉西夫踹倒在地，他用腳踩在他的頭上，使勁地踩，用力地踩，他凶狠地用槍指著查拉西夫大罵：「你這個混蛋，去死吧！」

初見

詩娜在峨冷家的穀倉下一起織布，自從查拉西夫拒人千里之外後，她們倆就變成了好朋友。午後的微風吹來好香的味道，那是峨冷的依娜正在烤的山豬，詩娜忍不住喊：

「啊喲，慕妮依娜，太香了啦，當妳的女婿太幸福了啦。」

峨泠笑著說：「還沒結婚啦，什麼女婿？」

詩娜這時想起，她要回去拿她準備好要送峨泠的禮物，她要趕在今晚人家來向她提親前送給她。跑回去的路上，她想再去採一些野花，她想，稍早做好的花環還不夠美麗，峨泠是公主，應該要做得更美才是，就在她邊走邊專注採花時，他看到查拉西夫竟在他眼前不遠處。他臉上有些傷口，臉上和傷口上都有一些泥土，嘴角還流著血，有一點淚，一臉無助。他和初次見到時的模樣沒變，只是多了許多憂鬱。

她走向查拉西夫，問他：「你怎麼了？還好嗎？」

「我不好，但看見妳，全部都好了，妳……可以重新喜歡我嗎？」查拉西夫從背包裡拿出了一把小刀，刀柄上刻有一個人頭，詩娜心跳得好快，還來不及反應，查里西大就拉住她的雙手，把小刀放在她手上。

詩娜激動地說：「啊？這是田福從我嘎嘛手上搶走的刀，這是我們都拉巴拉斯家的傳家之寶啊！怎麼會在這裡？」

查拉西夫伸手想摀住詩娜的嘴，旋即害羞地收回，說：「妳不要問我，我幫妳嘎嘛拿回來了。」

詩娜止不住感動的淚水，心裡摻雜著喜悅和恐懼，心想，這個男人竟然為我冒這麼大的生命危險去拿回這把刀。

田福巡查不見幾日後，總督府重新派來了一個巡查到佳義社，據總督府送來的通知是，田福前往勘查大武山祠時，不慎墜崖身亡。而這個墜崖身亡報告是帶兵修路的田中中尉親筆所寫，他就是在戰場上查拉西夫拚了命背回來的部隊長。

查拉西夫看了報告，想起他們要從巴丹島回來前一晚，田中聊起他心中牽掛的人在大武山上，還說他愛的人很愛跳舞，她叫美智子，她被她警部的父親強迫嫁給一個叫田福的巡查。後來他也確定了，他們講的美智子是同一個人。

那晚他還跟田中說起，美智子很愛跳扇子舞，她的扇子很特別，是兩朵盛開的百合。她常常將扇子借給她的學生練舞，她的學生就是他心裡最愛的——詩娜。當時田中大驚：「盛開的 sayuli [8]？那是我送給美智子的定情信物啊！」

查拉西夫隨即跑去找正在附近帶兵修路的田中，心想，還是要再感謝他一次。

田中看見查拉西夫，知道他要說什麼，就先說了：「不是我。」巴丹島之戰回來後他們已成莫逆之交的朋友，所以田中不想瞞他。

查拉西夫訝異：「不是你？那天田福倒下來的時候，我就先跑了，我以為我們的計畫很成功，你射死他了。我今天是要來感謝你的。」

田中說：「沒有錯，我是按照我們的計畫進行，可是，就在我準備靠近你們的時候，我看到我前面的右邊，有人拿槍對準田福，那個人先開槍了。」

查拉西夫很驚訝，他問：「啊？誰？誰也想殺田福？」

田中遲疑了一下說：「嗯……你知道，我自願來高雄州帶兵修路，是因為知道美智子嫁給田福後，一直不幸福，我想就近照顧她。前陣子因為田福要跟她離婚，美智子傷心自殺，被急救成功後，有一天，她趁田福喝醉，偷了一把手槍……」

查拉西夫沒有繼續追問，就轉身離開，在回佳義社的山路上，遠遠就看見他心裡唯一愛著的那個女孩在山坡上採花，他就這樣定睛凝視，緩緩前行，深怕那個初見的女孩就此消失不見……

8　sayuli：日語，百合之意。

周牛莒光

〈召喚〉（二〇二〇）

Kacaw，一九七〇年生。在二〇〇七年改回阿美族身分，為國立臺東大學教育學系諮商心理碩士，國防大學政戰學院新聞研究所碩士。過去曾在部隊服役、擔任教官與輔導老師，現職為諮商心理師。

周牛關注多元文化及弱勢族群，認為療癒是雙向的，是心理師和個案的心靈交流；他試著透過虛實交錯的書寫，和讀者一同感受生命的無常與頓挫。近年來，作品佳績不斷，頻獲得臺灣原住民族文學獎、瀚邦華人文學獎、瀚邦文學獎、Vusam 文學獎、後山文學獎等。著有《倪墨（Nima），誰的》、《一位原住民心理師的心底事》、《親愛的 6c：精神科書寫》、《倒影》、《天堂》、《我在精神科陪你：心理師周牛短篇小說集》等書。

召喚

精神科晨會的教學，醫師主講兩個主題，一個是思覺失調症，另一個是創傷後壓力症（PTSD）[1]。講得口沫橫飛，欲罷不能。我提早離席，準備做個案心理諮商。手機突然震動，進來一封email，我點閱後，發現竟然是結案的個案拉藍寄的，我想起兩年前與拉藍之間的互動。

拉藍是門診醫師轉介給我的，心理諮商轉介單上記載——

「十八歲，思覺失調症患者，家住臺東都蘭。阿美族，高三生，在學校功課是前三名。平時住校，有幻聽，不規則服藥。」

我請教他的主治醫師，他進一步說明，拉藍約一年前出現幻聽，嚴重時還有幻視，有一次教會的同工，也是〇〇機構的社工，和拉藍會談——

社工微笑說：「你現在的感覺是什麼？」

拉藍略帶怒意回應：「當你看見那些人時，會有什麼反應？」
「你說的人是指誰？」
「就是我看得見的人，而你卻看不見的人。」
社工笑笑著，很有耐心，「能不能說說那個人的模樣？」
拉藍看著社工的後方許久，社工說：「怎麼了？」
「你⋯後方有一個女生⋯⋯」
「她長什麼樣子？」
拉藍定睛，說著她的模樣，結果發現社工的臉轉為慘白。
「你胡說些什麼？」
「我感應到她，她是你的女友。」
社工頓時驚住，說：「她離世了。」

---

1 創傷後壓力症：意指是實際發生或是未實際發生（但已造成威脅）的死亡事件，或是造成重大的身體傷害，其壓力超過個人心理狀態所能負荷，即可能產生適應不良的身心狀況。嚴重的話，甚至可能造成精神方面的疾患。

「這是拉藍說的。而且他爸爸強調，那位社工女友過世的事，社工並沒有和教會的教友提過。」醫師笑著，「他可以去算命了。」

「這麼說，他是高功能的思覺失調症。」

「是的，不過他常常不規則服藥。」

我心想他面臨到學測的壓力，應該是用藥的副作用讓身體不舒服，他才拒藥的。不過這是我的假設，實際狀況如何還得親自會談才知道。醫師的治療計畫，是希望心理諮商可以建立拉藍的病識感，讓拉藍按時服藥。

拉藍第一次會談時，給我的感覺是個陽光男孩，他很大方的分享他的家族。

「我爸爸是牧師，媽媽是教會執事，有一個姊姊，目前在○○神學院念碩士班。」

「阿公、阿嬤在世嗎？」

「阿嬤在我國小時過世了，只剩下阿公。」

「你和父母、阿公的關係如何？」

一般而言，有思覺失調症狀的孩子，不是器質性的原因，就是成長在高情緒張力的家庭，或是父母是極度嚴格管教，小孩子認知功能尚在發展中，為了求生存會創造了一個想像世界，在想像世界裡面是安全的，久了就習慣這樣的世界了，而這個世界是別人所不能理解的。

「很好呀！他們的管教是民主的方式。」

「喔！」我陷入沉思，「家裡面有沒有誰曾經歷過重大創傷？」

「你是說車禍嗎？」

「死亡事件。」我補充，「因自殺或殺人而死？」

拉藍側著頭，「阿公的爸爸……」

「曾祖父？」

「是的。」拉藍遲疑了一會兒，接著說：「聽阿公講，他當過日本兵到南洋參戰過，好像殺過人……」

拉藍不語了。

「怎麼了？」

「阿公說……他自殺了。」

拉藍看了我一眼，「心理師，這是讓我生病的原因？」

「思覺失調症的成因很複雜，你怎麼看自己的狀況的？」

「其實也沒有什麼不好？剛開始會以為是別人在和我對話，後來才發現是不存在的人……久了，就習慣了。」

「所以你學著與症狀共同生活著！」

「是的。」

拉藍會問我曾祖父的自殺是不是他生病的原因，顯示拉藍是有病識感的人。我接著問：「阿公的工作是什麼？」

「他很老了，現在沒有工作。」

「之前呢？」

「Sikawasay[2]」拉藍說了我聽不懂的族語。

我感到疑惑，「嗄？」

「Sikawasay……是巫師。」

我並沒有在巫師著墨太深，我還是想回到正規的治療，接下來我轉到拉藍的生涯規畫，拉藍想讀理工，以後準備朝電機發展。

會談結束後。我回到辦公室，整理拉藍的家族圖，從他這代向上推三代。我在曾祖父旁註記戰爭、自殺；在祖父旁註記……我想著拉藍所說的族語——Sikawasay，要怎麼拼寫？想來想去我還是寫中文——巫師；在「父、母」旁註記牧師、執事。

用雙線條從拉藍畫到父母，表示和父母關係親近。這個家族似乎有些祕密，可能是代代相傳，到了拉藍這一代，後效才在拉藍的身上發生。

第二次會談時。拉藍談了許多阿公的事情，阿公叫法烙，但在拉藍的記憶中，阿公話不多，他本想將Sikawasay的技能傳給拉藍的爸爸，但爸爸拒絕了，當了牧師。

不過在這次會談中，拉藍透露，他不想吃藥的原因，「因為這樣的感覺很好，而我所幻聽到的是預知性的事物，可以來幫助人！」拉藍反問我：「心理師，你怎麼看有靈異體質和思覺失調的關係？」

我沒有正面回答他。

會談結束後，我思索著靈異體質和思覺失調症的關係，想起某位思覺失調症個案，醫師的處遇下了很重的藥物，幻聽、幻覺消失了。這讓他鬱結了好久，整天都不說話，不吃飯、不喝水，關在房間裡，導致他憂鬱了。主要是當幻聽、幻覺時，他會看到他過世的女友，而且還能與女友對話；吃了藥之後，一切都消失。後來他藏藥，把藥丟到馬

---

2 Sikawasay：阿美語，意思為「擁有神靈的人」。

桶，過世女友的幻聽、幻覺又回來了。為此，我還將他的故事改寫成小說，小說最後的結論，我開放給讀者們思考，「幻聽、幻覺若是能讓個案快樂活著，我們到底要不要去除掉個案的幻聽、幻覺[3]？」

嚴格說來，許多宗教上的現象都符合思覺失調症的準則，可是這些人平時生活又很正常，如乩童的扶乩，還有基督教徒的說方言，他們可以流暢地說類似話語般的聲音，但發出的聲音是無法被人們理解的。

我和拉藍的諮商關係一直維持著，這段期間他按時回診拿藥。他有沒有服藥？我就不清楚了，我也沒有一直提醒他要吃藥。他是個聰明，而且是有能力的孩子，也許他能與思覺失調症和平共處。後來，他考上了理想的大學，在學測完畢到大學新生報到這段期間，我們定期會談。

拉藍分享了一個夢，「心理師，這個夢境是有關戰爭的夢，一直是反覆出現，像電影一樣，連細節我都記起來了。」

那是第二次世界大戰末期，日本警察到都蘭部落招募高砂義勇軍。

阿美族的卡比參加了，入伍結訓之後，隨軍到新幾內亞參戰，部隊中有卡比的好朋友——阿棟，他是臺東卑南族人。

新幾內亞的叢林廣闊，叢林外緣有一條巴砍溪，美軍就在溪的另岸紮營。叢林戰非日軍擅長，日軍只要進去叢林，就分不清方向，若是天雨溼氣重，泥地會留下足跡；若是天氣清朗，也會讓日軍迷路，於是他們就在樹上作記號，經常暴露自己的行蹤。後來日軍長官嚴禁日本人單獨進到叢林內，若要進去，必須由高砂族陪同。

同樣的，美軍也不敢任意進到叢林裡面來。

叢林是高砂族的地盤，方向判斷、野外炊事難不倒卡比和阿棟，他們會摘鹽膚木的果實提供給日軍補充鹽分，避免中暑。日軍重視高砂族在叢林內求生的能力，不讓他們做軍伕，直接給他們武器，命令他們委身在叢林內，伺機襲擾美軍。

自美軍巨砲進駐後，旺盛的砲火造成日軍重大的傷亡，為了要通過叢林搜索美軍砲陣地的位置，日軍派出許多人前往偵察，都有去無回。後來，日軍選上卡比和阿棟，要他們穿越叢林，偵察美軍的砲陣地，同時日軍派了兩位砲兵觀測官同行，發現砲陣地立

3 讀者可參閱本篇作者著作《一位原住民心理師的心底事》中的〈醒來〉。

即回報座標方位，卡比和阿棟的任務就是保護這兩位觀測官，卡比負責警戒，阿棟負責通信，好讓觀測官正確回傳美軍砲陣地的位置，以利日軍的砲兵摧毀美軍的巨砲。

那晚，他們一行四個人祕密地潛入叢林。保持靜默，晝伏夜出，他們的眼力已經習慣黑暗，藉著微弱的月光，便可前行。走了兩日，第三天的黎明，他們終於聽到流水聲，巴砍溪到了。在微微的月光下，卡比潛行到溪岸，覺得溪面十分寬闊，卡比向溪面丟了一顆石頭，迸出沉沉的聲音，卡比心頭一沉，暗忖，「這裡溪水很深。」

卡比回報所見情形，「不適合渡過。」

阿棟靜靜聽著，微聲說：「前面的水流似乎比較急，表示溪的寬度變窄了。」

兩位砲兵觀測官低語討論，就聽了阿棟的建議。

天慢慢亮了，拂曉之際他們匍伏到溪邊，水勢十分浩大。這裡的地形要點比較高，隱蔽掩蔽良好，可以見得到美軍的砲陣地。卡比到前方警戒，拿步槍瞄準敵方。兩位觀測官架好觀測架，趕忙地繪製地形要圖以及美軍的兵力部署，放到口袋。阿棟背著通信器材，依在他們的身邊。

觀測官壓低聲音，「砲火射向座標〇〇〇〇、〇〇〇〇，表尺四七五，向右七〇，單發，放！」一顆砲彈天空嘩嘯而過，轟然一聲巨響，只見到美軍四處驚竄。

觀測官校正座標，「表尺降五，右調〇八，單發，放！」
一顆砲彈飛落在美軍的巨砲上頭。
觀測官語氣興奮，「右調〇六，單發，放！」
第二門美軍的巨砲被摧毀了。
觀測官神采飛揚，「右調〇三，單發，放！」
第三門美軍的巨砲被摧毀了。
觀測官大叫著，「所有砲火，同座標，右七〇至八〇，齊發，放！」一群砲彈嗶嘯飛過，隆隆的爆炸聲，像是驟雨中的雷聲。

突然四十公尺前方，有七、八個美軍出現，卡比趕忙開槍還擊，擊斃其中一位，「美軍來了，快跑！」有一位美軍朝卡比他們丟擲手榴彈，爆炸後，兩位觀測官，一位當場斃命，另外一位血肉模糊。卡比開槍還擊，阿棟從觀測官身上拿了手榴彈，拔開插銷，擲向美軍，爆炸後，兩、三位美軍倒地不起。血肉模糊的觀測官，拉住阿棟的腳，將要圖交給阿棟，隨後高喊：「天皇萬歲！」舉槍自盡。

卡比和阿棟拿走兩位觀測官的手槍，退進叢林，美軍不敢追進來，胡亂朝森林內開槍。

雖然犧牲了兩位觀測官，但他們順利達成了任務，獲得了指揮官的獎勵，頒贈日軍英勇的徽章給他們。後來日軍準備與美軍進行大規模的會戰，決心要殲滅美軍。日軍解除高砂族的游擊任務，重新分配到各個分隊。很幸運的，卡比和阿棟仍在同一分隊。

分隊長叫作川原陽，是中學老師，故鄉在日本奈良縣，是被徵召參戰。會戰前，川原集合分隊所有人提醒道：「打仗，你別想太多。敵人的子彈不會區分你是日本兵，還是臺灣兵。想要平安回家，要做到三件事情，一是跑得快，二是射得準，三是耳朵豎起來，聽我的命令，我說一動，你們做一動。」

那天晚上部隊在集結地宿營，長官下令待命。

卡比站完夜哨，阿棟還沒睡，夜空的圓月在雲後散發淡淡的光芒。卡比斃敵的記憶始終存在，擊斃的美軍死前害怕的神情，痛苦的吶喊，猶在耳畔，殺人的罪咎感自卡比的心底升起。

不一會兒雲散了，露出明月，卡比轉念想到 Ina、Mama 與部落的夜月，卡比哭了，感染了阿棟，一起低泣。

川原聽見哭聲，陪卡比與阿棟聊天，「我的母親在夏日生下我，那時豔陽高照，父母給我取名陽。」

卡比想起夏季在烈日下坐竹筏出海打漁的情景，「都蘭海邊夏天的太陽也很大。」月光映照著川原的微笑，「我的故鄉——吉野山的櫻花林，花季時綻放的櫻花，紅紅的一片，風吹動時，紅花像海般波動。」

川原眼角強忍淚水，「唉！我們離家已有千里之遠了。」接著川原柔聲說：「現在我們在同一條船上，信念是活下去。為了活下去，我們必須忍受一切痛苦！」川原握著卡比和阿棟的手，「記著，活著才能回到家！」

三人沉默了。月兒剛剛探出頭，沒多久就被烏雲吞食，風絲輕拂樹葉的聲音，一陣又一陣吹得心寒。

命令終於下達，部隊挺進到攻擊發起線，拂曉時發起攻擊。

會戰初時，日軍士氣高昂，攻下美軍陣地。但日軍的補給線太長，被美軍截斷，造成彈藥不足，美軍開始反攻，長官下令撤退。

美軍追擊日軍，阿棟受重傷，卡比肩著槍，背著阿棟，腳下的蔓藤像是絆索，不時出現荊棘、亂石、坑窪等。阿棟緊抓著卡比說：「別丟下我。」

卡比保證，「我們會活著回家。」

美軍暫緩追擊，日軍得以暫時休息。

阿棟發燒囈語，「Ina……Ina……」卡比覺得阿棟的狀況不對，立刻回報。川原請軍醫官看診，軍醫官表示傷勢過重。兩人交頭接耳，川原一直搖頭，最後吵了架，軍醫官嚴肅說：「終極處理。不要再說了，川原你是個軍人！」語畢離去。

「他快死了，不能帶他走。」

卡比對川原哭訴：「我們要一起回去。」

「這是命令，如果你要抗命，我立刻槍斃你。」

「我會照顧阿棟，不會拖累部隊。」

「八格野魯！」川原用槍托猛擊卡比的頭，「你聽不懂嗎？有戰爭就會有人死亡。你看看四周……」

環顧周邊都是缺腿、缺胳膊或是爆腦的屍體，卡比看見一位日本兵拿著槍瞄準著僅存微息的戰士……。

「阿棟快死了，部隊只能帶輕傷的人撤退。」

卡比了解了，原來部隊對重傷無救的戰士必須終極處理，剛剛軍醫官和川原分隊長就是為這個起衝突。卡比大哭著，「阿棟和我都是臺東人……」川原怒吼：「美軍快來了，我不想與你討論這些。」川原遞給卡比步槍，下達最後的命令。

卡比瞄準呼吸淺薄、昏迷的阿棟。他哭著，右手食指在不知不覺中扣引板機，只聽見——「砰！」同時，美軍戰機來襲，四處掃射，川原飛撲壓倒卡比，戰機機槍打中川原的背，替卡比擋下子彈。

太多戰士陣亡了，卡比將川原和阿棟草草埋在一棵大樹下，裝了兩罐樹旁的泥土，紀念分隊長和阿棟。回到臺東後，卡比將川原的泥土，灑在部落的大樹下，心想：「是他救了我，是否有一天可以去日本奈良縣，將泥土交給川原的雙親，埋在吉野山的櫻花林裡？但……不可能實現了。」

數週後，卡比到阿棟家，將替代阿棟骨灰的泥罐交給了他的父母，他們滿臉的疑問與悲傷。卡比解釋：「阿棟很英勇，殺死許多敵人。我們將阿棟埋在那兒，這是墳邊的泥土。」阿棟的父母流淚了。

卡比流下傷心的淚，接著痛哭。他哭的原因是不夠勇敢；他哭的原因是不敢說出真相；他哭的原因是背叛了阿棟。在這場戰役中，卡比殺了好多人，這些人是拿著武器的敵人，其中之一人是沒有武裝的，他不是敵人，而是卡比的好朋友——阿棟，是活生生地被卡比擊斃。

臺灣光復後，卡比成了家，生了孩子，但他的狀況沒有好轉，他多麼希望自己死掉，就不必承受這些痛苦的罪咎。

拉藍沉默了，閉上眼，手發抖。眼皮在跳動，好像這是他親身接觸的傷痛。

「拉藍，還好嗎？」我輕拍他的背膀。

拉藍點點頭。

我帶著他做深呼吸及放鬆，和緩情緒。

「心理師，我查了一些心理醫學的書籍，卡比的狀況是 PTSD 創傷壓力症。」

「是的，PTSD 的病人陷進心理創傷無法出來時，這時是重演創傷的歷程，結果是情緒崩潰；當刻意避開時，會讓自己更緊縮，甚至恐慌。」

我想探討一下他的夢，「這個夢何時出現的？」

「從我有幻聽幻覺開始。」他頓了一下，「大約每半個月就會出現一次。」

「這個夢，讓你聯想到什麼？」

「曾祖父。」

「你問過阿公嗎？」

「唉！爸爸不讓我過問太多……不過，我總覺得有一股使命，讓我必須要承擔起這個夢。」

拉藍說完這個夢，這次的會談就結束了。之後的諮商會談，他來電取消。接著就是最後一次，聊了他的一些生涯規畫，他雖然是讀電機系，但經過這段諮商歷程，他對於心理學還滿感興趣的。整個療程，在給他祝福後，結束了。

我會心微笑回憶與拉藍會談的歷程，是個很難得的經驗。這兩年，不知道他過得如何？回到當下，我打開電腦，點開了拉藍寄給我的檔案——

心理師：

我現在已經是部落 Sikawasay 的徒弟了，謝謝你在兩年前的陪伴，沒有強迫我必須要服藥。那個夢境，我對阿公說了……阿公聽了淚水直流，他說卡比就是我的曾祖父。遺傳不只有是生理上的遺傳，我自己這段經歷的回顧，更證明了家族文化心理也會遺傳，特別是那些幽暗的、隱諱的……總會在後代子孫身上出現。阿公也訝異，並沒有人向我提到曾祖父的事，怎麼我的夢境會和阿公知道的幾乎相同？

現在我想和你分享我的阿公——法烙的故事了，這是他親口說的——

國民政府來臺灣之初，卡比仍然活在南洋戰爭的痛苦中，老是做相同的惡夢，夢到巴砍溪，看見美軍爆腦，兩位觀測官肚破腸流、鮮血四溢，還有他終極處理的阿棟，與因為保護他而亡的川原陽，這些人變成一枚枚日軍的英勇勛章。奇怪的是在夢裡，每一枚勛章都流著鮮血，一起拋擲到卡比身上。卡比驚醒時，看見周邊一片黑暗，他分不清自己是活？是死？卡比怕入睡、怕出門，怕被拒絕、怕被拋棄。每天胸口疼痛，呼吸短促、心跳加速，感覺到茫然與驚恐。

法烙出生後，卡比曾經力圖振作。但經濟不景氣，卡比找不到工作，就算找到工作。也因為常常喝酒，上工遲到或是不到，就被辭退了。戰爭創傷引發的痛苦太難受，難受到卡比不敢面對自己，每日用酒來麻醉。那時菸酒公賣局在部落大量傾銷菸酒，甚至還在米酒上貼著「山地專用」，便宜賣給部落原住民。卡比染上酗酒惡習。難過時喝酒，酒醒回到現實又難過了，再喝……這樣的惡性循環，卡比每天都醉茫茫的。

卡比最後的一天，坐在沙灘看海，燦爛的陽光讓大海、高山、溪水格外明亮。對卡比而言，白日是黑夜的延續，他拿著手中的麻繩。醉步走到部落的大樹下，這棵大樹正是他撒下川原陽泥土的大樹。卡比選了一根最粗的樹枝，將麻繩牢牢吊好，打了圈結。卡比大笑，坐在地上，神情萎靡，看著那個圈結。

卡比的感覺很鈍，需要一點力量，他找到喝剩了半瓶的米酒，灌了一大口，又接著一口，喉舌灼熱，口感辛辣，他搬石頭墊腳，使勁爬站。

「分隊長，阿棟，我來了。」卡比頭伸進圈內，雙手抓著麻繩，搖晃身體，再最後一瞥部落的白雲、藍天和陽光，接著卡比踢開石頭。

那時法烙讀國小一年級，看到舅舅來到教室外。

「法烙，Mama 出事了。」

「他怎麼了？」

「上吊自殺。」

「在哪裡？」

「我帶你去。」

法烙沒有表情，牽著舅舅的手，到大樹下，親友已經解開繩子，讓卡比躺在地上。法烙像在看戲，看著親友哭啼；看著親友背著卡比回家；又看著卡比躺在棺材，下葬到墓裡。

出喪那天，法烙沒有哭。

喪禮結束後，他沒有感覺地走在白雲、藍天和陽光下的碎石路，有輛公車經過揚起灰塵，法烙走進灰塵裡面。

等到法烙走出灰塵時，法烙已經是國小五年級的孩子。四年過去了，他依然沒有感覺，甚至沒有了那段記憶。他看著離去的公車，還有慢慢落下的灰塵。

五年級結束的七月暑假天，法烙在放牛，突然有四、五隻黑色的臺灣土狗不懷好意地吠叫，他拿石頭丟狗，想要趕跑牠們，沒想到這群狗衝向法烙和水牛，法烙急忙跳上牛背，抓住牛頸，牛狂叫地往前衝，狗狂咬法烙的腳，硬生生地把他拖下來，法烙大叫，在田裡工作的族人帶著鋤頭、棍子打狗，趕跑狗群。

法烙昏厥，渾身浴血。那晚法烙發高燒，腦海中的畫面一幕接著一幕……手榴彈、巨砲，卡比開槍擊斃美軍，死亡戰士流出的鮮血，染紅了畫面。在紅色中，卡比看見阿棟躺在地上，他拿著槍瞄準，哭著開槍——「砰！」阿棟整個後腦勺爆裂，腦漿混著血噴出來，阿棟慢慢站起來浮出詭異的微笑，牽著法烙的手，走到部落的大樹，法烙看到卡比吊在樹上，背對法烙，法烙將卡比轉過身來，卡比向法烙醉喊：「酒、酒、給我米酒！」

夢的畫面轉到了南洋巴砍溪，砲彈撕裂了軍人的身體，流下鮮血，將巴砍溪染成紅黑色……法烙縱身一躍，整個人沉下去，再也浮不上來。失速的墜落感，驚醒了法烙，長夜漫漫，他感到恐懼。

隔天法烙的阿公，借了牛車載法烙到衛生所看病，醫生給法烙開了藥。

一個月後，法烙還是病懨懨的，在白天看到狗，就呆住了，哪怕是小狗也僵住不敢動；法烙會突然回憶起臺灣土狗的攻擊，再度感受到受創的感覺。那種感覺是在萬里晴空下被雷劈中。法烙愈不願意想起，反而愈會想起。更讓法烙難過的是常做惡夢，重複夢見卡比在南洋戰場發生的慘況，以及卡比自殺的身影。

阿公請 Sikawasay 用竹子占了一卜。Sikawasay 解釋占卜結果：

「法烙的 Mama ——卡比是自殺的，祖靈不接納，而他的靈魂也不敢回到祖靈的家，還在這間屋子裡。所以法烙才會變成這樣，需要做一點祭儀。」

阿公拜託 Sikawasay 一定要救救法烙。Sikawasay 只有一個要求，要法烙跟著他學做 Sikawasay，阿公答應了。

祭儀是在 Dalouang[4] 舉行的，必須全家人都到齊，阿公準備了檳榔、菸、糯米飯、米酒、香蕉葉、一束五節芒。Sikawasay 以米酒洗手淨臉後，即興唱歌——

眾神啊！
所有的祭品都貢在這兒
有米酒
有檳榔
有糯米
有祭器
我們誠心獻祭
就這些了
眾神啊！我渴求祢賜給我
如藍天一般高的能力
如藍海一般廣的能力
請祢保佑我們

請祢賜給我們治病的能力

Sikawasay拿香蕉葉進行祈靈儀式，引領著祖靈降臨，不斷步行繞走，代表祖靈正翻山越嶺趕來。莫約走了一小時，Sikawasay停住了，拿起糯米飯。唱著——

我們的祖靈來了
來到子孫的家
從太陽到月亮之間
我看見祖靈在糯米飯出現
祖靈啊！
您面容慈祥在召喚子孫
令子孫感動

---

4 Dalouang：阿美族的集會處所。

Sikawasay感應到祖靈已經來到，告訴法烙一家人以最敬虔的心迎接祖靈。Sikawasay喝一口米酒，噴灑在穀場，手持香蕉葉揮舞。唱著——

祖靈啊
祢有太陽的能量
祢有月亮的溫柔
我們做為祢的子孫
受到祢的關愛與保護
子孫一時的錯誤
祢也會潔淨我們的心
重新接納關懷子孫
就讓卡比的靈魂
回到祖靈之家吧

卡比啊

你是經歷過戰爭的人
心靈的傷像是
從懸崖上墜落
飛不起來的鷹
淚水洗不淨的這樣的痛
但這一切已經歸於塵土
祖靈願意接納你
請你勇敢地回到祖靈的家
讓你的靈魂得到安息

Sikawasay 不斷步行繞走穀場，時而高唱，時而低吟。代表卡比走在回祖靈家的路上。接著 Sikawasay 請法烙說當時被野狗攻擊的情景，法烙說：「牠們咬住我的右腳，我好害怕，一直流血……」說著說著法烙全身發抖，Sikawasay 手持一束五節芒，不斷拍輪流打法烙兩肩，唱著——

祖靈啊
祢有太陽的能量
祢有月亮的溫柔
我們做為祢的子孫
受到祢的關愛與保護
子孫失掉的勇氣
祢也會灌進我們的心
像大海綿綿不絕
就讓法烙的靈魂
重新找回勇氣吧

法烙啊
勇敢的阿美族男孩
你本有一顆勇敢的心
蒙上了塵土

祖靈賜給你力量
拭去塵土
潔淨你勇敢的心
能夠戰勝一切

反覆吟唱，直到法烙全身放鬆。Sikawasay 再從空中，雙手接下祖靈的禮物，灌在法烙的頭上。最後牽著法烙繞走穀場，用香蕉葉輕拍法烙的身體，象徵性地潔淨法烙的靈魂。

讀到這兒，我深呼吸，調整一下情緒。上週我才參加了「眼動身心重建法」（Eye Movement Desensitization and Reprocessing，簡稱 EMDR）的工作坊，所謂的眼動就是治療師以手指頭在個案面前左右移動，讓個案的眼球能依此節奏來回移動，進而誘發大腦神經傳導系統重新整理內心的壓力創傷。輪流輕拍身體的兩側、雙臂、雙膀，在眼動身心法中就像眼球左右移動，具有同樣的療效，學術上稱之為雙測刺激，如同 Sikawasay 手持那束五節芒不斷拍輪流打法烙的雙肩，是一樣的道理。

我繼續看拉藍的信——

心理師：

當您讀到這時，我的阿公——法烙的故事已經結束了。

經過 Sikawasay 的祭儀，阿公整個人重新活過來了。阿公也學著怎麼當一位阿美族的 Sikawasay。阿公說阿美族的 Sikawasay，不是自己想當就當，而是被挑選的。Sikawasay 是終身職業，必須要肩負起為族人驅魔、祈福的使命。

兩年前，和你談過話之後，我深深為心理學著迷，我現在已經轉到心理系。我核對一下阿公的經歷，發現這就是臺灣阿美族的薩滿療癒之道，我和父母溝通過，我想當一名 Sikawasay，將 Sikawasay 的祭儀與心理學結合……

父母剛開始時，是完全不同意的，溝通了好久，他們雖然難過，終於還是答應了。阿公聽了之後，喜極而泣。只不過他說，他年紀大了。像年紀老矣的鷹，飛不動了；他會請一位年輕的鷹，引領著我展翅，看顧在這片土地上的族人。

我真的很開心，與你分享。

拉藍

閱後，我微笑著。

護理師說：「什麼事情這麼開心？」

我眺望窗外，海天連色，湛藍無比，遠山蒼勁，金黃的陽光正散發光與熱，我說：

「臺東有原住民真好！」心中流過一股暖意。

多馬斯・哈漾

〈泰雅爾巴萊〉（二〇一一）

Tumas Hayan，李永松，一九七二年生，桃園市復興區奎輝部落（Babau）泰雅族。臺灣師範大學國文研究所碩士畢業，專長原住民文學研究、鑑賞與創作。曾任教於大華科技大學、醒吾科技大學、臺北大學、大興高中，二〇二一年教職退休，目前專事創作。

喜歡教育、自然有機耕作、更喜歡貼近生活的文字創作。他擅以小說創作再現原住民的歷史，並提出對現實的抗議，得過桃園縣文藝創作獎、玉山文學獎、原住民文學獎、吳濁流文學獎、教育部文藝創作獎、臺灣文學獎長篇小說評審獎等，二〇一七年獲得國藝會長篇小說創作補助，二〇一九年以《再見雪之國》獲得鍾肇政文學獎長篇小說首獎。著有《北橫多馬斯》、《雪國再見》、《再見雪之國》、《Tayal Balay 真正的人》等書。

泰雅爾巴萊

「瓦旦，起來啦！」

瓦旦睜開眼睛，看見巫拉姆蹲在他旁邊看著他。

「巫拉姆，好久沒有見到你了，這幾年你都去了哪裡？」

巫拉姆呵呵地笑了起來。

「瓦旦，那麼想我啊，我還是喜歡你小時候光頭可愛的樣子。」

「是真的嗎？我小時候真的很可愛嗎？」

巫拉姆哈哈大笑，從瓦旦上衣的口袋裡拿出了香菸，拿起他的打火機就打起火來，吸了一口慢慢地把煙吐出來，瓦旦躺在地上不敢亂動。

「巫拉姆，我好像受了很重的傷，肋骨斷了，大腿好幾個地方也骨折。」

「亂講，你不是好好在這裡，哪裡有受傷？你起來看看。」

瓦旦半信半疑起身坐了起來，感覺全身好像不痛了，他摸了摸自己的肋骨，看見原本斷成兩截的腳竟然可以伸直了。

「巫拉姆，我的傷真的好了耶。」

巫拉姆吸了一口菸。

「瓦旦，我該走了，你會慢慢適應的，我還有很多工作要做。」

「工作？」

巫拉姆站起來轉身走進森林。

「巫拉姆，不要留下我一個人在這裡，我要跟你一起走，像以前我們在山上打獵的樣子。」

瓦旦站起來緊跟在巫拉姆身後，他們一前一後穿過森林來到一處河谷，陽光掃過了蜿蜒的公路。

巫拉姆從石頭縫裡面拿出一只破舊的米袋，開始走在崎嶇不平的溪邊，不久他在一群烤肉的年輕人附近停了下來，巫拉姆像鐘擺一樣，規律地一遍又一遍來回走著，瓦旦看著他的舉動忍不住追上去問他。

「巫拉姆，你在幹麼？」

「噓！不要講話。」

瓦旦才恍然大悟，巫拉姆以前就是鄉公所約聘人員，是專門在這條溪巡邏兼整理環境的人，嚴格來說就是擴大就業的臨時工。

巫拉姆專注看著手拿啤酒跟烤肉刷的年輕人，一口氣喝完最後一口啤酒之後，把罐子丟在一邊，這時候，巫拉姆加快腳步彎腰撿起丟在地上的罐子。瓦旦遠遠站在一處陰暗的樹影下，看著巫拉姆俐落的動作。

「巫拉姆，那邊還有鋁罐。」

「噓，不要影響我的工作。」

他繼續在旁邊等待撿拾他們喝完丟在一旁的罐子，瓦旦看出來年輕人笑容的背後，藏著對巫拉姆這個不速之客的厭惡。

「巫拉姆，為什麼他們好像對你的服務，有那麼一點點的不滿意。」

「叫你不要說話，妨礙我的工作。」

年輕人開始用眼神互相給對方暗號，每個人紛紛伸出手指，一個女生站起來，開始把手指的數目加總起來，然後對所有人順時針點起人頭，不久一個高大帥氣的陽光男孩站了起來。男孩轉頭一臉不悅，用眼神瞪了其他同伴一眼，其他人早已笑得東倒西歪。

「倒楣！」

「去吧，我們的和平使者，趕走那隻老蒼蠅。」

陽光男孩從一箱冰桶拿出了六瓶套連在一起的啤酒，男孩邊回頭邊走到巫拉姆的旁邊，伸手便把酒遞給巫拉姆。巫拉姆看著他，男孩這時候臉上沒有太多的表情，滿臉鬍渣的巫拉姆直直盯著他手上的啤酒。

「給你，這是我們的一點小意思。」

巫拉姆嘴角微微揚起。

「酒給你，可不可以不要在這裡走來走去，你一直走來走去影響我們，你去別的地方好不好？」

男孩傲氣的臉龐透著一種鄙視的眼神。

「那我要去哪裡？」

男孩轉頭看了一下四周，突然看見五十公尺外有一輛倒栽在溪邊的紅色汽車，他舉起手指了那個方向，巫拉姆也同時轉頭朝那個方向看去，兩個人的目光同時投射在那一臺紅鏽色的報廢車，巫拉姆眼神卻透著一種陰森的氣息。

「那麼遠。」

巫拉拇指向前面的溪水對著男孩說。

「大學生，天氣很熱的時候，那個旁邊的水很深，有漩渦爬不起來那個地方，不要去給他進去游泳，會很危險地去死掉。」

這個時候，男孩臉上的表情似乎到了臨界點，他心裡想真是夠了，眼前這個貪心的原住民得了便宜還想教訓他一頓，轉頭用手揮了揮叫巫拉姆離遠一點，他沒有說話就往同伴身邊走去。

瓦旦看不下去走到巫拉姆的旁邊。

「怎麼那麼沒有禮貌的年輕人呢！如果是我一定狠狠揍他一頓。」

巫拉姆把米袋扛在肩上頭也不回往下游走去，瓦旦看見巫拉姆手上的啤酒，忍不住笑了出來，「原來巫拉姆比詐騙集團還厲害。」

瓦旦跟巫拉姆一起離開這群年輕人烤肉的地方，繼續往下游展開他的尋寶之旅，巫拉姆的眼神就像在山上打獵一樣銳利，好幾個在石頭縫裡卡著閃閃發亮的罐子，他都不輕易放過，不管是急流或深潭，他都能很容易把不管是保特瓶或罐子收在他的袋子裡。

瓦旦在一旁看得瞠目結舌。

「巫拉姆，難怪大家都說你年輕的時候是部落最厲害的獵人，果然有練過。」

巫拉姆擦了擦額頭上的汗，這群年輕人是巫拉姆今天唯一的客人，他跟瓦旦坐在一處大石頭的陰影底下乘涼，伸手從瓦旦口袋拿出香菸，把菸點起來。

「瓦旦，這罐給你，不要說我對你不好。」

瓦旦接過巫拉姆的菸吸了一口。

「巫拉姆，你好像很喜歡這份工作。」

巫拉姆面無表情地看著前面平緩的溪流，眼睛緊盯著水面上有沒有東西漂過來。

「瓦旦，別看我這麼輕鬆，其實這種工作總有一些風險，世事難料，很危險的。」

「為什麼？」

巫拉姆吐了一口煙。

「這幾年，年輕人不知道怎麼搞的變得很沒有禮貌，情緒的表達很直接，有時候遠遠看到我靠近，動不動就用三字經罵我，我都這麼老了這像話嗎？」

瓦旦愣了一下。

「什麼！搞不清楚是誰的地盤，泰雅族人的地盤，還敢大聲！」

「剛開始我也是這樣想，可是……」

「可是什麼？」

巫拉姆吸了一口菸。

「不說也罷，瓦旦，你不知道他們身上都有刺青，動不動就說自己是竹簾跟天稻蒙的，還說他們在四邊都是海的地方上班！」

「巫拉姆，原來你的工作這麼危險。」

瓦旦打開拉環，細細淺嘗了幾口這種進口的啤酒，酒精在嘴裡化開，甘甜潤喉，巫拉姆也仰起頭閉住呼吸，兩個人一口氣咕嚕咕嚕喝完整罐的酒，一滴都不剩，巫拉姆用舌頭舔了舔瓶口，擦了擦嘴角，兩隻粗糙的手一用力就把鋁罐壓扁，丟進一旁的袋子裡。

「瓦旦老實說，我最不能忍受的是，他們還故意整我，把保特瓶或罐子故意往東丟一個往西丟一個，然後大聲叫我去撿，我還要滿臉笑容地左邊撿完換右邊，戰戰兢兢應付這些刺龍刺鳳的凶神惡煞，還有人把罐子用力一丟，丟往急流漩渦裡面，害我冒出一身冷汗。」

「這些年輕人太可惡了，你有去撿嗎？」

巫拉姆瞪了瓦旦一眼。

「巫拉姆，開玩笑啦，我只是好奇。」

巫拉姆笑了。

「不用擔心，幾年下來，我早就練就了一套看人的標準，有拿東西請我離開的，我都會識相地稱呼他們『大學生』，表示他們有學問又懂禮貌，對於身上有刺青、滿口三字經罵我的奧客，我都要小心閃避，免得被叫來叫去之外還要被K。」

巫拉姆從袋子拿出一瓶酒。

「瓦旦，要不要再來一瓶？」

瓦旦從巫拉姆手上接過一瓶。

「哇！還是這種外國的啤酒好喝，如果有一盤飛鼠肉那該多好。」

瓦旦看著不遠地方烤肉嬉戲的年輕人。

「這個時代的年輕人真幸福，哪裡像我們以前，他們這個年紀我們都在賺錢養家了，哪裡還到溪邊烤肉。」

巫拉姆也把眼光放在那群享樂的年輕人身上。

「瓦旦，還記得我們一起去遠洋工作嗎？」

瓦旦看了巫拉姆一眼。

「我有跟你一起跑過遠洋嗎？」

巫拉姆冷冷笑了出來。

「有一次我們被阿根廷海軍在船上狠狠地痛扁那一次，你不會忘記吧！」

瓦旦看著巫拉姆斷掉的門牙。

「巫拉姆，你還記得盧夏嗎？」

巫拉姆點點頭。

「可憐的孩子，第一次跑船就被大魚鉤勾進肚子肚破腸流，馬達還繼續轉把他拋得老遠，他倒在我身上的時候，嘴裡還一直叫 yaya[1]、yaya。」

「盧夏是我國中的同學。」

巫拉姆看著瓦旦。

「你算是一個幸運的孩子，年紀那麼小能在那麼惡劣的環境裡面平安回來。」

瓦旦想起盧夏被撕裂的身體，傷痛的記憶全湧上來，他們被阿根廷海軍扣留的時候，竟然把盧夏的身體像丟死魚一樣丟到海裡，那一幕他永遠都記得。

「巫拉姆，我不服氣，為什麼我們那麼窮？」

「瓦旦，這個世界上總要有人扮演金字塔底層被壓榨的角色。」

「為什麼是我們？你看都市那些靠土地賺大錢的人，土地隨便轉幾手，大把的鈔票像洪水滾進他們的戶頭。巫拉姆，我們有那麼大片的森林土地，為什麼不是我們的？看看你的樣子。」

巫拉姆搖搖頭。

「瓦旦，不是你想的那樣，我們泰雅族人是大地守護者，也就是巴萊嘎嘎[2]。」
「什麼巴萊？」
瓦旦接著提高音調氣憤得說著。
「你看那個國家公園才是巴萊嘎嘎，封溪、封山、封路，一下子山上所有的東西就像貼上法院的封條一樣，想幹什麼就幹什麼。」
「瓦旦，大自然還是有自己的智慧，不是法律可以決定的。」
「巫拉姆，你想想看，他們還經常誣賴我們族人是大自然生態浩劫的禍首，我們現在連山上都進不去，回顧這百年來我們算是泰雅爾巴萊[3]嗎？」
「瓦旦，嚇到我了，你是不是喝醉了？到底我是長輩還是你是？比我要教訓你的話還多。」

---

1 yaya：「媽媽」之意。
2 巴萊嘎嘎：意指真正去順應大自然的規範，人與自然和諧共存的法則。
3 泰雅爾巴萊：真正的人。

瓦旦愣了一下，抓著頭看著巫拉姆，再看看他身邊裝破銅爛鐵的布袋，突然明白為什麼他們那麼窮了。

「巫拉姆，不好意思，我敬你一杯，很久沒看到你，實在是太高興話多了一點。」

「瓦旦，你講得很好，我以前也有很多的想法，現在只能盡一點點微薄的心力。」

「那些公部門沒有人想跟我這一號人物打交道，他們都嫌我們學歷太低，這應該就是小人物的悲哀吧。」

「也不會啦，不要悲觀，現在做還來得及，說實在，我對這個山區唯一的獨門工作十分滿意，環保也作公益啊！我現在可是終生志工。」

「那麼厲害的巫拉姆，向偉大的志工隊長敬禮。」

兩個人舉起手上的啤酒，一口喝光手上的酒，沒多久，一手的啤酒兩個人很快就喝完了。不遠處傳來一陣吵雜的歡呼聲，原來烤肉的男孩剛拿完啤酒給巫拉姆之後，走回同伴身邊比出了一個勝利的手勢，立刻引來同伴的歡呼聲，大家紛紛舉起手擊掌表示任務圓滿成功，每個人紛紛上前，好奇問他都跟巫拉姆說了些什麼。

男孩故作神祕，眼角瞄著巫拉姆遠處的身影，他小聲地對周圍的同伴說：「那個原住民說，他家裡有一個美若天仙的女兒，為了答謝我給他酒跟菸，今晚可以到他家陪他女兒睡一晚。」

其中一個女孩一臉不以為然，「他那個樣子會有漂亮的女兒嗎？」

其他男生高聲附和：

「早知道換我去，原住民的女孩子都很騷。」

「我聽人家說，原住民都很愛喝酒，只要給他們酒，女孩子就會乖乖跟你上床。」

「不要再說了，我快受不了，晚上我陪你去，說不定他有其他姊妹或其他女孩。」

「有的原住民女孩子，唱歌的樣子很野，真想嘗一嘗野味。」

一群男孩子七嘴八舌高聲談論起來，話題中充滿了意淫的語彙，一旁被冷落的女孩子立刻不甘示弱，開始反擊男孩子的論調，紛紛跳出來圍剿那些男孩。

「那些女孩黑黑的有我們白嗎？」

「你們真是一群腦殘的豬，難道你們都沒有看過什麼是優的貨嗎？」

她們中間有人故意解開胸口的鈕扣，露出蕾絲碎花布料勾勒出的一道馬里亞納海溝，女孩故意用手指輕輕劃過傲人雙峰的邊緣。男孩也開始作出回應，把電視綜藝節目裡面的猴戲學得有模有樣，紛紛用油腔滑調調戲女孩們，女孩也很懂得用身體操縱男孩對視覺的欲望，雙方輕浮的笑聲此起彼落。酒精在炭火熱氣的催化下，變成一陣陣熱浪襲來，男孩們腦下垂體分泌大量的動情激素，有人開始用迷濛的眼神在隱密的溪谷，找尋一處亞當夏娃的祕密花園，烤肉架上的肉片也開始滋滋作響。

巫拉姆喝完最後一口酒，頭開始沉重起來，他躺在地上，頭靠在一顆石頭上瞇著眼睛，瓦旦一個人喝著酒，最後一口喝完之後，他也躺在地上把石頭當作枕頭休息，兩個人回憶起年輕時的往事。

這時候，瓦旦聽見石頭後面傳來了一些吵雜的聲音，「那麼地奇怪，還沒有酒醉就開始聽見貓叫的聲音。」

原本細微的聲音愈來愈急促淒厲，他轉頭，循著聲音從一處大石頭的縫隙看去，看見兩個白色的軀體糾纏拍打在一起，赤裸的肉體跟石頭形成強烈的色差，光影不斷在石縫之間晃動。

瓦旦倒吸了一口氣，「巫拉姆，石頭那邊有鎖碼頻道。」

巫拉姆閉著眼睛睡著了，小小的縫隙塞滿了肉欲橫流的戲碼，兩團肉球渾然忘我在大自然裡合而為一。瓦旦眼睛直直盯著石縫，巫拉姆突然用低沉的族語咒罵了幾句：「真是不道德，光天化日給它演色情片，小鳥給它爛掉。」

瓦旦一臉尷尬地不知道怎麼辦，巫拉姆嘆了一口氣，「瓦旦，這條公路自從開放以來，人潮一波波沿著公路上山，假日的遊客排山倒海擋也擋不住，有拍攝模特兒裸照的，中年夫妻裸身打坐吸收日月精華的，小情侶野外嘗鮮的無奇不有，團拍或是自拍的看太多了。」

瓦旦驚訝地看著他，「巫拉姆，你以前怎麼都不講，有好康的事都自己獨享，太不夠意思了。」

「這是違反我們族人禁忌的，看過之後會招來霉運，上山打獵也會不順利的。」

「巫拉姆，我不知道在溪邊除了抓魚游泳之外，沒想到我們溪邊還可做這麼多的事，簡直是開了我這個在地人的眼界。」

「瓦旦，以前我好幾次在村民大會時建議鄉公所，路旁除了設置『水深危險，嚴禁戲水』的看板外，應該也要立一個『禁止裸露』和『隨地便溺』告示板，很遺憾，鄉公所從來不理會我這個撿破爛小人物的心聲，這些公部門或代表，他們比較重視更多的統籌分配款來包工程做駁坎，至於垃圾髒亂無聊的人，這些官員也就當作沒有看到。」

瓦旦眼角的餘光不時瞄向石縫，他突然拉著巫拉姆的手，「喔喔喔！巫拉姆，你看這是什麼姿態？現在年輕人這麼有創意，這麼高難度的動作都做得到。」

巫拉姆也朝石縫看了一眼，「媽的咧瓦旦！去你的。」

巫拉姆隨手整理他們剛喝完的罐子，嘴裡一直碎碎唸。

瓦旦跟巫拉姆躺在地上，聽著石縫間傳來近似哀號的聲音，這時候，溪水也不甘示弱發出隆隆的聲音和她相對抗著，高低音的音頻節奏讓瓦旦的眼皮愈來愈沉重。

在溪旁烤肉的一群年輕人，愈來愈不能抗拒烈日下溪水的誘惑，有人開始往溪邊奔去，在溪旁兩個健壯的男孩爭論著。

「我賭你不敢游到對岸。」

「別小看我，我從小到大可是游泳池的金牌選手。」

「不然比看看，誰先游到對岸再說。」

兩個男孩很快脫下上衣往溪中央走去，身旁的人也加入鼓譟的行列，兩個人撲通跳進水裡，濺起了半天高的水花，女孩們看著男孩結實的身體尖聲驚叫，兩具古銅色的皮膚在太陽反射下閃閃發亮，俐落的身影像兩艘快艇朝著對岸的白色水瀑游去。

「加油！加油！」

墨綠色的溪水沒有太大的波動，高高低低深入淺出蟄伏地流動著。岸上的加油聲此起彼落，同伴們放出最大的熱情，兩個人振奮地高舉雙臂雙手用力划著水，用盡全力讓彼此之間相差毫釐，非爭個你死我活不可。

「快一點！快追上了！」

不久勝負漸漸明朗，岸上的人也傳出了喝采的歡呼聲，領先的男孩以勝利者的姿態，高舉著大拇指之後朝著後面的男孩用力往下比，把落後一大截的對手嘲弄了一番，逗趣的表情讓岸上其他人哈哈大笑。

水中的男孩幾次高舉著雙手揮舞勝利後，有人發現接下來的動作有些不對勁，男孩眼神驚恐臉部扭曲，雙手高舉不停地打轉、揮手拍打水面，像是有人從水底把洗碗槽的塞子拔了起來。

「你看！好像不對勁喔！」

「怎麼辦？」

平靜水面下的漩渦像是吸盤把人整個吸往水底，情勢開始變得十分緊急。岸上的一群人驚慌失措地大聲叫喊，原本落後的男孩游過去準備搭救溺水的男孩，兩個人身體一接觸，瞬間像麥芽糖緊緊糾纏黏在一起。

「救命！救、救……」氧氣在他們頭頂徘徊不得其門而入，兩個人瞳孔漸漸放大，拍打水面的動作顯得愈來愈無力，幾次揮動之後，溪水很快吞噬了兩個年輕的肉體，消失得無影無蹤。

岸上的女孩面對突如其來的景象，每個人都嚇傻了，回神之後才大聲呼救。

「救命啊！救命啊！」有人焦急顫抖地用手機四處求救，哭著撥給父母或老師求救，有人衝上馬路任意攔下了經過的人請他們幫忙。

三個小時之後，救護車的警笛聲由遠而近，兩個男孩很快被抬上了救護車揚長而去。瓦旦聽見尖銳的警笛聲，睜開宿醉的眼睛望了一下剛才上演激情戲碼的石縫，他起來抓著頭，發現溪谷早就半個人影都沒有了。

這時候，只見巫拉姆提著袋子慢慢走上前去，走到剛才一群人烤肉的地方，望著滿地凌亂的罐子，低下頭把它們一一收到他的布袋裡面去。

他走到冰桶邊停下腳步，朝裡面看了看，嘴角露出了笑容，抬頭向四周望了望確定沒有人之後，從裡面拿出一瓶冰涼的啤酒蹲了下來，「好喝，這些年輕人那麼地浪費。」烤肉架上還留下幾片烤好的肉片，巫拉姆用手夾了一塊往嘴裡送再配上一口酒，「瓦旦！快來吃烤肉，很香、很好吃。」

巫拉姆跟瓦旦蹲在地上，津津有味地享用年輕人留下的東西，沒有多久冰桶裡的酒都被巫拉姆跟瓦旦喝個精光，他站了起來把地上的罐子，一腳一個用力踩扁放進袋子裡，回頭再撿起烤肉架。

「巫拉姆，你看，水裡有兩個黑色的人影。」

瓦旦看見兩個男孩站在水裡露出了半身。

巫拉姆嘴裡喃喃自語說著：「不是說過了嗎？不要下去玩水很危險，他們就是不聽。」

瓦旦看見兩個黑影在水裡一臉陰森地看著他跟巫拉姆，巫拉姆放下米袋，扯了扯喉嚨對著水面大喊：「出來點名！面對我成集合隊形！」

巫拉姆的聲音非常淒厲，不久，水裡面爬出了許多陰森的黑影，爭先恐後地站在水面上，巫拉姆接著拉大嗓門大喊：「排頭為準、向右看——齊！向前——看！」

瓦旦站在巫拉姆的旁邊，看著水裡一群陰森的黑影在他的面前，像小學生們整齊排著隊，剛才一個溺水的男孩，突然被一個全身刺青的黑影拉著，閃進了隊伍當中，「快一點排好，不然巫拉姆生氣，我們全部都會遭殃。」

男孩驚訝得看著四周一陣慌亂，他輕聲問身旁拉他的黑影，「大哥，那個鬼吼鬼叫的撿破爛是幹什麼的？」

身旁拉他的黑影驚恐顫抖地說，「什、什、什麼撿破爛！他可是我們這個河川的管理人！」

溺水的男孩愣了一下，他看這個撿破爛的穿著，跟電影裡面鬼王的形象也差得太多了，想著想著忍不住噗一聲笑了出來，巫拉姆陰森的臉往男孩看過來，一旁黑影的臉立刻扭曲起來，「完了，完了……」

黑影焦急得不知該如何是好，巫拉姆瞪了他們一眼，繼續從袋子裡面拿出一個一個東西，分給前面整齊排著隊的黑影，男孩左右張望，問前面刺青的黑影。

「對不起，刺青大哥，再請問一下，為什麼這個撿破爛的白天還能出現？鬼不都是晚上才出來嗎？」

身上滿是刺青的黑影白了他一眼。

「鬼片看太多是不是！他是這條溪的守護神，專門掌管這條溪的大小事，他可以穿越陰陽，工作很忙的。」

「不會吧？」

「幹！是真的。」

「不會吧？還有這樣，那他在發什麼東西？」

「垃圾啊！」

「發垃圾幹什麼？」

「把它們磨成粉啊！」

「為什麼磨成粉？」

「幹！你以為這條溪，每年這麼多的垃圾都去了哪裡？」

「那為什麼大家都搶著排在前面要垃圾呢？」

黑影冷笑了一下。

「快放暑假了，認真磨最多的人，就可以回家探望家人。」

「這麼好還有暑假可以放？」

「就是農曆的七月啊！沒看過鬼片喔？」

男孩轉過頭去態度懶散地說。

「如果不想磨呢？」

黑影不屑地看了他一眼。

「還容得你不想磨！當初玩水就小心一點，現在由不得你，不想在這邊，就到暗無天日的地底下去，想不想回家看家人？」

男孩眼角泛著淚光，想起他的房間一張張跟家人快樂出遊的照片，電腦遊戲還掛在線上，他馬上哽咽地哭了起來。

「我想回家。」

黑影向前飛快從巫拉姆手上領了一個啤酒的鋁罐，高高興興地跑到一處石頭旁，開始唧唧地磨了起來，男孩低著頭來到巫拉姆前面。

「喔？我們好像見過面，聽說原住民都很愛喝酒，只要給他們酒，女孩子就會乖乖地跟男人上床，你們學校的老師都這樣教你們歧視弱勢族群嗎？」

男孩摸著頭尷尬地笑了。

「開玩笑啦。」

「這個可以開玩笑嗎！你們這些孩子就是不聽人家的話，常常自以為是，看我撿破爛就一點基本的國民禮貌都沒有。」

「我下次不敢了。」

巫拉姆露出陰冷的笑容。

「還有下一次嗎？」

「拜託，我想回家。」

「照規定來，磨完就讓你放暑假。」

「謝謝巫拉姆大王，那我要磨什麼？」男孩眼睛發亮興奮地說。

巫拉姆青森的眼神透著寒氣，讓男孩不寒而慄，他手指慢慢舉起，指著遠處一臺紅色的汽車。

「磨完那臺車就可以回家。」

這時候，瓦旦跟男孩兩個人的目光同時投向紅色的報廢車。

「那要磨到什麼時候？」

「快的話，一百年。」

「什、什、什麼一百年？」

男孩一聽臉色鐵青，眼眶含著淚水，他以前都不知道這臺報廢的汽車要在這條溪流風化一百年才會消失，「可不可以換別的？」

巫拉姆陰冷得笑了出來，露出獠牙，眼神透出青光，用力吼了一聲。瓦旦突然從地上驚醒，發現自己還躺在地上一動也不動，獵槍在不遠的地方。

「到底發生了什麼事？」他用力睜開眼睛，發現眼前看見的東西變得模糊不清楚，嘴唇也因為脫水開始乾裂脫皮，「我到底怎麼了？這裡是什麼地方？」

這時候，從高處摔落的瓦旦，四周出現刺眼的白光，他覺得身旁一下子有很多人在講話，一下又靜得連一點聲音都沒有，開始分不清楚真實與虛幻的空間，胸口的傷讓他幾度痛苦得昏厥過去，他虛弱得連完好的左手也懶得動了，嘴裡不斷喃喃著叫著母親：

「aqai[4] aya aya aya」

瓦旦看見頭頂上微微的亮光，突然看見巫拉姆正悠閒地坐在他的旁邊抽菸，他嘴唇顫抖說著：「巫拉姆，可以帶我去看醫生嗎？我現在身體很痛。」

巫拉姆吐了一口煙呵呵笑著。「忍耐一下，很快就不需要了。」

「唉。」瓦旦長嘆了一口氣，看著蒼白的天空，眼角流下了一行眼淚。

「瓦旦。」

「嗯，什麼事？」

「你在人間有太多的牽掛，你捨得嗎？」

「巫拉姆，我不知道。」

巫拉姆吸了一口菸，輕輕摸著他的頭。

「瓦旦，我好喜歡你小時候光頭可愛的樣子。」

「巫拉姆，我現在很難用正常的邏輯去思考，實在有一些糊塗了。」

瓦旦從地上一個起身，拍了拍身上的塵土，從口袋裡面拿出一包菸，走到巫拉姆旁邊坐下。

「那地上的人真的是我嗎？」

「如假包換。」

「我第一次這麼近看清楚自己的樣子，你看那個微張的眼睛，嘴角乾涸的血漬，原來這麼有個性。」

巫拉姆笑了。

「你還沒有我出意外的時候帥，那時候我掛在一個懸崖上面好幾天，我每天從底下看著我的身體，很怕被老鷹叼走。」

「那麼會吹牛的巫拉姆。」

兩個人看著對方，靜默了好幾分鐘。

「巫拉姆，我們泰雅族的嘎嘎說，在森林發生意外會變成邪靈，傳說比猛鬼出閘還可怕，我們現在的屬靈到底算是善靈還是惡靈？」

巫拉姆吸了一口香菸，慢慢從鼻孔噴出白煙。

---

4 aqai：疼痛之意。

「好問題，善惡只是人類對事物的二分法，在大自然裡面的演化機制其實是不存在的，也就是說，善惡對大自然來說，是沒有任何意義。」

「這麼說來，靈魂只是人類歸納邏輯所衍生的問題，那我們兩個人現在算什麼？」

巫拉姆轉頭看著瓦旦。

「嚴格來說，我們什麼都不是，或許說我們根本不存在。」

「你是我認識那個巫拉姆嗎？」

「如假包換。」

「你小學都沒有畢業，有必要搞這麼大嗎？」

巫拉姆拉著瓦旦從地上站了起來。

「瓦旦，走，我帶你到處走走看看。」

「看什麼？」

「存在。」

「存在什麼東西？」

「人類世界說的後現代的謬誤。」

「我聽過後殖民、後面喝酒的原住民，沒聽過什麼後現代的謬誤？哪一學派的？」

他們來到一間鐵皮屋，瓦旦跟巫拉姆站在窗戶外面看著。

「巫拉姆，我知道這個地方。」

巫拉姆笑著。

「來看看傳統文化解構下的原住民。」

「啥？」

鐵皮屋裡面坐著很多人，臺上穿著白色連身聖袍的中年男子在臺上揮舞雙手證道，底下許多人專注地聆聽。

「凡相信我的人，必能得到救贖，凡來到這裡的人，病必得到我的醫治。」

中年男子說完之後，底下的人紛紛高聲呼應讚美。

「巫拉姆，你看靈知者說話的樣子好有爆兒。」

「爆兒？」

「B-O-W-E-R，爆兒。」

「應該是P炮兒吧，哇！還國中第一名畢業，到底。」

「反正他很厲害就對了，他的話很讓人爆炸，巫拉姆你看。」

聚會到一半，震耳的靨靈音樂響起，靈知者高舉雙手用磁性的嗓音大聲呼求，裡面開始充斥著哭泣、尖叫的激動聲，在室內產生巨大的共鳴，有人應聲躺在地上，身體不斷抽搐、昏厥。

靈知者走下臺階，眼神親切地看著前面一個跪在地上高聲嘶喊的女子，靈知者撫摸女子的頭。

瓦旦認出那名女子。

「瑪莎，我在這裡。」

瓦旦大力敲著玻璃，巫拉姆拍著他的肩。

「瓦旦，他們聽不見的。」

「你看一定是瑪莎的祈求，才讓你帶我來這裡對不對！」

巫拉姆笑而不答。

「漢人說頭七才可以回家跟親人見面，我們原住民不用等到七天，馬上就可以回家跟親人相聚。」

「瓦旦，第四臺的鬼片看太多了。」

「那這個地方一定是靈界的出入口，可以讓我們自由進出跟家人見面。」

「你的問題怎麼那麼多？第一次當鬼喔？」

瓦旦愣了一下，尷尬地笑了出來。

瑪莎歇斯底里地祈求著，穿著素雅聖袍的靈知者按著瑪莎的頭。

「乖孩子，透過我的手，你必得到救贖。」

瓦旦跟巫拉姆在窗外看著裡面不斷、不斷晃動的人影。

「巫拉姆，那個靈知者很厲害對不對？他還會給人家治病。上一次聚會，他說我的痛風不用看醫生就可以治療，藥就在深山裡面。」

巫拉姆低頭看了一下他手上腫起來的關節。

「他說深山有一個能量石，手放在那塊石頭上，那個痛風就會一個一個掉下來。」

「什麼能量石？」

「那個是一個屬靈的石頭，他會跟著天上的星辰變換位置，旁邊會有七顆石頭圍繞守護它。」

「北斗七星陣？是演武俠片嗎？」

「巫拉姆，不可以褻瀆靈知者。」

巫拉姆看著瓦旦的眼睛。

「巫拉姆，靈知者真的很厲害，你看。」

聚會所裡充斥著哭泣、歇斯底里乞求的激動聲，靈知者閉著眼一聲喝令之後，瑪莎應聲癱軟躺在地上。

半响之後，靈知者輕輕搖了瑪莎，瑪莎慢慢張開眼睛。

「瑪莎，你的病已經得到醫治了。」

「感謝偉大的父靈。」

「瓦旦怎麼沒有來聚會？」

「他去山上了。」

「難怪我從你身上感應到一頭很大的山豬，瓦旦下山一定能賣很多錢，要記得為建堂來奉獻，不然你的身體會愈來愈不好。」

瓦旦轉頭看了一下巫拉姆。

「明天我可以跟你請假，帶山豬肉參加聚會嗎？」

巫拉姆搖搖頭。

靈知者按著瑪莎的頭說。

「瑪莎，剛才我從你的身上感應到強烈的靈動，今天晚上要留下來陪靈。」

瑪莎在聚會結束後，進入了平日只有靈知者的小房間，靈知者拿了一件白袍給瑪莎，瑪莎接過聖袍，便往浴間淨身。

瓦旦焦急得探頭看著裡面。

「巫拉姆我好緊張。」

「緊張什麼？」

「等一下跟瑪莎見面第一句話要講什麼，我現在的樣子都還好吧？」

巫拉姆冷笑了一下。

「保證讓瑪莎嚇一大跳。」

瓦旦舉起雙手，看著自己的身體。

「對了，巫拉姆，從剛才我一直想問你，為什麼我們一定要扮成貓頭鷹？身體毛毛的很癢。」

巫拉姆瞪了瓦旦一眼。

「不然夜晚要扮成什麼？」

「蝙蝠也不錯，身上都沒有毛。」

巫拉姆沉思了幾分鐘。

「瓦旦，老實說我有高血壓兩百多，倒吊太久會爆血管，很容易變成植物人。」

瓦旦驚訝地看著巫拉姆。

「你到底是什麼靈啊！還怕腦溢血。」

「開玩笑啦，瓦旦你看高潮來了。」

「什麼高潮？」

「召喚靈的儀式。」

靈知者關起燈點上蠟燭，從一個上鎖的櫃子裡拿起一瓶紅色的液體，他搖晃著鮮紅色的瓶子，在昏暗的燭光下，倒了一杯滿滿轉身拿給淨身完的瑪莎。

「瑪莎用聖血洗淨你靈魂的罪。」

瑪莎在一幅巨大的靈知者圖像前跪了下來，從靈知者手上接下聖杯，靈知者用手指輕點聖杯裡面的液體，輕輕按在瑪莎的額頭上，在瑪莎的面前唸唸有詞，最後瑪莎喝下了聖杯裡面鮮紅色的液體。

一會兒的工夫，瑪莎身體不自覺地前後擺動起來，耳朵出現了很多吵雜的聲音，在窗外的巫拉姆跟瓦旦遠遠看著他們。

「巫拉姆，他說的靈不會是指我們吧？等一下那個靈知者會不會打開窗戶請我們進去泡茶。」

巫拉姆冷冷笑著。

「也許吧?」

瑪莎的眼前不斷出現白色光影，靈知者看著瑪莎的神情，原本和善的臉變得陰沉，從口袋裡拿出一顆藍色藥丸含進嘴裡，自己也倒了一杯液體喝下，靈知者放下聖杯走向瑪莎除下她身上的白袍。

在窗外的瓦旦突然瞪大眼睛。

「巫拉姆，他們到底在做什麼!為什麼要脫光光?」

巫拉姆不發一語。

「巫拉姆，我看不下去了，我要衝進去制止他們。」

巫拉姆冷冷看著他。

「為什麼要制止他們，看看人類如何用自己的私欲召喚惡靈，他們每一個人都在尋求一種靈魂的救贖。」

「救贖個屁?你難道看不出來這是迷信跟愚昧的信仰嗎?你根本就是來滿足你自己的偷窺欲。」

巫拉姆冷冷地說著。

「瓦旦還記得我之前說過存在嗎？我們之間根本就不存在或是存而不論。」

瓦旦憤怒地對著巫拉姆咆哮。

「你不是尼采，你只是一個在山上意外死去的老人，不要跟我討論那麼多有無的問題。」

「瓦旦，別激動，你看人類的世界許多人一直意淫上帝，當他們殺死了上帝之後，人類還能剩下什麼？」

「巫拉姆，夠了！我的頭很痛，可以帶我去看醫生嗎？不管那個自稱靈能者的神棍有沒有意淫上帝或是我老婆，我實在看不下去了，也不想跟你廢話連篇！」

「瓦旦，這就是你巴萊的人生。」

「我的人生？」

瓦旦透過毛玻璃，看著瑪莎失去光采的眼神，回想著跟她年少時相知相戀，結婚生子、到處打零工，過著窘迫的生活，瓦旦流下兩行熱淚，他用手肘擦去淚水，哽咽地對巫拉姆說。

「以前的我太自私了，瑪莎跟我吃了那麼多年的苦，都沒有給她一個安定快樂的生活，我不應該那麼愛喝酒，工作不如意的時候還打她。」

瓦旦當下痛哭流涕，巫拉姆拍拍瓦旦的肩膀。

「走吧，該回鳥居上的御神體[5]了。」

巫拉姆手一揮招來一陣風，兩個人乘著旋風而去，瓦旦呆坐在山頂上不發一語，巫拉姆走到他的身邊坐下。

「瓦旦，還好嗎？」

瓦旦雙手抓著頭。

「請不要跟我說話，我現在整個人很混亂。」

巫拉姆呵呵地笑了起來。

「我剛來的時候，也是會陷入混沌中的自覺，很快你會了解，這些對我們來說，都只是不存在的現象。」

「拜託，你又來了，我實在沒心情跟你瞎攪和。」

「來！瓦旦，喝一點。」

5　御神體：日治時期祭祀山神的神龕。

瓦旦看見巫拉姆手裡拿著一瓶紅色的液體。

「巫拉姆，這不是那個什麼靈知者洗滌信眾靈魂的聖血？你竟然偷了他的東西！」

「什麼聖血，根本就是甲基安非他命加葡萄酒。」

「甲基什麼，那不是毒品嗎？」

「這個你也知道。」

巫拉姆打開身旁御神體的小門，伸手把御神體裡面裝著源頭清水的杯子拿出來，把清水倒在地上，倒了一些紅色的液體在裡面，然後把杯子遞給他。

瓦旦驚訝得看著巫拉姆的臉。

「巫拉姆，你到底是誰？你不是住在裡面的山神嗎？」

「我就是巫拉姆，不是神。」

「你不會是外星人吧？」

巫拉姆突然笑了出來。

「來！敬瓦旦巴萊。」

瓦旦看著手上紅色的液體，在月光下閃閃動人。

「巫拉姆，這是我們泰雅族人的宿命嗎？」

巫拉姆笑而不答，一口飲盡手中的酒。

「瓦旦，我們該走了。」

兩個人在月光下搭著對方的肩膀，閉著眼搖動身體，開始解離自己的靈魂，隨著月色吟唱淒涼的泰雅古調，原始的旋律迴盪在微光的森林之中。

Nakao Eki Pacidal

〈一個剪檳榔場的暴風雨之夜〉（二〇一七）

拿瓜，一九七四年生，花蓮縣光復鄉太巴塱部落（Tafalong）阿美族。國立臺灣大學法學士，美國哈佛大學科學史碩士，荷蘭萊登大學歷史學博士研究。二〇一七年定居荷蘭，投入翻譯、寫作與原住民族運動。二〇〇五年至今，有多部譯作出版，從大專教科書、學術專論到科普文章、臺灣史等，橫跨人文與自然科學。

Nakao Eki Pacidal的書寫含括原住民元素、奇幻穿越、歷史宮廷、ＢＬ等。作品曾獲臺灣文學獎原住民漢語短篇小說金典獎。除了文學創作，也與郭書瑄等合著《新荷蘭學：荷蘭幸福強大的十六個理由》。著有《絕島之咒：臺灣原住民族當代傳說第一部》、《韋瓦第密信》等書。近幾年，也在「鏡文學」平臺以連載方式展開長篇小說撰述，目前共有十二本書上架。

一個剪檳榔場的暴風雨之夜

說故事，就是將過去講入非非。

秋末初冬的十一月。天空低沉陰霾，暴雨傾盆，整個目光所及的花東縱谷籠罩在一種藕紫灰色裡。

這裡是花東縱谷東西地勢最狹窄之處。中央山脈在這裡向內收攏，縱谷於是變得非常緊迫。馬太鞍部落群位在中央山脈腳下，向東兩條大河之外約兩公里處，是鄰近海岸山脈的太巴塱部落群。花蓮溪是這兩大部落的主要界河。最近三十年因為山區水土保持被破壞，花蓮溪在多數時間簡直是荒溪，只有寬大的河床見證過去豐沛的水量。不過連日暴雨使花蓮溪現在河水高漲。開著白色破舊的福特從太巴塱往馬太鞍疾馳的 Takeichi（武一），在上到橫跨花蓮溪的馬太鞍大橋時，引頸望向敞開的車窗外。

「看不清楚啊。」他側頭對副駕駛座上的青年說，「雨太大了，看不清楚。不過河水應該暴漲了吧。讓我想起小時候。那時候花蓮溪是大河。我小時候看過兩大部落的年輕人，拿著竹刀在河邊互砍。綁著白色頭帶，拿著竹刀，互砍啊。」

「綁頭帶拿竹刀在河邊互砍？」坐在旁邊的青年說，「好像日本歷史劇的情調。」

說話者是回太巴塱學習傳統文化的青年，大約二十五、六歲，名字叫做 Namoh，有著太巴塱特徵明顯的粗獷輪廓和高大身材。他那自然捲的一頭亂髮有點長，隨意在腦後綁成一個小馬尾。他顯然身強體壯，在這樣的天氣裡只穿著格子襯衫和牛仔褲，襯衫的袖子捲到手肘處。已經十一月多了，他卻連件外套也不穿。

「不過，ojisan[1]，」Namoh 問道，「你小時候是什麼時候？」

「我都七十了，你說我小時候是什麼時候？」穿著防水外套的 Takeichi 受不了從大開的車窗灌進來的雨水，將窗子關到只剩下一條縫。

「啊，那已經是戰後了。」Namoh 想了一下。

「喂，年輕人，不要太過分啊。我們 Pangcah 雖然尊重年紀，也不是愈老愈好。活在戰前的，是我爸爸那一輩。」

「啊，你爸跟我阿公是同一輩。」

1 ojisan：日語，尊稱男性長輩。

「他們是同事，都是太巴塱出身的警察。不過我爸爸在太巴塱，你阿公在馬太鞍服務。」

「那個時候大概也只有公職人員能夠這樣在各部落間來來去去吧？以前部落間的隔閡比較深？」

「沒那回事。不要聽學者那一套。部落之間有很複雜的關係網，對每個家族來說都不太一樣。」Takeichi 點起一支長壽菸，同時以下巴向 Namoh 示意，意思是香菸自己拿不用客氣。

「啊，謝謝，我有菸。」Namoh 從腰包裡拿出一包硬盒的肯特和打火機，點了一支。太巴塱男子年齡階層的基本規矩，沒有青年階層擅自取拿長老階層香菸的事，雖然 Takeichi 叫他自便，但他才剛回太巴塱參加年齡階層學習傳統文化，一直小心謹慎循規蹈矩，現在也不因為老人的許可而自我放縱。

「部落之間的關係隨著每個家族而異……」Namoh 點點頭，一邊吸菸一邊思索，「那麼，ojisan，太巴塱跟馬太鞍的關係怎麼樣？」

兩個人都抽菸，狹小的車內空間馬上變得煙霧瀰漫。Takeichi 又開了車窗，頓時暴風雨聲和雨水一起灌進車內，甚至濺到 Namoh 臉上。Takeichi 一頭一臉都是水，只能略為側頭來躲避肆無忌憚的雨水，一邊說道：「你不是Aoyama（青山）家的嗎？你從自己的家族觀察部落關係就好。自己都搞不清楚，問別人家的事做什麼？」

「我沒有問別人家的事啊。」Namoh一臉茫然。

「不是問了太巴塱和馬太鞍的關係？」Takeichi說，「這種問題怎麼回答？我只能從我的家族口傳來跟你說，這不就等於問了我們家族的事？你問一般性的問題，不就是要人家從不同家族的角度，一直重複回答你同樣的問題嗎？」

「什麼……東西……」Namoh聽得模糊，只好連連吸菸。

「不懂嗎？反正今天要連夜剪檳榔，你可以慢慢想。」

他們正在前往馬太鞍一個族人主持的檳榔剪場途中。負責剪場的是Takeichi的表妹靜江（Shizue），有六、七名固定的剪工，全都是馬太鞍的阿美族人，偶爾也有其他人來插花客串臨時工。Takeichi閒來無事便會到馬太鞍的這個表妹家坐坐閒聊，傍晚在麵店吃麵時，遇到從城市回來的Namoh，聽說他吃完麵以後沒有別的打算，乾脆帶他一起到馬太鞍來。

他們在大雨中將車開到馬太鞍部落深處的一個大院落。這裡有一棟老木屋，是靜江母系留下來的家族財產，老屋旁是一個很大的鐵皮屋，三面有牆壁，和街道相隔開來，面對院子的一面完全沒有牆，卡車可以直接倒車進入，方便行口的工人將檳榔直接在這鐵皮屋裡卸下。

他們抵達的傍晚時分，行口的工人已經離開，大雨天冒著危險從馬錫山採下的大量檳榔被妥善地分類，一堆一堆足有半個人高，把鐵皮屋切分成檳榔迷宮。迷宮裡的五名剪工有的戴著手套，有的沒戴手套，拿著各自的檳榔剪，坐在矮凳或小椅子上，將一整把的檳榔放上簡陋的小木桌，在日光燈下熟練地剪檳榔，有一搭沒一搭地說話。

Takeichi 和 Namoh 下了車，一前一後冒雨小跑進入剪場。

「oe！mina！[2]」Takeichi 大聲地用日語向大家打招呼。

「說母語好嗎？」坐在檳榔迷宮入口的男子頭也不抬地說。他剪檳榔的速度很快。

「這是母語嗎？」Takeichi 呵呵地笑，「ka 閉嘴 ci 何跌倒……」

「噗，ci 何跌倒……」其他幾人聽到「何跌倒」這個綽號，哈哈大笑起來。

「太巴塱的日本人！」何跌倒回嘴。

圍著圍裙的靜江坐在迷宮最深處，這時放下檳榔剪，站起身來招呼 Takeichi：

「大哥吃過飯了嗎？要我煮點麵嗎？過來坐這邊。這裡有蚊香，不然蚊子都去咬你。」

「我在太巴塱吃過麵了，正在飽。」Takeichi 回答。

「太巴塱的捕蚊燈！」有人這樣笑 Takeichi。

「哎，好吃的肉哎，跟馬太鞍的不一樣，你不知道而已。」

Takeichi 在眾人的鬨笑聲中繞過好幾堆半人高的檳榔往角落走去。起身的靜江這才看到 Takeichi 身後的 Namoh，連忙叫住：「**Aa, caay ko wawa ni Aoyama taylin desu ka?（啊，不就是青山大人的孩子嗎？）**」

「你在說什麼？」Takeichi 拍了拍自己的外套，上面都是雨水。「Pangcah 不是 Pangcah，Nihongo 不是 Nihongo……」

「有 desu ka 就是日語了啦。」何跌倒說，「很討厭，太巴塱人，天天 Nihongo、Nihongo……」

「馬太鞍也有這樣的人啦其實！」

「有嗎？」

「沒有嗎？」

「你講一個名字我看看……」

2　oe！mina！：日語，「喂！大家！」之意。

「喂，年輕人！」坐在剪場中央一個小木桌前的男人看著 Namoh，「你哪裡？沒見過 ne！」

「O wawa ni Aoyama taylin saan.（已經說了，是青山大人的孩子。）」Takeichi 代替 Namoh 回答，「不錯啊，年輕人，在年齡階層，愛聽故事，所以帶他過來。」

Namoh 向眾人欠身問好，除了 Takeichi 和靜江，他不認識其他任何人，因此比在太巴塱感覺拘謹一些。雨勢很大，剛剛雖然只冒雨跑了一小段路，他的肩膀和兩袖已經全溼了。

「要換衣服嗎？」靜江問道。

「啊，謝謝阿姨，不過不用啦，等他自己乾就好。」

「愛迪達腰包很時髦嘿。」另一個胖胖的男子說，他指的是 Namoh 繫在腰間的黑色防水腰包，裡面放著香菸、打火機、鑰匙、零錢和幾張鈔票。本來只是出門吃碗麵，因此其他什麼也沒帶，沒想到就這樣來到馬太鞍了。但這腰包根本沒有牌子，是他在臺北的某個路邊攤買的便宜貨。

「這不是愛迪達……」眾人又爆出一陣鬨笑，七嘴八舌地調侃。

「愛迪達不是愛迪達啦！」

「你中文很差哦？」
「哈哈，年輕人，不要太認真，鄉長講話，認真你就倒楣了。」
「鄉長？」
「嗯啊，他的綽號叫鄉長。」
「愛迪達是形容詞啦！」被叫鄉長的人說。
「形容詞？形容什麼？」Namoh 十分茫然。
「形容你的穿著。」Takeichi 看 Namoh 相當困惑，熱心地幫他解答，「意思是你很時髦。找一個牌子來形容。因為你從都市回來，就說你時髦，是這個意思。」
「是這個意思——desu ne！」何跌倒挖苦地說，故意加上日語的詞尾。
「就是這樣。desu ne 也是形容詞。」Takeichi 抓住何跌倒的話柄，對 Namoh 呵呵地笑，「有 desu ne 就是日語，有名牌就是時髦。」
「好了啦！」靜江插話進來，「年輕人回來學母語，你們把人家帶壞！」
風勢變大了，雨被吹進鐵皮屋裡，從另一邊的窗戶呼嘯而去，止不住的暴雨聲一同捲入，跟眾人的鬨笑聲糊成一片。從半開放的鐵皮屋望出去，天色黑去，好像低低的帳篷逐漸收闔一樣，但空氣非常清涼。Namoh 跟著 Takeichi 坐在角落裡，看大家剪檳榔。他本想拍幾張照片，卻發現自己根本沒有帶手機出門。手機還在太巴塱的家裡。

沒有手機，不能拍照也不能上網，只能聽大家閒聊了，Namoh 望著動作乾淨俐落的眾人，呆呆地想著，或許他們有什麼故事可以說，雖然現在講話言不及義，但 Takeichi 說，今天要熬夜剪檳榔，說不定眾人聊著聊著會講故事也不一定。Namoh 在太巴塱已經聽了一些故事，但他在馬太鞍沒有什麼門路，現在既然到了常常有人聚集的靜江家，他開始好奇會聽到什麼關於馬太鞍的故事。

幾支香菸過後，Namoh 走到那語帶諷刺的何跌倒身邊。這裡最靠近院子，大雨時不時被風吹入，有一種清新的快意。喜歡涼爽的 Namoh 拉過一張籐椅，把自己半暴露在風雨中，在何跌倒桌邊坐下，用阿美語開口詢問：「Pa-kimad---en to-no Fata’an…haw?（請——說——故事……關於馬太鞍……好嗎？）」因為一邊還想著文法問題，講得有些生硬，其實也不怎麼正確，但總還是清楚地表達了意思。

「Kimad? Macuway a kimad?（故事？什麼故事？）」何跌倒迅速地將剪下的檳榔一顆顆扔進腳邊的大塑膠簍子裡。檳榔以驚人的速度累積著。

有人將天花板上的幾盞吊扇都打開，好驅除大雨帶來的水氣。太過溼漉的檳榔很難剪，既耗費力氣又傷害檳榔剪。幾盞風扇一開，Namoh 馬上感到頭頂氣流強勁。他聽著漩渦般的呼呼聲，點起一支又一支的香菸，耐心地等待何跌倒開口。

不知道發了多久的呆，眾人有一搭沒一搭的談話中出現了低低的歌聲，Namoh 起身一看，角落裡的 Takeichi 已經喝了不少米酒，現在手中拿著一個空咖啡杯，一邊輕輕搖頭，一邊哼著語焉不詳調子非常緩慢的歌，一副自得其樂的樣子。

Imoto no... sugata...

妹妹的容貌……

Watashi no kawaiiimotoooo, o~e~

我可愛——的妹妹哎，喔——哎——

Futari no... sayonaraaaa...

兩個人再見哪啊啊啊……

「莫名其妙地唱歌……」何跌倒突然開口了，「真是受不了太巴塱的日本人。」

被他這麼一說，Namoh 才注意到 Takeichi 唱的是日語，但調子古怪，從沒聽過。

「這是仿布農族古調吟唱的日本歌。」醉態可掬的 Takeichi 銜著呆立的 Namoh 咧嘴一笑，「戰爭時期流傳下來的，要去當高砂義勇軍的布農族，被情人送別……」

「聽他講那個還不如講你阿公啦。」何跌倒說，「你阿公以前在這裡服務。」

「你認識我阿公喔?」Namoh 馬上忘了 Takeichi,又坐回籐椅裡。

「你去路邊問一下,有誰不認識你阿公、Aoyama 警察大人?」

聽到「去路邊問」,Namoh 嗤一聲笑出來。這時已經完全黑去的院子裡突然有強光照來,抬頭一看,有人頭戴安全帽、穿著雨衣騎車來到。來人把機車停在老木屋前,熄了火,把地上的積水坑踩得水花四濺,抱著什麼東西匆匆往鐵皮屋跑來,口中嚷嚷著:「哎呀!好大的雨!好大的雨!我從豐濱回來,差點摔死在山裡!我差點死掉了死掉了!」

「豐濱?」Namoh 有點吃驚,「這種天氣從豐濱騎車回來?」

緊鄰太平洋的豐濱在海岸山脈的另一邊,雖然不遠,也有二十幾公里迂迴的山路,這個季節光是騎車就已經夠冷了,更何況這樣的暴雨天傍晚,能見度想必很低,路況也令人擔憂,實在是太冒險了。

「他沒有去豐濱啦。」何跌倒依舊頭也不抬地剪檳榔,「一定是買了魚過來,想在這邊吃。」

「啊?」這樣說起來,這些人的思維邏輯還真是自成一格啊,Namoh 想著。因為帶著魚過來,就連結上豐濱這個靠海的地名。只要講話以 desu ne 做結尾,就算是講了日文。而時髦的人身上帶的東西，必然屬於一個名牌。感覺上，不是那個人現實中做了什麼事所以被形容，卻是形容的用語界定了那個人做了什麼事。

突然之間邏輯被內外翻轉了。

正這麼想著，Namoh 聽到了半醉不醉的 Takeichi 的聲音：「我的好朋友來囉！Shizue，拿杯子給曾先生。他帶 toro 來囉！」

被叫做曾先生的男人身材高大，方頭大耳，剃著阿兵哥似的小平頭，大概跟何跌倒差不多年紀，可能是五十幾歲或六十幾歲。他確實帶著魚來。進到鐵皮屋內，他迫不及待地脫下安全帽和雨衣，在鐵皮屋邊角上的簡易瓦斯爐前開始料理魚，蔥蒜的香味很快地在鐵皮屋裡飄散開。

「鄉長吃煎魚嗎？也有 sashimi。」

「你跟 Takeichi 吃 sashimi，你們配米酒，我吃煎魚就好。」

「哎呀不用給我魚啦。隨便的菜而已，ma 沒有很多 saan……」

「問鄉長就不問我喔？不當鄉長也該問一聲啊。」

「煎好了大家都有嘛，sashimi 也是大家吃啊。」

「可是我也想帶一塊 toro 回家。」

「Ma不新鮮帶回去。」「哈哈，不新鮮還給吳女士帶回去？」「吳女士不要，那給小莊帶回去啊。」眾人七嘴八舌地講話，淹沒了Takeichi的歌聲。坐在剪場邊緣的Namoh看著眾人，清楚地感覺到自己並不是這裡日常生活的一分子。眼前的這群人有著一個共同的生活，而他必須透過Takeichi和靜江的引介才能進入這個領域，他不能說自己沒有一種被排除在外的感覺，但這種感覺卻又不單純是被排除。畢竟，一提起他的阿公，日本時代在馬太鞍服務的Aoyama警察大人，大家都馬上點頭，確認了他與此地有所聯繫。但是這樣一來，他變得既不能舒適地把自己當成這裡的一分子，也不能自暴自棄地把自己當成全然的外人，這種不內不外、不上不下的感覺，似乎比澈底地被排除還要糟。但與其說這是他以一個太巴塱人的身分感受到的馬太鞍，還不如說，在馬太鞍，他那「太巴塱人」的身分竟然不再理所當然。

以兩條河流為界，相隔不過兩公里的兩個部落，對同一個人的認知卻有這樣大的差距，這一點迫使他重新思考自己所處的位置。他開始慢慢體會前往馬太鞍的路上Takeichi所說的話——部落之間的關係，要透過自己的家族經驗來了解。在這裡服務了一輩子的阿公是這裡的「自己人」，早年就前往都市生活的父母在太巴塱和馬太鞍長大，也是這裡的「自己人」，但從都市回來尋根的他，卻既是自己人又是外人。

原來連家族經驗都不是什麼確切的東西。滿懷熱忱想要學習文化、記錄經驗的他，現在發覺連什麼是「經驗」都得重頭學起。Takeichi 說，他可以整晚思索這個問題，現在他了解這並不是倚老賣老的話，這當中確實有很多東西可以思索。他想要記下自己的感受，偏偏在這個思緒雜亂特別需要整理的時刻，卻沒有紙筆在身，只能呆呆地看著眾人。

算了，先不要想那麼複雜的問題吧，那些等回到太巴塱有了紙筆再說，現在乾脆集中精神來認識這些人。過去的老人把一切都記在腦袋裡，不曾感覺有何不便，現在或許正是鍛鍊自己記憶力的時刻。於是 Namoh 抬頭望向鬧哄哄的眾人，試著記住他們的名字。來人是曾先生，坐在不遠處的阿姨是吳女士，剪場中央胖胖的男子是鄉長，之前過問自己是誰的男人是小莊。此外還有本來就認識的大叔 Takeichi 和靜江阿姨，以及面前這個似乎不太好相處的何跌倒。

何跌倒好像對一切都嗤之以鼻，對雜亂的笑語無動於衷，眾人卻因為曾先生帶來的魚而大起騷動。有人乾脆扔下檳榔剪，站起來伸懶腰，踱步到曾先生旁邊，在那料理區拿了免洗碗筷，開始吃煎魚，喝飲料。局面愈來愈混亂，Namoh 也被靠過來的 Takeichi 給了一副免洗碗筷和一個已經倒滿五十八度高粱的免洗杯。

「年輕人，喝高粱。」Takeichi 說，「天氣冷了，喝高粱。你也去跟曾先生拿魚。」

「哎呀這個 wasabi 的味道不夠嗆！」曾先生又嚷嚷起來，「下次不要在那裡買！」

雖然拿了免洗碗筷，Namoh 卻沒有機會去跟曾先生拿煎魚或 sashimi。因為是老人 Takeichi 倒的酒，Namoh 像在年齡階層裡一樣，拿到了酒就乖乖飲盡，但已經喝開的 Takeichi 一看到他的杯子空了，馬上又興沖沖地幫他倒酒。就這樣，Namoh 一下子被灌了三杯高粱，喝得太急，不習慣喝酒的他開始眼冒金星，沒想到五十八度高粱竟然這麼烈。Takeichi 又往他的杯子裡倒酒時，他支吾地說：「Ojisan，再喝我會醉 ne……」

「不要給他喝酒啦！」一直不怎麼說話的何跌倒突然說話了，丟下檳榔剪，輕輕將 Takeichi 的手推開。

「呿，ci 何跌倒……」Takeichi 漫不在乎地轉身，去幫別人倒酒。

Namoh 呆呆地望著又拿起檳榔剪繼續工作的何跌倒，開始感覺自己的眼神有些失焦，但還是聽得清楚那些一邊吃魚一邊閒聊的人說的話。他們在說最近的新聞——有原住民打獵捕到穿山甲，被媒體報導，許多動保人士不客氣地批評原住民，但也有人替原住民說話，一時之間穿山甲變成新奇有趣的社會話題，許多不相干的人跳進來加入戰局。聽著聽著，Namoh 發覺自己開始傻笑，卻不清楚在笑什麼。

有 desu ne 就是日語，有名牌就是時髦，有魚就是從豐濱來。那穿山甲呢？

眼前的何跌倒開始變得像油畫，從寫實畫慢慢過渡成印象派，形狀愈來愈模糊。不知道他做過什麼事，居然被叫做何跌倒。Namoh 在腦中溫習眾人的名字。

何跌倒。小莊。鄉長。曾先生。吳女士。怎麼會叫人家「先生」、「女士」？鄉長又是什麼意思？他們給別人取綽號的邏輯到底是什麼呢？

「你聽過穿山甲的故事嗎？」眼前的印象派油畫突然發出聲音。Namoh 傻笑著望出去，何跌倒居然主動對他說話了，不是在剪檳榔嗎？喔，他好像還在剪檳榔。很厲害，剪得好快。哎，等等，他剛剛是說穿山甲的「故事」嗎？

故——事？

「你剛才不是說，想聽馬太鞍的故事？馬太鞍有關於穿山甲的故事。」

馬太鞍關於．穿．山．甲．的．故．事？

「簡單的故事啦。」何跌倒說，「很久以前馬太鞍有一戶人家，有阿嬤、阿嬤的女兒和女兒的丈夫還有他們的小孩。」

阿嬤、阿嬤的女兒和女兒的丈夫還有他們的小孩。這個話是怎麼講的到底？不會亂掉喔？

「哎，這個故事是不是你阿公告訴我的呢？」何跌倒突然停下手上的動作，側頭想了一下，卻又馬上放棄，低頭繼續剪檳榔。

我阿公跟你講故事？

「記不太清楚了，可能是 Aoyama taylin 說的吧。反正就是說，他們住在這邊一個竹林裡，沒有什麼東西吃，只有竹筍，很乏味。」

吃魚眾人講著媒體的報導，大聲地笑。

只有竹筍？沒有魚嗎？

「每天女兒跟丈夫出去工作，把小孩留在家裡，讓阿嬤照顧，還跟阿嬤說，如果小孩要喝奶，就帶去鄰居家，鄰居家的女人可以餵奶。有一天，他們又出去工作，小孩在家裡大哭吵鬧，阿嬤覺得很煩，就把小孩放在鍋子裡用水煮熟……」

什麼？ojisan 你說什麼？

「阿嬤把孫子放到鍋子裡用水煮熟。」何跌倒重複了一遍，「因為只有竹筍沒有肉吃，阿嬤就把小孩拿去煮，大概是跟竹筍一起。」

這個何跌倒是在開玩笑吧，Namoh 心想，這分明是陰森的格林童話啊。他想要開口說：「ojisan，你在跟我開玩笑吧！」但自己的嘴巴似乎不聽使喚，感覺到嘴唇在動，卻沒有發出任何聲音。

糟糕，我被 Takeichi 大叔灌醉了啊。

眼前的一切開始失焦，好像暴雨天坐在疾駛的車內望向車窗外，因為車窗被猛烈的雨水澆灌，眼睛所見的一切都被水洗過而變形了。而且，不只視覺如此，聽覺也開始有點迷茫。何跌倒的聲音忽遠忽近，有時候跟眾人的話音糊成一片、難以聽清，有時候卻又格外清晰突出。

暴雨聲時大時小，時強時弱，雨水隨風吹到 Namoh 頭上和肩上，他的衣袖又漸漸淋溼了。Namoh 慢慢閉上眼睛。不知道現在幾點了，他開始感覺有些冷，也不知道自己喃喃說了些什麼，之後有外套從胸前蓋下來。應該是有一定厚度的外套吧，Namoh 感覺肩頭手臂一陣溫暖，只有頭上還略微淋著雨。這種乾爽和溼漉交織的感覺，說不上舒服不舒服，卻很奇妙。Namoh 勉強舉起手臂，把身上的外套拉高，將頸部一起包入外套。三杯五十八度高粱的暖意逐漸升起。

何跌倒的聲音混雜在其他的聲音中繼續傳來。

「哎，哪個記者寫那種奇怪的報導！」聲音洪亮又大嗓門的曾先生說。

「現在穿山甲不多了啦，那麼麻煩誰還去吃……」這個粗啞的喉音好像是鄉長。

「穿山甲怎麼煮?」沒什麼特徵的聲音，是那個小莊吧。

「晚上女兒和丈夫工作完回家，找不到兒子，問阿嬤，小孩在那裡?」何跌倒的聲音從背景中透出來。

Namoh 乍然睜眼，強烈的日光燈使他眼前一片模糊，一陣暈眩。他感覺脖子好像支撐不了頭部，頭開始往右邊倒。眼睛再度閉上後，身體也不聽使喚了，愈來愈陷入籐椅中。籐椅真舒服，Namoh 慶幸自己拿了這張椅子，不然現在應該會跌倒在冰冷溼滑的地上吧。哎，跌倒?何跌倒是不是喝酒醉跌倒所以叫何跌倒?話說，有魚就是從豐濱來，大概是因為曾先生帶來的魚裡面有 toro，只可能從大海來，於是只能說是太平洋邊的豐濱，不能說是中央山脈裡的萬榮。這樣說來，如果帶著山肉來，就可以說我從萬榮回來了嗎?哎，穿山甲算是山肉吧?曾先生如果帶著穿山甲來，可以說是從萬榮來嗎?

真是一種想入非非的感覺哪。

哐啷，有人打翻了保力達，隱約聽到眾人鬨笑，靜江阿姨好像說，她來整理就好了。現在大概很晚了吧，有人要喝保力達提神。

何跌倒的聲音再度從背景浮現，「阿嬤騙他們，說把小孩送到鄰居家，等一下就回來，叫他們先吃晚餐。女兒一看，有肉，很懷疑，問阿嬤肉是哪裡來，阿嬤騙說是鄰居給的，女兒不相信，一直問，最後阿嬤只好說，這個肉就是小孩。女兒聽了很傷心，把滾燙的肉湯拿去潑阿嬤，把阿嬤燙死了。十天後，來了一隻穿山甲。女兒覺得奇怪，問穿山甲，怎麼會在這裡？穿山甲說，我就是阿嬤……」

「Ojisan，這是鬼故事嗎？」睜不開眼的 Namoh 突然清晰地聽到自己問話的聲音，但只這一刻的清晰，隨即耳中的一切又重歸朦朧。何跌倒的聲音傳來，說什麼卻聽得不甚明白。

馬太鞍的暴風雨非常強烈。呼嘯的風雨聲中，好像又有機車聲靠近。眾人似乎隨著新的來人又起了一波新的喧鬧。不知什麼時候開始，已經沒有人談論穿山甲，而 Namoh 覺得自己根本聽不懂穿山甲的故事。這故事是什麼意思？

阿嬤煮孫子，女兒殺媽媽，阿嬤變成穿山甲？

這故事是阿公講的啊？

好像有人走近身邊。Namoh 感覺後方的燈光被什麼東西遮蔽，眼前突然暗下來。光線隱去之後，一切變得更加舒適。風雨聲和人聲像漣漪擴散變弱一般，一波一波愈來愈迷濛。

「這年輕人是誰？」一個男人的聲音傳來，好像很遙遠，又好像很靠近。

Namoh 動了一下，膝蓋撞到何跌倒的矮木頭桌，不知道什麼東西掉在地上，發出悶悶的聲音。

「何跌倒要不要吃麵？Shizue 要煮大鍋麵。消夜消夜嘍！」好像是 Takeichi 的聲音吧。只有他會叫靜江阿姨 Shizue，其他人都把靜江這個日本名字用中文唸。

「哎，Takeichi，他的愛迪達包包掉了，還好沒有溼，你先幫他保管。」何跌倒說。

「那麼好心 ci 何跌倒，還給他外套。」Takeichi 呵呵地笑著。

「Aoyama taylin 的孫子啊？」先前問話的男人聲音再度從頭頂傳來。

意識模糊的 Namoh 想睜開雙眼看看新的來人是誰，也想知道他的名字，但這男人幫他遮住了強烈的燈光，讓他的眼皮更加放鬆而沉重。大概沒辦法再睜開眼睛了。

雨絲繼續飄散 Namoh 的額頭，他隱約聽到不知道名字的男人跟何跌倒和 Takeichi 聊開了。本來不太說話也很冷淡的何跌倒，現在跟大家似乎並沒有隔閡。

不能了解他的明白哪。但大概是我這個旁觀者誤會了吧。這些人之間好像沒有過節。嗯，應該沒有過節，不然怎麼會坐在一起剪檳榔？如果有過節，怎麼受得了同在一個屋簷下一整夜？何跌倒一直說 Takeichi 大叔是太巴塱的日本人，但他可能沒有什麼惡意吧，就像其他人叫他何跌倒應該也沒有惡意一樣。開玩笑，一切都是開玩笑的，一本正經地開玩笑。

「你剛才跟他說穿山甲的故事？」不知道是誰的男人的聲音傳來。

「是啊。他說有人死掉，問我是不是鬼故事。」何跌倒說。

「很多故事都有人死掉。」喝了米酒又喝五十八度高粱的 Takeichi 似乎還很清醒，笑呵呵地說，「茄冬樹的故事裡，所有人都死掉了。狗被拔掉舌頭的故事裡，那個倒楣的獵人也死掉了。」

「有嗎？」何跌倒的聲音聽起來有點詫異，「不是只有狗被拔掉舌頭而已嗎？因為亂講話被拔掉舌頭，從此以後狗就不能說話。不是這樣而已嗎？」

「不只是這樣。」Takeichi 說。

「我也記得不只是狗被拔掉舌頭而已。」不知道是誰的男人附和 Takeichi。

「那還發生了什麼事？」何跌倒問。

「那個倒楣的獵人，每次都只獵到螳螂，所以被太太辱罵。後來他偷偷把自己的肉割下來，請鄰居來吃飯，最後就死掉了啊。」不知道是誰的男人說。

「哈哈哈！大概是這樣沒有錯！」Takeichi 呵呵地笑，「還好年輕人睡著了，不然他又要說聽不懂故事了。每次跟他講什麼故事，他都要追問是什麼意思。什麼意思？

我怎麼知道是什麼意思？故事不就是故事，還有什麼意思？」

「他們讀書人什麼事情都要問什麼意思。ci 什麼意思 ciira……（他叫做「什麼意思」）」

「哈哈哈，ci 什麼意思 ciira……」

「什麼意思你，年輕人？哈哈！等他醒來就這樣問他……」三個男人圍繞著 Namoh 談笑的話，老老實實的都傳進 Namoh 耳中。

啊，我被取綽號叫做「什麼意思」了。原來這麼容易就可以有綽號。等我起來，他們會問我是什麼意思。我哪有什麼意思？沒有什麼意思啊，只是想要聽懂故事而已。不過，大叔可能會問我，如果我沒有什麼意思，憑什麼故事就一定要有意思？

初冬的暴風雨夜。不明究理的稱謂和綽號。想要理解卻聽不懂的傳說故事。期望可以在明天還被記得的今晚——片片斷斷的念頭，跟談話的人聲一樣紊亂沒有條理，全都成了費人疑猜的存在，現實感變得愈來愈稀薄。於是，這個暴風雨夜的剪檳榔場，連同在這裡眼見耳聞的一切，就像角落蚊香在熾烈的日光燈下燒出的淡藍色輕煙，如此這般，從 Namoh 的意識裡掙脫了出去。

乜寇・索克魯曼

〈東谷沙飛傳奇〉【節選】(二〇〇七)

Neqou Soqluman，一九七五年生，南投縣信義鄉的望鄉部落(Kalibuan)布農族。投入東谷沙飛(Tongku Saveq)揚名運動、傳統豆類農作復育保種、家族護火及忌殺黑熊文化保育工作。靜宜大學生態研究所碩士後，當過高山嚮導、國立暨南國際大學原住民專班講師、靜宜大學通識教育中心兼任講師，現任教於雲林縣古坑華德福實驗高中。

近年來以《Pistibuan 社返家護火隊紀實》榮獲第八屆全球華文星雲文學獎報導文學首獎(二〇一八)，繪本《我的獵人爺爺：達駭黑熊》獲選為「年度臺灣兒童文學佳作」(二〇二〇)及「好書大家讀」年度最佳少年兒童讀物獎(二〇二一)。著有《東谷沙飛傳奇》、《Ina Bunun! 布農青春》、《我為自己點了一把火：乜寇文學創作集》、《我聽見群山報戰功》等書。

東谷沙飛傳奇【節選】

九、瑪鐵卡寧——天怒之地！

冬天過後，溫暖的陽光帶來了旺盛的生命力，枯萎的森林長出了新的枝枒，雀鳥在樹梢上啁啾著喜悅的歌，奇異的花卉點綴在部落裡外，蝴蝶、蜜蜂穿梭在花叢間，一對對巨大的林鵰夫妻在遠邊的山林上翱翔，春天來了。

此時冬天撒播的小米種已經開始結穗，只等待上天祝福一切平安、順利，在等待的日子裡部落族人依舊早出晚歸，絲毫不敢怠惰，人們臉上都洋溢著愉快的心情，期待能有豐收的一年，對於所經歷的苦難，人們只有選擇遺忘，遺忘能讓時間繼續前進，繼續打造生活的規律；與此同時喇尼扈一家也有一件值得期待與喜悅的事。

「孩子的塔瑪啊！」

一天午後正在織布的瑪臘斯故意很嬌滴滴地跟喇尼扈說。

「什麼事啊孩子的迪娜？」

喇尼扈正在屋外製作石刀、石斧等工具。

「我好像有了呢！」

「有什麼？」

「就是有了啊！」

「有什麼啊？」

「就是那個啊！你知道的啊！」

「哪一個啊？妳就直說嘛！人家正在忙哩！」喇尼扈不耐煩地說。

「啊呀笨吶！你為何都不了解我的明白呢？哼！」瑪臘斯火了。

「幹麼生氣啊妳！是妳自己故作神祕不直說的啊！」

「笨蛋！」

「塔瑪本來就是笨蛋啊！哈哈哈……這有什麼好強調的。」正在幫忙整理乾材的普彎插了一嘴，「他哪裡會明白妳的了解呢？」

「孩子幹麼！好好嘛你！」喇尼扈委屈地說，「孩子的迪娜啊妳就直說嘛！不然我又會被孩子取笑了。」

「你看看……」瑪臘斯走出了門外，很撒嬌地掀起了外衣露出白胖胖的肚子，「看到了嗎？」

「喔？看到了啊！」喇尼扈看了一眼，突然傻住，說：「我的女人哪！妳胖了我是不會在意的啦！我永遠都愛妳，我的心裡只有妳，但是妳幹麼給我看那肥油油的肚子呢？孩子也在這裡，不會不好意思喔！哈哈哈……」喇尼扈故意大聲地笑了出來。

「是啊！迪娜，妳也該減肥了啦，我看啊只有塔瑪這種笨男人，才會愛上妳這樣的胖女人，哈哈哈……他離不開妳的啦！哈哈……」普彎也拉長了笑聲。

「你們這兩個大笨蛋，真是死腦筋，氣死我了！」瑪臘斯幾乎是尖叫地說，「我不是胖，我是已經懷孕了啦！你們這兩個笨到皮膚的男人！」

「什麼？」聽到這裡父子倆都張大了嘴巴跟眼睛，同時又說：「妳懷孕了？」

「是啦！笨蛋！」瑪臘斯生氣了。

「妳怎麼沒說呢？」喇尼扈問到。

「我剛剛不是已經說了嗎？笨蛋！」

「迪娜已經說了啊，笨蛋！」

「孩子你是站在哪一邊的啊！一直說我笨，我真的會變笨的啦！」喇尼扈馬上收起了玩笑，說：「親愛的，原諒我，我的意思是說，妳真的懷孕了嗎？」

「就是懷孕了啊！笨蛋。」

普彎繼續攪局，說：「迪娜不就是說她已經懷孕了嗎，你依然還是不了解她的明白嗎？笨蛋！」

「好了啦，你也沒有我聰明啦，我的意思是說，哈哈哈……我太高興了。」喇尼扈將他的女人抱了起來，親著瑪臘斯的臉頰，說：「辛苦妳了，親愛的。」

「小心啦笨蛋（普彎也跟著喊：笨蛋），這樣會傷到胎兒的。」瑪臘斯又恢復嬌滴滴的樣子，倘佯在自己男人愛的懷抱裡。

然而邪惡勢力偷走月亮的計謀已經祕密地展開了，那一天人們都在小米田工作，初為人妻的卡布絲[1]留在家中作家事，他的丈夫拿布[2]要她傍晚時為家人準備晚餐，卡布絲是瑪臘斯最小的妹妹，她最大的缺點就是懶惰，她常常在人們出門以後就毫不猶豫地睡上一整天，然後什麼事都沒有做，因此有「懶惰的女人」的名號，讓老實的丈夫拿布非常為難。

1　卡布絲：布農語 Qabus，女子名諱。

2　拿布：布農語 Nabu，男子名諱。

這一天卡布絲下定決心要洗刷懶惰的汙名，好好地在家裡作家事，為家人準備美味的晚宴，要讓部落族人對她刮目相看，所以當人們出門以後，她就開始一天的忙碌，洗衣服、挑水、餵雞等等，工作之勤奮，連自己都不敢相信，中午過後當卡布絲開始要準備晚餐時，她聽見肩膀兩邊傳來了意見相左的話語：

左邊的聲音說：「卡布絲啊！何必那麼辛苦呢？反正時間還早嘛！而且只要一粒米就可以煮一大鍋飯了，先睡個覺再說吧！不急的，況且妳也累了。」

右邊的聲音說：「卡布絲啊！妳已經下定決心了，就要好好地作妳該作的事，不要再讓別人取笑妳是個懶惰的女人了，要多為丈夫想想啊！」

左邊的聲音說：「卡布絲啊！那麼累幹麼！睡個覺享受享受，不是很好嗎？時間還很充裕呢！」

右邊的聲音說：「卡布絲啊！把工作做完再休息吧！」

左邊的說：「你看……這涼爽的風，真是睡覺的好時候啊！」

右邊的說：「白天要工作，晚上才是睡覺的時間。」

左右兩邊不斷地向卡布絲獻計，卡布絲意志開始動搖了，但最後她順服了左者，放下所有的工作，找個舒服的地方之後，就毫無掛慮地倒頭就睡覺，不管任何風吹草動都無法吵醒她，一直到報時鳥啼叫了第三次以後，太陽沒入了稜線，族人也已經在回家的路上，這時卡布絲才猛然驚醒，她看了看逐漸昏暗的天色，心裡一陣陣的慌張，心想：人們就要回來了，我卻還沒做晚餐，完了！於是卡布絲趕緊生火煮水，心裡一直一直很急，也開始後悔自己竟然就這樣睡著了，當族人傳來回家的報訊聲時，卡布絲更加地慌張，於是不加思索地抓了一把米丟下去熱水滾滾的鍋子裡。

但！嚴重的事情終於發生了，只見鍋子轟隆隆地劇烈晃動，卡布絲想按住鍋子，但無法令飯鍋安靜下來，最後整個鍋子猶如火山爆發一樣爆炸開來了，源源不斷的米飯從鍋子裡衝出來，塞滿了整個屋子，卡布絲來不及逃出，只能躲在牆角呼喊救命。

「發生了什麼事啊？」

剛回部落的族人同時也聽見了那一聲巨響，之後看見有大量的米飯自拿布的家溢出，接著聽見了幾聲微弱的呼救聲，人們趕緊跑過去看到底是怎麼一回事。

「卡布絲！」人們呼叫著卡布絲。

「我在這裡，救救我啊！」卡布絲喊到。

人們合力將米飯清出屋外之後，卻找不到卡布絲，也不再聽見她的聲音，怎麼找也找不到，不在米甕裡，也不在桌底下。

「奇怪！人呢？」卡布絲消失了，只留下許多的困惑，就在這個時候有一隻滿嘴小米飯、肥胖的老鼠從牆角的一個小洞掉了下來。

「看！那隻老鼠。」

有人看見了那隻老鼠，老鼠吐出了米飯，然後對著人們吱吱叫，像是要說什麼話一樣，但是沒有人聽得懂。接著有人哭了，那人是拿布，因為掛在老鼠脖子上的項鍊是卡布絲的項鍊，也就是說，卡布絲變成了老鼠，那隻老鼠就是卡布絲。

「我的女人啊！妳怎麼變成了這個樣子啊！」拿布喊道。

卡布絲變成了一隻老鼠，眾人都驚訝不已，也從那一天開始，一粒小米可以煮成一大鍋飯的恩典消失了，變成老鼠的卡布絲從此就一直躲在廚房角落裡，不敢再見到家人，只能趁人們不在的時候偷吃廚房裡的食物。

又有一天，二葉松依照約定在人們需要柴火的時後，也來到了伊斯坦塌[3]家的法莉絲[4]的爐灶邊，那時法莉絲正在編織新衣，那是為了剛出生的孫子做的，她全心專注，連吃飯的時間都忘了，所以當柴木自動走進家門時都沒有注意到，依然專心工作。

「依照約定我們來了。」二葉松很有禮貌地說，迪娜法莉絲專注於織布，所以沒有任何的回應。

然而沒想到柴木不小心絆到了老婦人的織布，攪亂了織線，令老婦人非常生氣，怒道：「喂！你們有沒有長眼睛啊？明知我在織布，偏偏故意破壞我的工作。」

「對不起喔，請不要生氣，我們不是故意的。」二葉松頻頻向婦人賠不是，希望取得老婦人的諒解，可是迪娜法莉絲憤怒依然。

「對不起就算了嗎？這是要給我孫子的新衣耶！你們是故意的，你們真是惡劣到了極點。」憤怒讓老婦人失去了理智，最後說出的一句話充滿了撕裂性，她說：「以後不要再來了。」

但話已經無法收回，聽到這些話，讓原本只覺委屈的二葉松也不甘示弱。

「好！妳說的，按照妳的嘴巴有大便隨便亂講，妳這個愚蠢的老女人，從今以後我們再也不會來了。」

「對！不要再來了！」老婦人不知道事情的嚴重性，依然嘴硬。

---

3 伊斯坦塌：布農語 Isranda，家族名諱。
4 法利絲：布農語 Valis，女子名諱。

二葉松呼喚了所有的夥伴都離開人類的聚落，然後對人類呼籲：「從今以後我們再也不會自動上門了，我們會遷移到深山裡居住，跟不會燃燒的樹木交換住所，當你們需要時，你們必須長途跋涉到高山來，才可以找到我們，而捆好柴木回程的時候，我們還會從後頭追打你們的小腿，讓你們很痛苦，讓你們知道失去了恩典是很痛苦的。」

真的從那時候開始，二葉松就再也沒有自動送上柴木了，它們甚至私下跟高山上不太燃燒的樹種交換居所，換它們住在部落附近，當人們需要燒柴時，就必須爬山涉水到高山裡，然後捆好柴木回程時，二葉松真的會從後面追打人類的小腿，讓人們很痛苦。

從那時開始，一粒米可以煮成一鍋飯和二葉松木自動上門的恩典都消失了，那些日子以後，上天的水盆彷彿破了個洞，各地都釀成了水災，到處都是山崩、土石流、大洪水，整個馬奴多斯山谷也像是泡在水裡一樣，喀里布鞍部落簡陋的石板屋無法抵擋猛烈的雨水，雨水從石板細縫裡流出，形成一個個小瀑布，所有的家當都溼了，也無乾柴可燒，就這樣過了半個月，喀里布鞍部落的祭司迪昂知道這是上天在哭泣，因為人們丟棄了祂所賞賜的恩典，於是帶領各家族長老，在豪雨中宰殺一隻公雞，卑微地代表人類向上天請罪。

「上天啊！請原諒我們的過犯，停止祢的悲傷，現在宰雞以為謝罪，請原諒我們的過犯，停止祢的悲傷。」主祭司說。然後又跟眾族長說：「眾親友啊，因為我們的過犯，上天收回了自古以來就賞賜給我們祖先的恩典，祂收回了，眾親友啊！請務必遵守古老的沙目戒律啊！父母親要嚴格告誡自己的子女，千萬不可以觸犯神聖的沙目禁忌，否則會有無法想像的苦難來臨，千萬別忘了沙目板曆的啟示啊！」

幾天後果然雨停了，但整個部落已是損毀不堪，人們終於見識了大自然的威力，長老群也不斷呼籲族人絕對要嚴格遵守沙目禮俗，不得違犯，否則將來的災難絕對不會比此次輕鬆。

好不容易挨到了小米收割的日子，人們重新振奮精神迎接小米收割祭，主祭司迪昂詳盡觀察整個天象與氣候，認為一切都合宜之後，在適當的時候，決定了小米收割祭的日子。

Hi~ia~hui~iao~hin~na~aiao~ihai~iao~

（咿～啊～呼咿～啊喔～喝咿印～哪～啊咿啞喔～嗨咿～咿啊喔～）

眾親友啊！

時候到了，

小米收割的時候到了，
現在就是，
感謝上天恩賜豐收，
感謝上天恩賜豐收。

於是整個部落開始投入了祭典工作的準備，婦女負責舂米、釀酒，男人則討論祭典進行的方式，彼此告誡千萬不能觸犯沙目禁忌。

祭典當天清晨天未亮，族人都已經祭場上安靜等待，主祭司迪昂站在群眾面前詳細說明收割祭的禮俗與禁忌，之後手握著挾有豬毛的芒草莖，率領各戶的家長前往喀里布鞍人的小米地去，路上主祭司不斷搖晃由豬骨串成的祭器，並隨時觀察來自土地的各樣徵兆，若是有人打噴嚏、放屁，或是遇到蛇、老鼠以及卡斯卡斯鳥的干擾就必須止步，待明日再行前往。所幸一路上都很順利，到了後山小米地以後，各戶家長各自取下了五至六串的小米穗放在地上，主祭司喊著說：

小米啊！

願你們用力的增多啊！
腰都彎到地上，
現在我們要請你們回家嚕！
堆滿我家的穀倉啊！
你要高高的彎下腰來才能看到你的族人啊！

這之後各戶家長再將小米穗帶回部落，插在各家穀倉左右邊的牆上和門邊，象徵小米的豐收。「感謝上天恩賜豐收，一切盡都順利。」回到部落以後，老迪昂繼續持著由豬骨串成的祭器左右擺動，口中不斷吟誦祭詞，之後吩咐一旁的壯漢進行殺豬儀式，主祭司喊著說：

現在宰豬以饗上天和小米。
小米啊！
我們家的豬已經肥了，
這本來就說好是為了你們的，

小米啊！
請到我家吃豬肉囉！
無論是在哪裡躲著的，
或被風吹散的，
都趕快來喔！

小米啊！
請到我家吃豬肉囉！

那名壯漢抓起一把前端修尖的長竹刺進豬隻的左胸，插入心臟，並轉動竹矛，豬隻立即慘叫，叫聲傳遍了整個馬奴多斯山谷，也傳到了散居各地的小米，小米聽見豬隻的慘叫聲，知道喀里布鞍人實現了他們的承諾，於是彷彿聽到小米的族長呼喚道：

眾小米啊！
集合囉！

豬隻已經為我們宰殺了，
趕快集合囉，
我們要去吃豬肉囉！

族長這一呼籲，不到一隻山豬撒尿的時間，散落於各地的小米都來到了喀里布鞍人的小米田上，並且井然有序地一列一列用力地扎根於肥沃的土壤上。當朝陽從東方稜線升起，金黃色的陽光照耀在小米田上，霎時，遍地的小米傾全力吸取了來自土壤與陽光的養分，傾刻間一串串豐碩的小米穀穗都重得垂低到地面上，結實纍纍的，就連眼睛都裝不滿。當溫暖的微風吹過，小米田煞是一片金色海洋，是如此壯觀、美麗與神聖，人們見這情形便歡樂歌唱迎接小米收割的日子了。

Paiska lopaku! o~ e~ he~
Malmananu! o~ e~ he~
Liska deqanin! o~ e~ he~
Madedaz tesan! o~ e~ he~

（就從現在起啊！喔嘿嘿！

努力工作啊！喔嘿嘿！

順服天意啊！喔嘿嘿！

友愛親人啊！喔嘿嘿！）

這之後人們開始展開收割小米的工作，每天用菝夻爾[5]捆好的小米穗都滿滿地堆成一座座的小山，收割小米的歡樂聲永不間斷。

當人們以為凡事都順利的時候，邪惡勢力的統領馬卡猶在喀拉巴坦岩山，展開了下一步更恐怖的毀滅計謀，在他身邊的雙頭鬼巴剋巴剋[6]左右兩個頭興奮地交談：

左邊的先說：「就是趁人們疏於防備的時候，嘿嘿嘿……」

右邊的接著說：「讓他們與上天交惡啊！哈哈哈……」

接著左邊的說：「破壞人類古老的沙目禮俗，嘿嘿嘿……」

右邊的接著說：「讓上天的祝福永遠遠離他們，毀滅的詛咒降下！」

最後一起咆哮說：「到時候就是我們邪惡精靈的天下啦，哈哈哈哈……」

「他的有啦，緊張！我早已厭煩人們歡樂的歌聲了，一切都交給我啦！」馬卡猶不太耐煩地說，然後從一只漆黑色的尖嘴陶甕裡掏出了一條黑色的百步蛇，黑蛇一出來就不斷地對著自己的主人吐信示威，馬卡猶馬上抓了一隻老鼠丟給黑蛇，老鼠嚇得想要逃跑，但黑蛇一張嘴就咬住了老鼠，老鼠短暫地掙扎了一下，最後還是被吞進了肚子裡。

「哈哈哈……就是這樣！」馬卡猶高興地說，雙頭鬼依然大笑不止。

馬卡猶手搖著法器，嘴裡不斷吟誦邪惡的巫術咒詞，然後從胸袋裡取出了一瓶骯髒的汁液灑在黑蛇身上，黑蛇像是受到什麼刺激一樣，憤怒地張起血盆大口想要攻擊自己的主人。

「寶貝，乖啊寶貝！」

馬卡猶伸手揮向柴火堆，柴火立即冒出更大的火舌，他取出了浸有毒液的小米梗送進火裡燒，小米梗立即燃起濃濃惡臭的白煙，馬卡猶深深地吸進一口白煙，憋氣直到瞳

---

5 菝姤爾：布農語 bogol，即「蜘蛛抱蛋草」又名「一葉蘭」，古時布農人收割小米，都會用菝姤爾長葉捆束小米，是非常重要的農具。

6 巴剋巴剋：布農語 pakpak，「邪鬼」之意。

孔都冒血絲之後，再將穢氣吹向黑蛇，黑蛇同時也吸進了馬卡猶吐出的白煙，黑蛇即刻安靜了下來，看到這情形馬卡猶又冷冷地笑了一下，然後手輕輕地撫摸蛇身，只見蛇肚裡有個東西往嘴巴移動，一塊像是石英的白色石頭從黑蛇的嘴巴滑了出來，黑蛇又再度發威了。

「呵呵……成了！這就是情欲凱猶[7]石，乖啊寶貝，乖！」馬卡猶又抓了隻老鼠丟給黑蛇，黑蛇一張口就吞進了肚子裡。

「咿哈哈哈……」那兩個頭也一起發出了邪惡的笑聲。

右邊的先說：「把凱猶石拿去給哈嘟魯。」

左邊的接著說：「讓堂妹依書爾愛上他啊！」

右邊的跟著說：「對！讓他們交好啊！」

左邊的接著說：「讓他們觸犯古老的沙目禁忌啊！」

右邊的接著說：「讓上天降下毀滅的詛咒啊！」

最後一起咆嘯：「最後偷走月亮，哈哈……哈哈……」

「緊張！」馬卡猶不耐煩地說。

一天傍晚，馬奴多斯山谷裡吹著如常清涼的晚風，月亮高掛在西南方的山麓上，幾片雲彩圍繞在月亮身邊，白天忙於收割小米的喀里布鞍人業已入睡。依斯卡卡夫特家的哈嘟魯[8]跟家人說要出去小便，卻趁著黑夜跑到了喀里布蓀鞍流水邊，因為在那裡有一個人在等著他。

「你來啦孩子。」那人轉過身來說。

「對不起啊！塔瑪馬卡猶，讓你久等了。」

原來那人就是邪惡巫師馬卡猶。

「沒關係，這沒有什麼好說對不起的呢！孩子。」

「塔瑪馬卡猶你有沒有帶那個東西來啊？」

「孩子，你不知道塔瑪馬卡猶向來是不會失言的嗎？老人家有一句話說：『失信的人連豬都不如。』我答應你的事情我是絕對不會失言的，我可不想當豬啊！況且這東西本來就是要送給你的，它是屬於你的，你看！就在這裡，拿去吧！」

---

7 凱猶：布農語 qaiu，情欲。

8 哈嘟魯：布農語 Hadul，男性名諱。

馬卡猶取出了包在月桃葉的情欲凱猶石。

「真是謝謝你啊，塔瑪馬卡猶！你真是個好人，我該拿什麼來報答你呢？你是如此的好心。」

「快別這樣講，我怎麼會跟你計較呢！我們是朋友啊！」馬卡猶說，「朋友就是要互相幫助啊！懂嗎？」

「是的，塔瑪馬卡猶，謝謝你！」

「呵呵……你只要將這凱猶石浸在水裡面，記住你要先喝一口之後再拿去給那……那個誰了？」

「依書爾！」哈嘟魯說。

「對！依書爾，記住喔！你要先喝一口再拿給依書爾喝，之後你就知道了。」馬卡猶狡詐地說，「好好地等待那從天上掉下來的禮物吧！呵呵……」

「是什麼禮物啊？好期待喔！」

「總之會是你意想不到的禮物。」

「謝謝你啊，塔瑪馬卡猶，你真是好心！反正就是先將它泡在水裡之後再拿給依書爾喝就對了，這很簡單的，喔不！是我要先喝一口再拿給她喝。」

「對！真是聰明的孩子，上天會祝福你的。」馬卡猶摸了摸哈嘟魯的頭，「聰明的孩子，你會長大的。」

「謝謝你囉！塔瑪馬卡猶！」

「好！你趕快回去吧，你的家人會找你，就等你的好消息囉！」馬卡猶笑著說。

「再見了，塔瑪馬卡猶！」

哈嘟魯跟馬卡猶道別後馬上跑回了家，小心翼翼地將情欲凱猶石藏起來，想到將會有意想不到的神祕禮物會自天上掉下來就興奮得睡不著覺；然而馬卡猶心中所算計的絕不是哈嘟魯可以想像的。

隔天早上喀里布鞍人一起吃著早飯，每個人的心情都很愉悅，臉上掛足了滿足的笑容，因為小米收割的工作已經接近尾聲了，穀場上也堆滿了一捆捆如山高的小米束。

吃飯的時候哈嘟魯一直偷看堂妹依書爾，在這之前他就經常不顧傳統沙目的規範，對伊書爾存有非分之想，還好依書爾是個懂得沙目禮俗的聰明女孩，她知道堂兄妹之間是不能有男女關係上的交往，所以她一直跟哈嘟魯保持距離，況且她一點也不喜歡哈嘟魯那種輕佻的樣子，看了就噁心倒胃，但是誰知道哈嘟魯已經將靈魂出賣給魔鬼了。

「吃飽了嗎妳？」哈嘟魯說。

「你要幹麼？」依書爾一看到哈嘟魯就很不高興。

「沒事啊，只是關心一下自己的妹妹嘛！就這樣子而已啊！」哈嘟魯刻意表現關心的樣子，然後冷不防一隻手已經搭在書爾的肩上，「昨晚睡得好嗎？」

「少噁心了你。」依書爾非常不悅地推開了他的手，「我要去工作了，別煩我。」

「難道妳就不會對我好一點嗎？很難過我的心耶！」哈嘟魯終於露出了他的本意，「你知道我喜歡妳的啊！妹妹！」

「你這個好色無恥的傢伙，我們是兄妹耶！難道你不知道觸犯沙目的可怕後果嗎？」依書爾非常生氣，但仍然壓低了音量，不讓其他族人聽見，「我們是不可能在一起的，我們是一家人呢！」

到了小米田之後，依書爾一直刻意躲開哈嘟魯，哈嘟魯則摸摸胸袋裡的情欲凱猶石，心裡一直幻想著天上掉下來的禮物到底會是什麼呢？想著想著就莫名地興奮起來。

眾人繼續了昨日的進度，眼看小米收割的工作就要完成，耆老屋馬斯於是大聲地對著眾人鼓勵：「看哪！那一堆堆如山的小米是我們辛苦付出的成果，更是上天對我們寵愛的象徵，相信若是我們再賣力一點，可望在太陽被山吃掉以前就可以完成收割了，接下來我們又要準備慶祝小米豐收祭了，人人都要穿著盛裝，飲酒歡樂一直到月亮都出來了啊！」

眾人聽了以後心情都為之一振，工作更加勤奮賣力，中午過後，眼看小米就要收割完了，婦女群就放鬆了心情，開起只有婦女才可以參與以及理解的玩笑。

「我們真是幸福啊！上天是如此恩待我們，今年的小米長得特別豐滿，特別可愛啊！」

「是啊！今年冬天我們就不用愁吃的了，感謝上天，也感謝我們自己啊！」

「是啊！感謝妳、妳、妳！看來一定還有很多的小米可以讓我們多釀些酒哩！」

「是啊！看來豐收祭那天我們又要忘記回家、找不到回家的路囉！」

「是啊！就可以隨便亂摸男人的那個啦！啊——」

婦女們講著講著就開始兒童不宜的玩笑，把工作都丟給男人，而且愈講愈開心，愈講愈露骨，每講完一句大家都會不約而同地「啊——」的一聲，然後又是一陣毫無顧忌地咧嘴大笑，害得男人們都害羞地不敢抬起頭來，因為女人的話題都是在針對他們，男人只有挨打的份。

「是啊！趁他們醉茫茫的時候捏碎他們的玉米！啊——」

「是啊！捏碎他們的地瓜！啊——」

「掐死他們的烏龜！啊——」

「折斷他們的甘蔗！啊——」

「看誰的比較大！啊——」

「看誰的比較小！啊——」

「看誰的比較黑！啊——」

「看誰的比較粗糙！啊——」

「看誰的軟趴趴！啊——」

「看誰的像小米一樣結實纍纍！啊——」

「看誰的像小米一樣永垂不朽！啊——」

「看誰的跟小米一樣一粒一粒的！啊——」

就在她們歡樂取悅的同時，哈嘟魯展開了他的計畫，他將情欲凱猶石放進一杯水裡，凱猶石立即揮發完全，沒有痕跡也沒有味道，哈嘟魯先是自己喝了一口水，然後就走到依書爾那裡要請她喝水，太陽那麼晒，任誰也無法抗拒一杯清涼解渴的水，哈嘟心中如此想。

「妹妹依書爾，來喝杯水吧！」

「你幹麼對我那麼好？你是不是有什麼陰謀！」依書爾一看哈嘟魯的樣子就知道這人絕對不懷好意。

「是啊……不是，我怎……怎麼會有什麼陰毛……不是……陰謀呢？對不起！」哈嘟魯差點就說溜了嘴，還好他馬上鎮定起來，「妳是我妹妹我當然就要多關心妳嘛！對不對？況且這太陽真是熱，我想妳應該需要喝點水的，所以我就拿了水給妳喝，就這樣，不要想太多啦，喝吧！」

「好啦！不喝白不喝，反正我也正渴著呢！」依書爾說著就接過哈嘟魯送來的水，然後直接就喝了下去，「謝謝你囉！」

「好喝嗎？」哈嘟魯以為會發生什麼事。

「不就是水嗎？有什麼好不好喝的。」

「有什麼感覺嗎？」哈嘟魯再問到。

「幹麼這樣問？」

「沒啊！只是很高興妳喝了我的水啊！如果妳還需要的話，我馬上再去倒杯水給妳喝。」

「不用了，這樣就夠了，謝謝！」依書爾說，「我自己來就好。」

「別這樣對待我嘛親愛的。」哈嘟魯委屈地說。

之後兩人又各自在人群的兩側工作，那一群婦女依然享受在她們的歡樂玩笑中，男人依舊害羞於女人的調侃，整個小米田是一片歡喜收割景象。

依書爾喝下哈嘟魯的水以後，起初還沒有任何的反應，她還是一樣繼續她的工作，有時候她會跟著婦女們一起歡笑起來，有時候會到樹蔭下休息乘涼，哈嘟魯則頻頻監視依書爾的一舉一動，但就是看不見有任何什麼變化，於是開始懷疑自己是不是被馬卡猶騙了，哪有什麼天上掉下來的禮物，心中不斷地咒罵馬卡猶是個豬。

一段時間以後，情欲凱猶石終於在依書爾的體內發揮了作用，一次她不經意地往哈嘟魯這裡看過來的時候，哈嘟魯當時正彎著腰工作，她看著哈嘟魯被太陽晒黑的屁股竟看呆了，口水直流，然後全身發燙，一股難熄的欲火在肉體內猛烈燃燒，她發現她好想跟這男人交好，而且無法再繼續工作了。

哈嘟魯也看見依書爾滿臉通紅痴痴地看著他，他本身不知道情欲凱猶石到底有什麼作用，所以當下就被依書爾的樣子給嚇壞了，但看著依書爾不斷地拋媚眼、吐舌頭挑逗他時，他終於了解情欲凱猶石的厲害了，而且被依書爾挑逗那麼幾下之後，欲火也開始在心中燃燒了，頓時彷彿有隻山豬在心裡頭亂闖，害他只想奔上前去與依書爾交好，但是礙於人那麼多，又都是自己的親人，哈嘟魯不知道該怎麼辦，不敢輕舉妄動，依書爾的樣子太挑逗他了，加快的心跳令他無法冷靜下來，但也只好強忍著情欲繼續工作。

「啊呀！機會來了！哈哈……」

突然一隻又肥又大的谷魯巴跳過哈嘟魯的胯下，正在煩惱的他看見了這隻肥大的谷魯巴，心想機會來了，他有了意想不到的點子。哈嘟魯暗暗地笑了一下，於是他撿起了谷魯巴，趁大夥都彎著腰努力工作、婦女歡樂不住的時候，他用力地將谷魯巴丟向依書爾那裡去，然後又故意地彎下腰工作，只見谷魯巴被拋向天空之後落在依書爾初成熟的胸乳上，谷魯巴冷冷肥肥的感覺讓依書爾全身發軟，險些跌倒，她真的好想跟這個男人交好，現在就要，但是人那麼多，又都是自己的親人，依書爾也不知道該怎麼辦，心裡頭彷彿有一隻發情的母鹿肆意亂闖，讓她腦袋一陣陣暈眩。

於是依書爾將谷魯巴撿了起來，那軟綿綿的感覺，又讓她險些跌倒，她抓起谷魯巴再丟回哈嘟魯那裡去，正好打在哈嘟魯晒得焦黑的屁股上，落在他的胯下，哈嚕魯倒抽了兩口氣，毒辣的太陽更讓他差點噴出鼻血，他真的好想跟這女人交好，但是人那麼多，又都是自己的親人，工作也還沒結束，他真的不知道如何是好，只好強力壓抑心中如火山欲爆發的情欲，又撿起谷魯巴丟回依書爾那裡，谷魯巴再次落在依書爾的胸乳上，這一下更激起了依書爾一陣又一陣浪濤般的淫欲，她滿腦都是男女交好的影像，但人那麼多，又都是自己的親人，依書爾不知如何是好，只好再次撿起谷魯巴丟回哈嘟魯那裡，哈嘟魯又將谷魯巴丟回依書爾那裡去，最後只見谷魯巴就這樣在兩位欲火焚身的堂兄妹之間、在小米田之上飛過來又飛過去，兩人是愈丟愈亢奮、愈丟情欲是愈狂浪，一直到了最高潮。

當最末一次哈嘟魯再次將谷魯巴拋向依書爾的時候，此刻由於他已是過度亢奮、血壓過高、呼吸急促、心跳高速，終於無法控制自己的力道而將谷魯巴拋得好高好遠，飛過了依書爾的頭上、飛過人群、飛過了小米田，重重地落在遠方一塊大石頭上，只見谷魯巴當場粉身碎骨，一命嗚呼——其實在這之前谷魯巴已經要求了好幾次，說：「放了我！放了我！」但沒有人聽到牠那微弱的求救聲，更別說這兩位掉入欲海的堂兄妹。

「哇！會飛的谷魯巴耶！」就在那個時候普彎正好往天空看去，以為自己發現了什麼新的物種，一種會飛的谷魯巴，非常驚喜地喊道：「你們看！你們看一隻會飛的谷魯巴耶！」

他的吶喊引起了眾族人的注意，族人們也同時望向天空，果真看見了一隻正在飛翔的谷魯巴，大家都非常驚訝，也都以為那真的是一隻會飛的谷魯巴，但接下來的情況卻令眾人惶恐不已，只見谷魯巴重重地摔在遠方的一塊大石頭上粉身碎骨，當時大家都同時「啊嗚！」的一聲幫忙痛了一下，但當大家再度意會過來的時候，有人開始為此驚慌尖叫，有人錯愕地傻了眼，有的人害怕得直發抖，因為沙目板曆上明確曉諭人們谷魯巴是上天的使者，也是人類的恩人，必要視他們為聖物，斷不能輕易傷害，自古以來人們都如此遵守著，所以谷魯巴如此慘死必遭天怒，方才的歡樂聲轉為顫抖的呻吟聲，人人不敢相信眼前所看到的一切，酷熱的陽光彷如死亡憤怒的眼神。

「我不是故意的。」哈嘟魯嚇得尿失禁。

「我不知道，啊……」另一邊的依書爾也嚇得嚎啕大哭。

此時四方即刻吹起了陣陣狂風，大地震動，狂風將四周樹林吹得左右搖擺，甚至被連根拔起，大石頭無法安穩坐落，群山時有崩塌現象，一束束的小米也被吹散在風中，烏雲如強盜般占據了藍色的天空，天地忽然轉為黑暗，巨大的閃電重重地擊打在山林中，引起了熊熊的森林大火，情況超乎常人所能理解，人們只能趴在地上顫抖、切齒、哭泣、吶喊，而無力回天。

「饒了我們啊！」

「停止憤怒啊，天上的天！」

一道道驚人的閃電和轟隆隆的巨大雷聲，彷彿上天的怒吼，之後覆蓋天空的黑雲裂了一條縫，只見那是一雙大手把黑雲撥開，與此同時有一道道耀眼的光芒如火一般穿射出來，讓人們無法張目注視，黑雲被打開之後，出現了一個眼冒怒火的人形——祂就是人們口中的那位上天，有時人們稱祂是天上的天，或以古語稱祂為鐵卡寧[9]，因為祂是超越宇宙世界一切存有的那位，是宇宙力量與規律的來源，這是自大洪水以後鐵卡寧第一次顯現於世人眼前。

「快跑啊！」有人示意哈嘟魯與依書爾趕快逃跑。

「誰殘殺了無辜的谷魯巴、我的使者、你們的恩人，誰膽敢違犯沙目禁忌，膽大妄為破壞了永恆的約定。」鐵卡寧說話的聲音比雷聲威嚴百倍，全地都在顫抖，全地都在恐慌，哈嘟嚕與依書爾才跑了幾步就忘記了呼吸。

「可憐無知的人啊！豈不知谷魯巴曾在大洪水的時候為你們犧牲自己嗎？你們不也因此信守承諾視谷魯巴為聖物、訓誡子子孫孫不可以傷害谷魯巴嗎？當天要下雨的時候，谷魯巴也會先跳出來警告你們兩將來，讓你們明白天氣的變化，牠是你們的恩人也是我的使者，這些都明明白白地記載在沙目板曆上，你們卻蒙蔽了自己的心眼故意遺忘，竟然殺害了無辜的谷魯巴，真是令我憤怒啊！」

鐵卡寧的憤怒再度引起狂風大作，閃電擊打大地，森林大火四處竄燒，之後鐵卡寧轉為哀傷地說：「我以萬物養育你們，你們卻不知珍惜，我取走了小米的恩寵，也取走了二葉松的恩典，你們卻不知道教訓，一再破壞古老神聖的約定，你們背棄了我的心意。」此時下起了冰冷的雨絲，降下冰雹，鐵卡寧哭泣了，祂說：「你們要讓我傷心到幾時呢？」

年邁的耆老烏瑪斯立即撕裂自己的衣服，用汙泥塗抹臉上，然後俯伏在地上對著鐵卡寧呼求說：「天上的天啊！原諒我們！我們是如此愚昧、如此骯髒，竟破壞了古老的沙目法則，殺害祢的使者谷魯巴，觸怒了祢，我們知道錯了，但請求祢原諒我們。」

9　鐵卡寧：布農語 deqanin，「天」之意，同時可以是計算時間的「天」之意、關於天氣的「天」之意，以及相對於地的「天」之意，除此之外還有另外一種是接近「上帝」位格的「天」之意。在布農自然世界裡，一切的物質存在都是對等的存在，沒有卑劣之分，只有功能不一，deqanin 則是超越一切物質存在的存有，是「天外之天」，是「天上之天」，也是一切自然宇宙規律與力量的來源，是唯一具有神聖、無限、永恆的存有概念。布農人雖未因此產生所謂鐵卡寧的宗教信仰，然而卻在日常生活中實踐了敬畏、遵循、追求自然宇宙規律與力量來源的生活態度，samu（沙目法則）即是實踐此一態度演繹出來的自然律法，於是若順從 samu 則會得到天的祝福，若違背則會受到天的懲罰。

收回祢的憤怒，若要懲罰，就懲罰我這位老者吧！我願意代替我的族人受罪，宰了我吧！」姤塔斯烏馬斯俯伏在地上懇求鐵卡寧的原諒，但誰能與上天討價還價呢？

「無可原諒！」鐵卡寧怒道，憤怒的聲音像一記重重的鐵鎚，足以讓大地碎裂。鐵卡寧伸長了手臂，閃電在雙臂間交織著，然後從地上抓兩把土，一把丟向哈嘟魯，一把丟向依書爾，讓原本平坦的小米地多了兩座山丘，或說是墳墓，而谷魯巴喪命的那塊大石頭上也不斷地流出鮮紅色的血水瀑布，像是在控訴世人的自私與殘暴。此地後人稱之為「瑪鐵卡寧[10]」之地，意思是因天上的天憤怒而來的地，或稱「天怒之地」。

「從現在開始我要丟棄你們，就好像你們丟棄我一樣，不再施捨任何恩典給你們，你們將挨餓、悲傷度日，祝福永遠離開大地，直到我憤怒止息為止。」鐵卡寧說，說完黑雲立即散去，雨不再下，火不再燒，風不再吹，太陽再度露臉，但人們依舊顫抖、哭泣，因為一切都已經不能再回到從前了，人們收拾恐慌的心情回家，沒有對話、沒有安慰、沒有笑聲，只有一片的空白與絕望，撒布魯斯昂烏[11]更在空中吟唱痛心的曲調。

傍晚夕陽西下的時刻，黑夜沒有隨之而來，卻在東方朝陽升起的稜線上又出現了類似朝日的光芒，只是更為火紅，彷彿是一支火把。

「怎麼太陽下山了，卻沒有天黑啊？」

「是啊？怎麼回事？」

「太陽又出來了嗎？」

「月亮呢？應該是換月亮了啊！」

「那是月亮還是太陽？」

「是太陽？」

「世界末日？」

---

10 瑪鐵卡寧：布農語 Madeqaning，「因上天憤怒而來的土地」，或稱「天怒之地」，此地位處臺灣島中部望鄉部落後山水田上，平坦的水田上有兩座凸起的小山丘，被認為就是鐵卡寧丟在是哈嘟嚕和依書爾身上的泥土，現代人稱之為男人山與女人山，而那顆讓谷魯巴命喪的大石頭至今也依然安坐於女人山後方。

11 撒布魯斯昂鳥：布農語 salpulusang，即「鵂鶹鳥」，晝行性小貓頭鷹，salpulusang 字面意義是「我的心好痛」，關於撒布魯斯昂鳥有兩個傳說故事，一是相傳古時有一位婦人因為不能生育而被公公家排擠，傷心之餘變成了鳥（鵂鶹），成天在林間唱著：salpu nak isang（我的心好痛）哀傷的曲調；另一個故事是說這名婦女天生小腿很細，這對布農人社會而言是醜陋與懶惰的象徵，所以這名婦女一直以來都用布裹著小腿，就連她的丈夫也不知道她有雙細腿，有一天在工作的時候，有人故意將她裹住小腿的布扯下來，眾人看到她的小腿是如此纖細，都取笑她是懶惰的人，傷心的婦人不斷地喊著：salpulusang（我的心好痛），最後變成了撒布魯斯昂鳥。

真的是太陽又出來了，太陽落山以後，緊接著另一個太陽又出現在東方，黑夜消失了，月亮也不再出現，永恆白晝的世界來臨了。

「月亮真的被偷走了。」說話的是普彎，聲音不那麼大，像是在自言自語，沒有引起別人的注意，人類巫師馬卡猶「偷走月亮」的話語猶迴響在耳邊，他終於明瞭了，馬卡猶真的偷走了月亮。

一連好幾天過去，太陽總是在西方的山脈隱沒之後，同一時間另一個太陽又從東方出現，日落的時候就是日出的時候，沒有夜晚，也沒有星星和月亮，沒有月亮的世界，生命也失去了準則，人們終於知道那年東谷沙飛祭沙目板曆上所啟示的原來就是如此，月亮真的變成了太陽。上天憤怒的那一天，祭祀屋被一道閃電擊中而完全燒毀，沙目板曆也從此神祕地消失，主祭司迪昂看見這情形是非常地自責，認為自己就是讓鐵卡寧憤怒的禍首，也認為上天已經完完全全否定了祭司的職責，頓時發現自己的存在似乎毫無意義、毫無價值可言，慚愧之餘終於自我了斷、結束了生命。

沙目板曆消失以後，一切沙目禮俗與禁忌的規範也喪失了依據，這亦是人類社會道德淪喪的開始，凱放鞍[12]部落發生了婦人與豬通姦的事件，婦人還因此懷了身孕，丈夫發現後憤怒地在婦人的肚子上劃了一刀，從肚子裡跑出了一大群的豬，往山上跑的成為山豬，留在部落的成為一般的豬，另外在瑪素哩嗄[13]地方也發生了男人姦淫母鹿，而爆發了公鹿群起攻擊人類聚落的報復事件。

普彎的母親、喇尼扈的女人瑪臘斯就在這樣苦難的日子裡生下了女兒阿布斯[14]，但沒有人為新生命的來臨感到喜悅，也沒有人前來祝福，人們甚至是感到難過的，因為這已是個沒有希望的世界，孩子的出生只是受苦而已，這已不再是個被上天祝福的時代了。但為了生存，喇尼扈依然帶著家人在幾近乾裂的農田耕作，不願意讓家人餓著。

有一天，喇尼扈一家人在農地耕作，瑪臘斯將女兒阿布斯放在一塊有枯木遮蔭的大石頭上，再以布料和乾草遮陽，希望孩子不會被太陽晒傷，一家人就開始忙碌的一天，工作的時候瑪臘斯頻頻轉頭觀看孩子的狀況，孩子也以翻動或哭鬧回應母親的關懷，但將近中午的時候，石頭上似乎沒有什麼動靜了。

---

12 凱放鞍：布農語 qaivangan，qaivang 是鰻魚，an 是「之地」，所以這個詞意指鰻魚生態豐富的地方。。

13 瑪素哩嗄：布農語 masulitu，mssu 為「到處」之意，litu 為「臺灣山枇杷」，masulitu 意思即是「長滿山琵琶之地」。

14 阿布斯：布農語 Abus，女子名諱。

「怎麼沒有聽見孩子的聲音了?」

「可能是睡著了吧!」

「是這樣子的嗎?」瑪臘斯不太放心地說。

「我去看一下。」普彎看著母親心不安，於是跑了過去，輕輕翻開乾草和布料，但是沒有看見妹妹，他再繼續翻找依然沒有妹妹阿布斯的影子。

「迪娜!塔瑪!」

「怎麼了啊?發生了什麼事嗎?」

「阿布斯沒有了!」

「什麼事?」

「怎麼了?」

「阿布斯怎麼沒有了?」

「明明就在這裡的，怎麼不見了。」

喇尼扈夫妻倆幾近發瘋似地翻了又翻，怎麼就是找不到自己的孩子，甚至搬開石頭也找不到，就在他們澈底絕望的時候，有一隻蜥蜴從乾草堆裡爬了出來，望著喇尼扈一家人。

「看！那隻蜥蜴！」普彎喊到。

「那是阿布斯的項鍊啊！」蜥蜴身上還掛著阿布斯的項鍊。

「怎麼會變成了蜥蜴？」

變成蜥蜴的阿布斯搖搖頭像是跟家人道別，之後鑽進了石頭縫裡就再也沒有出現了，心如刀割的喇尼扈一家人帶著受傷的心臟悲痛地回到部落，瑪臘斯甚至數度無法自己，不能舉步行走，但沒想到回到部落時部落裡也早已是哀哭聲一片了，因為不只喇尼扈的孩子發生了意外，幾乎所有年幼的孩子都在今日變成了蜥蜴，永遠不會再回來了。

「上天啊！為何下如此嚴重的詛咒？」人們悲憤地向上天控訴，但沒有得到任何的回應。

「還我妹妹來……」普彎咬緊著牙根說。

喀里布鞍所有不到兩歲的嬰孩都在那天變成了蜥蜴，此後只要有婦人懷孕生子，孩子不是夭折就是莫名其妙地消失、變成了蜥蜴，沒有一個可以順利長大的，一時喀里布鞍部落不再有幼童哭泣的聲音，也不再看見小孩子在部落裡追逐嬉戲的快樂身影，不只是喀里布鞍部落如此，全地都一樣，大地受到了嚴重的詛咒，生活彷彿只是一種集體走向滅亡的道路，人們因此害怕面對每一天的日出與日落。

十、向著北方！遠征聖山東谷沙飛

自此之後，普彎臂上的月亮印記就一直燒灼著，彷彿好像有塊紅炭貼在臂上一樣，好燙、好燙，更奇怪的是，每天他都會夢見彼時坐在風的靈魂虎剋那夫背上，眺望到聖山東谷沙飛神聖景象，每天每天……他甚是不解為何會如此，之後不只在夢中出現，有時候他不經意仰天望向北方時，那景象也會出現在眼前。普彎強烈意識到這是聖山東谷沙飛的召喚，尤其是面對部落的苦難，這樣的影像是愈來愈清楚、愈來愈強烈了，但普彎心想：聖山為何要召喚我呢？我能做什麼呢？

複雜的思緒讓普彎一刻也無法安定下來，然而部落的耆老已相繼離世了，沒有人可以為他解夢，他想呼喚風的靈魂虎剋那夫，但也只能感受到風的流動、聽見風的聲音，卻不見風的靈魂虎剋那夫，空中也不見老鷹的飛翔。於是他決定前往達腦爾山脈找蘇碧娜，或許蘇碧娜可以告訴他些什麼。

那一天，他沒有知會父母親，一個人帶著巴克爾離開了部落。就在他涉水越過喀里布蓀鞍流水的時候，有一隻白色的山羌向著他走了過來，下一刻白山羌化成一位美麗女孩的模樣，那女孩就是蘇碧娜。蘇碧娜依然還是第一次見面的那個樣子，反觀普彎卻因為心靈過度憂傷，失去年輕人應有的光彩，看上去彷彿是一位不健康的老人。

「普彎……是你嗎？」若不是因為臂上的月亮印記，否則蘇碧娜簡直不敢相信眼前的這男孩就是普彎，「普彎！你還好嗎普彎？」蘇碧娜攤開雙手向普彎迎過來。

當普彎聽見蘇碧娜的聲聲呼喚，普彎卻不知怎地，內心突然一陣陣酸痛，似乎很想要哭，他強忍壓抑著內心深處不斷湧出的悲傷不想讓蘇碧娜看見，但最後終於壓抑不住而放聲大哭，蘇碧娜立即抱住了他，普彎猶如嬰孩般哭得好用力，也哭得好久好久。

「就連你的靈魂也都在哭泣，我知道，沒有關係，就哭出來吧！」蘇碧娜心疼地抱著普彎說。

普彎已經很久沒有如此哭泣了，狩獵祭的時候失去了四名夥伴，他沒有哭泣；菲力鞍與產婆巫莉相繼離世時，普彎沒有哭泣；月亮變成了太陽，從此不再有夜晚的時候，身為月亮之子的他也沒有哭泣；當妹妹阿布斯被太陽晒成蜥蜴永遠離開家人的時候，身為長子的他也強忍著悲傷，不掉一滴眼淚。苦難如兩個太陽一樣輪番出沒，他都勇敢地站在那裡，不讓恐懼侵蝕自己的靈魂，尤其部落現在滿是憂傷的靈魂，身為部落的男人更必須要堅強地守護部落，只是當善良精靈蘇碧娜輕聲呼喚他的名字的時候，卻讓普彎故作堅強的堤防終於崩潰了，也讓他痛快地哭了出來。

「盡情哭吧！男人更需要哭泣……」

普巒拭著眼淚，將這一連串所遭遇的苦難傾訴給蘇碧娜聽，一邊說一邊啜泣，最後當情緒緩和了以後，他問蘇碧娜：「妳知道這一切到底是怎麼一回事嗎？究竟是發生了什麼事啊？」

「這一切都是邪惡巫師馬卡猶的計謀，他利用人心的脆弱與貪婪，撕裂了人類與上天之間美好的關係，破壞了永恆的約定，上天因此發怒於世人，收回了自古以來就賞賜給人類的恩典，最後離棄了世界。」蘇碧娜說，「恐怖的是就在上天發怒的那一霎那，馬卡猶趁機釋放了被禁錮於地底深處的火魔。」

「火魔？」

「火魔即是古代的邪靈，全身燃燒著地獄之火，在那遙遠的時代，火魔四處危害善良世界，後來有一天自天上打下了一道驚人的閃電，將火魔打入了地底深處，永遠被封鎖於地底深處，由地底人伊固魯人[15]負責看守著，只是沒想到馬卡猶早已布下重重計謀，當那一天全地都在顫抖的時候，伊固魯人鬆懈了防備，馬卡猶趁勢釋放了火魔。」

蘇碧娜惶恐地說，「火魔彷彿一條大蟒蛇由裂開的地表躍上天空裹住了大地之母月亮，所以當太陽西下，出現的卻是另一個更為火紅的太陽，那就是被火魔占據的月亮，那火光就是火魔的地獄之火；從此不再有夜晚、月亮與星星了。地獄之火帶著死亡的力量，也助長了邪惡勢力的擴張，邪惡巫師馬卡猶利用地獄之火的能量，施法詛咒全地的嬰孩都變成了蜥蜴，現在只要有嬰孩出生都會變成蜥蜴。」

「難怪！」普巒摸了摸臂上燒灼的月亮印記。

「馬卡猶想要擁有全世界，然而！真正恐怖的不是他，而是火魔；火魔是古代的邪靈，牠的本質是邪惡，是一切邪惡的來源，牠現在是在吸取月亮的力量，等到月亮被火魔折磨殆盡以後，火魔的力量會愈來愈強大，無人能敵，到時就連馬卡猶都將無法控制牠，最後善良的時代將因此毀滅，邪惡時代就要來臨了。」

「那我們該怎麼辦？我們必須要消滅火魔……」普巒的心很痛，突然聖山東谷沙飛的景象又出現在眼前的視線裡。

「聖山東谷沙飛！」兩人幾乎同時喊出了這句話。

15　伊固魯人：布農語 Ikul，「尾巴」之意，伊固魯人是一種長有尾巴的類人類。

「妳的意思……」

「對！你跟我想的一樣！如今唯有消滅火魔，我們才可以救出大地之母，世界就會恢復正常，但月亮在高高的天上，我們無法輕易靠近，唯一的辦法就是走到頂住天宇的聖山東谷沙飛，那裡是最接近天空的地方。」蘇碧娜說，「這是我們唯一的機會。」

「嗯！」聽到這裡普彎血液立即沸騰了起來，「那我們就走向聖山東谷沙飛吧！」普彎回應了聖山東谷沙飛的召喚。

「這就是我來找你的目的，而且我已經取得了精靈之血。」

「精靈之血？」

「所有的刀劍或魔法都奈何不了火魔，牠唯一的剋星就是這個精靈之血，精靈之血擁有天地之間一切善良的力量。」蘇碧娜從懷裡取出了一個由山羌角製成的瓶子，「火魔的弱點就是他的眉心，我們必須要將塗有精靈之血的箭射進火魔的眉心，善良的力量將澆熄火魔的地獄之火，火魔就會失去力量，月亮才會獲得得拯救。」

「嗯！」

「但是我們只有三次機會。」蘇碧娜說，「因為精靈之血只有三滴。」

「我相信命運依然會為我們展露笑容。」普彎堅定地說。

於是普彎與蘇碧娜約好下一個日出日落就是出發至聖山東谷沙飛的時候，現在他們必須要各自回去準備一下，普彎也必須要跟家人道別。回到家之後，普彎告訴父母親他要遠征聖山東谷沙飛的緣由與決心，結果喇尼扈與瑪臘斯不但沒有反對，反而支持普彎的決定，喇尼扈還很衝動地也想要跟去，「我也要去射太陽！」喇尼扈說，「兩個太陽太恐怖了，一定要射下一個，我也要去！」

「塔瑪，不是射太陽，而是消滅火魔拯救月亮。」普彎說，「我要去拯救大地之母月亮。」

「對！拯救大地之母月亮！」

「但是塔瑪你不要去，如果我們一起離開了，迪娜怎麼辦？」普彎說，「迪娜會孤單的，她需要你陪著。」

「可是……我不放心你一個人去，你還是個孩子啊！」喇尼扈說，瑪臘斯也不知該如何插話，但心中都默默支持生命中最重要的兩個男人，無論他們如何決定。

突然撒洛克從屋外衝了進來，「放心！還有我！普彎不會寂寞的，我還會照顧普彎的。」原來他一直都屋外偷聽裡面的談話。

「哥！」

「弟弟！從小我們就說好要一起去聖山東谷沙飛的，你怎麼可以想不告而別呢？」撒洛克有點生氣地說，「我一定要跟你一起去，這樣塔瑪喇尼扈跟迪娜瑪臘斯就可以放心了。」撒洛克看著喇尼扈與瑪臘斯說，喇尼扈與瑪臘斯點頭同意孩子們的決定。

瑪臘斯在孩子們臨走前拿了一包用月桃葉包好的柑橘種子交給普彎，她說：「無論你走到哪裡你就種下這柑橘，以後回來就可以知道回家的路了。」瑪臘斯不捨地說，「你們這一去，不知何時會回來，無論如何迪娜都在這裡等你回家，我會等你，一直到你回來，願上天祝福你，彌笴靡尚！」

父親喇尼扈將孩子的祖父留下的口簧琴交給普彎說：「孩子啊！這是我塔瑪生前交給我的，每當思念他的時候我就會拿起來吹奏，彷彿他就在我的身邊一樣，心靈會得到安慰；而你即將要遠行了，孩子，當你思念我們這兩位老人家，思念家鄉、族人時，願口簧琴可以為你捎來我們對你的思念與祝福，儘管去吧！」

於是普彎、撒洛克兩人還有巴克爾，在日出日落以前默默地離開了喀里布鞍部落，不驚動部落族人。彼時蘇碧娜早已在喀里布蓀鞍流水畔等待著了，普彎將迪娜交給他的種子，還有月亮送給他的項鍊上的一顆琉璃珠，埋在喀里布蓀鞍流水邊。種子是為了回家的路，琉璃珠則是為了祝福這塊土地。

「我們該怎麼走？」撒洛克問道，但心裡還感受不出真的就要遠離家鄉了。

「向著北方，聖山東谷沙飛的方向。」蘇碧娜說，「走吧！」

我們姑且就稱他們是聖山東谷沙飛遠征隊，或是太陽遠征隊，或是救月遠征隊，總之就是遠征隊，遠征隊終於踏上了遠征東谷沙飛之旅了。

遠征隊在兩個火球輪番的照耀下，朝著聖山東谷沙飛的方向走去，兩個太陽把大地烤得熱騰騰的，山林是呈現一片枯黃景象，大地也為之乾裂，所經過的幾條流水水量都已大大減少許多。自從踏上了遠征之旅以後，普巒也不再夢見聖山東谷沙飛的景象，月亮印記也不再灼熱，他知道這是因為他已經回應了聖山東谷沙飛的召喚，只是不知道這趟旅程會遇到什麼事，而且到底有多遠，什麼時候可以抵達，是否會成功，一切都是未知數。

幾個日出日落以後，他們抵達了一條水流尚豐沛的流水邊。

「我們在這裡休息吧！已經走了好久了，大家都累了。」普巒選擇了一塊有柳樹垂下可遮蔭的地方，他說：「我們就在這裡紮營吧！」

「這裡有灰燼呢！」撒洛克看這地面的一處灰燼說，「有人曾在此紮營，看起來是很久以前的事了。」

「這或許是塔瑪撒伊奴留下的，他是居無定所的遊獵人，或許他也曾來到這裡，留下了這堆灰燼。」

這些灰燼讓普巒想起了遊獵人撒伊奴，他想像撒伊奴曾來到此狩獵，並躺臥在營火邊過夜，心想若有遊獵人撒伊奴同伴的話，或許路上會安全許多，只是撒伊奴總是難以捉摸，也不知道此刻他在哪裡。正當普巒如此想的時候，遠處傳來了非常愉悅又響亮的歌唱：

Naluan na iya naya e haiyo in~
Na usi luyian haiyo iyoin hai ye yan~
Haiyo ho ho iyan~

「誰？」

「孩子啊！你要出遠門也不跟塔瑪撒伊奴說一聲啊？」唱歌的那人站在高處的岩石上說，原來他是遊獵人撒伊奴。

「塔瑪撒伊奴！」普巒看那人正是遊獵人撒伊奴，掩不住心中的興奮，說：「我才開始要很用力地想念你，你就出現啦！塔瑪撒伊奴，哈哈哈……」

「我知道你會想我，所以我就去部落找你，結果你塔瑪說你已經走了，我問說你去哪裡？他說你要去聖山東谷沙飛，說什麼要去射太陽的。」撒伊奴逗趣地說，「我聽到馬上很用力地跑來追你們呢！很累耶！還好沒有抽筋，哈哈哈……」

「你要跟我們一起去嗎？」普彎問到。

「不只是他，還有我矮人瑪不帝斯[16]呢！」原來在撒伊奴的身邊還有另外一個人，那人只長到撒伊奴的腰間，矮矮的，但看起來非常粗壯，「要去射太陽，我矮人是不能夠缺席的喔！」

「不好意思，這是我的好朋友撒如述[17]人瑪不帝斯。」撒伊奴說，「我說要去聖山東谷沙飛射太陽，他就說要跟我一起來，所以跟來了，沒辦法！」與矮黑人不同的是，撒如述人是屬於侏儒身材，而且膚色也與一般人一樣是土黃色的。

---

16 瑪不帝斯：布農語 maputis，矮小之意。

17 撒如述：布農語 sazusu，矮人或侏儒之意

「射太陽！」瑪不帝斯高舉雙手大聲喊道，「我要把太陽射下來！」

聽到瑪不帝斯如此吶喊，每個人都笑了出來，此時遠征隊又多了個遊獵人撒伊奴與侏儒瑪不帝斯；人多，力量也變得比較旺盛了。

「這裡叫做洛洛谷，幾個月以前我曾來過這裡，那時候的水量絕對比現在大很多，這灰燼還是我留下的呢！」撒伊奴說。

「我就知道！」普彎笑著說。

「或許我們可以抓些魚來吃。」撒洛克看著水裡的魚群說。

「抓魚的工作就交給我們矮人，我們可是這方面的高手！」瑪不帝斯話未說完就已經脫光衣服躍入水中，身軀雖短小卻超乎常人靈活，游泳的速度甚至比魚兒還要快，一下子就抓到了幾隻肥大的魚與螃蟹，讓大夥見識了撒如述人的厲害。

「這就是我們今晚的晚餐囉！喔不，對不起！現在已經沒有晚上了，總之就是餐點啦！」瑪不帝斯看著天上的大太陽說。

「不知距離海洋還有多遠呀？」普彎問道，「我滿擔心時間的。」

「別擔心，孩子，我們需要休息，休息過後我們就上路。」撒伊奴說道。

休息過後，他們澆熄了營火，繼續向著北方前進，離開之前普彎在此埋下了一顆種子與琉璃珠，古南島北方對遠征隊而言是個陌生未知的領域，就連遊獵人也只有到過這條洛克洛克流水邊。

遠征隊只能憑著直覺前進，數日後他們走進了被稱為瑪送苛岸[18]的山脈，他們行走在群山間，時而翻越高山，時而下至深谷。有一天，他們來到了一處只有當太陽日正當中的時候，才會照到的深谷底下。

「真是難得涼爽的地方啊！」撒洛克說。

「是啊！」瑪不帝斯說。

「可是不多久這樣的涼爽都要消失了。」撒洛克說。

「別那麼悲觀嘛！朋友！」瑪不帝斯說，「往好處想，等我們消滅了火魔，拯救月亮，世界就會恢復正常，到時連冰雪都有了，你還擔心沒有清涼的微風嗎？」

「是啊沒錯，你說的沒錯，我們應該樂觀點。」撒洛克說，「謝謝你啊朋友，真高興有你同行。」

18　瑪送苛岸：布農語 masongqoan，「陡峭」之意。

這深谷的盡頭是一處清澈的水潭，但似乎也沒有去路了。

「這裡沒有路了，看來我們只好回頭，高繞而行。」撒伊奴建議道，「但在這之前我們必須先裝滿我們的水囊。」撒伊奴帶領眾人走到水潭取水。這水潭非常清澈，水中生態依然豐富完整，魚群悠遊其中，只是深不見底。

「那裡好像有條路呢！」瑪不帝斯看見了水潭對面山壁上似乎有條石階，「我們可以繞過去看看，或許可以走上去。」眾人取完水以後，繞過了水潭，走到對面。

「真有石階啊！」撒洛克說，「這是附近居民取水的路。」

「也可能是他們下來捕魚的路。」瑪不帝斯說。

「我們上去吧！」撒伊奴喊道，「要小心喔！這石階很舊了，若滑下來是會直接掉進水裡的喔！」

「很好啊！還可以順便游泳。」撒洛克說。

「你還滿樂觀的嘛，朋友！」瑪不帝斯說。

當眾人都走上階梯以後，水潭突然起了變化，大量的水泡自水底冒出，走在最後面的撒洛克轉身小便，卻看到這水怎麼突然變了個樣，於是隨手撿了顆石塊丟入水潭中。不丟還好，一丟冒起來的水泡卻愈來愈多，也愈來愈大，彷彿會有什麼怪物要出現！巴克爾感覺到好像有什麼危險接近，於是就對著水潭狂吠，普鑾手臂上的月亮印記也因此灼熱不已，撒洛克又丟了塊石塊下去。

「不要！」普鑾想阻止他卻已經來不及了，整個水潭像是滾開的開水一樣，開始掀起了滔滔巨浪。

「有怪物啊！」撒洛克喊著。

之後從翻騰的水浪中甩出了不知是什麼怪物的巨大尾鰭，掀起的水浪打在山壁上，造成一片大山壁崩塌。

「怪物！」瑪不帝斯也喊道，原來那是一隻巨大的凱伊放[19]從水浪中浮出，並開始作勢要攻擊這群闖進深谷的不速之客。

「快跑啊！」撒伊奴喊道，人們都害怕地拔腿往上跑去，此時普鑾卻不小心踩空了腳，從石階上直接掉入了水潭，普鑾在水浪中載浮載沉，最後又被凱伊放捲入水底下，久久不再出現，水潭變得非常渾濁。

19　凱伊放：布農語 qaivang，鰻魚。

普彎陷入了危險，遊獵人和矮人開始射箭攻擊巨鰻，但不見任何效果，於是撒伊奴手握大刀從石階上跳了下來，大刀直接砍進了凱伊放的左眼，凱伊放受到了嚴重的攻擊，痛得甩出了普彎，蘇碧娜趁此時也跳入水中將普彎帶岸上。

「撒伊奴！」瑪不帝斯喊著，「撒伊奴！」

撒伊奴與凱伊放魚在水底下展開了激烈搏鬥，只見不斷地翻起了滔滔巨浪，之後水潭漸漸地被染成血紅色，最後看見翻起白肚的凱伊放魚浮出水面奄奄一息，水潭又恢復了平靜。

「撒伊奴？」人們擔心起撒伊奴的安危。

「在那裡！」蘇碧娜看見了撒伊奴從凱伊放身邊浮出來，然後游泳上岸，「他沒事！」

「孩子你沒事吧！」撒伊奴對著普彎說。

「沒事！」普彎說。

「我們趕快離開這裡！」撒伊奴喊道，於是所有的人都像是失去心臟一樣快步逃離這危險的山谷，深怕那隻凱伊放魚會再度復活。

翻過山谷以後人們都累得癱在地上，普彎與撒伊奴沒有受到太大的傷勢，是不幸中的大幸，只是大家被這突如其來的凱伊放給嚇壞了。

「怎麼會有這麼大的凱伊放啊？」

「是啊？第一次看到！」

「這世界變了，恐怕都是因為火魔的關係，火魔造成了物種的突變，大家一定要非常小心才是，前方或許還有……」蘇碧娜說。

「……」，沒有人敢再多想前方。

陳宏志

〈哈勇來看我〉（二〇一三）

Walice Temu，一九七五年生，南投縣仁愛鄉泰雅族。畢業於高雄師範大學國文學系，曾任職國中小代課老師數年，目前自由業，專寫文案。

自幼愛好文學，每每浸淫而不覺疲累，後期創作自覺身分的不同，轉為替民族發聲為主。曾獲臺灣文學獎、玉山文學獎、吳濁流文學獎、鍾肇政文學獎、大武山文學獎、屏東文學獎、打狗鳳邑文學獎、臺中文學獎、後山文學獎、原住民文學獎等獎項。

哈勇來看我

一

進入九月，秋天的氣息更濃厚了，這是沒辦法的事。秋天來到部落，農地草葉枯黃，一片頹敗，就是說，各種農忙要開始了。農地整理一番後（砍草、翻土等），再種上新農作，這一切作息，跟季節同步，循環不已，也是沒辦法的事。

他們一樣在淩晨爬起來，在雞鳴的時候，展開一天繁重的農活。天色未亮，顯得特別寧靜，露水依然凝重。夫妻剛起床，不願意說話，總感覺說話的力氣已在睡眠中失去，看起來十分憂愁。自古至今，部落的生活作息，大概如此，要深究原因，很難說個明白。

哈勇蹲在門口磨刀，霍霍地引起一陣嘈雜。當然，磨刀聲僅擴散於他家空地，空地上趴著那條黑狗鐵木，因而伸了個懶腰，尾巴像蛇一樣捲起，走向哈勇身邊。這個時候，開始傳來幾聲狗叫，此起彼落，然而，鐵木並沒有隨之應和，牠只靜靜坐在主人旁，牠期待主人準備吃的給牠。確實，撒韻左手抓隻雞過來了，右手端著盛有隔夜飯菜混著肉湯的碗公，後者就是鐵木的早飯。

「哈勇！把這隻雞殺了。」

撒韻的聲音劃破寧靜，在別人還在貪睡的時刻，顯得格外清亮。她把雞甩在哈勇身邊的泥地，動作相當有力。這是隻母雞，考慮到牠的肥碩，「砰」的一響可想而知。

雞落地後叫了幾聲，翅膀拍打著，騰起了些許塵埃。雞腳被細繩捆綁，動彈不得，一旁鐵木除了低頭吃飯，也用狗眼監視著，此雞就算掙扎，並無脫逃的機會，牠渾然不覺自己性命垂危。

哈勇沒說話，繼續磨刀，嘴裡含著水，邊磨邊噴，灰色磨刀石已呈弧狀，被磨的凹槽十分光滑，可見消磨有一些年日了。

「殺雞做什麼？」哈勇說話簡短，夾帶著怒氣。痰在其喉嚨上下滑動，非常頑固，卻始終無法吐出，或者說，痰不到火候，即便哈勇要一吐為快，也極為困難。這是他長年抽菸之故，一天兩包，撒韻每天都嘮叨，但顯然毫無警惕作用。所以一到早上，哈勇總會咳那麼幾聲，老是有咳不完的痰。

終於，刀磨好了，哈勇用長繭的拇指在刀鋒輕擦著，並在下巴那麼刮一下，刀面上有些細微鬍渣，這說明刀磨得夠利了。這是把山刀，是哈勇的爺爺給他的，刀身散發著濃厚的歷史氣味。想當年，他爺爺快死以前，躺在床上跟他說：「哈勇！我沒有什麼留給你，什麼都可以丟掉，只有這把刀一定要擺身邊……」說完這句，他爺爺就死了。

你大概知道了，哈勇的爺爺是我的曾祖父，哈勇是我爸，撒韻是我媽。我叫鐵木，跟那隻黑狗一樣的名字。那年我離開部落，要去都市所謂「社會上」闖一下，父親非常不捨，大概思念之故，希望我留在他身邊幫忙，暫且用狗替代了我。

父親殺完雞，也燒完了毛，手上鮮血沒有洗去，他只在地上抹一下。他面無表情，坐在一張板凳上抽菸，白煙裊裊像鬼魂在他頭頂上方，交錯、扭曲、繚繞。此時，天也亮了。

「快來吃飯，我們還要去田裡除草！」母親在廚房喊，父親沒有即時回應。這就是他們每日生活的常態，沒有例外。父親一向沉默寡言，跟他說話，必須等他搞清楚談話的內容，他才適時開口，也就是說，找他聊天，要有耐性，否則真會以為他陰沉冷酷，不好相處。沒辦法，父親總是這個性。後來我逐漸明白，實情並非如此，他只有國小畢業，學歷使他感到某種程度的自卑，所以在人面前總不擅言詞，謹慎發言。這也沒什麼不尋常的，哲學一點說法，「自卑是一種無能的體現」，好像說得也很像那麼回事。但，父親並非無能之人，在我看來，這只是鄉下人所具備的質樸個性，個性怎麼說呢？

誰也說不清，沒有對錯。他把菸吸短了，看見隔壁的瓦旦正要下田去了，問候了一下，把菸捻熄，就進屋子裡去了。

餐桌上，父親夾起一塊他弟弟獵到的飛鼠，嚼出聲音，說：「肉很嫩，我很久沒有吃到山肉了。」一旁走動的母親已吃完飯，拿著抹布在瓦斯爐上擦拭，擦過之處，泛著銀光。母親愛乾淨，稍微一點汙垢塵埃，她都看著全身不舒服，一定要動一動。我印象中，母親確實如此，做起家事一點都不馬虎，近乎苛求。我姊、我弟的衣物都是母親分類擺齊的，她時常唸我們，要求我們自己整理，不過她仍然看不慣，抱怨我們「不會做家事」，最後還是由她承攬一切。這是她做為母親的宿命，古今中外，大概都如此。如果有機會你到我家來坐坐，你會發現地板上的每一塊磁磚熠熠生輝，像一面鏡子。

「你兒子鐵木打電話來，聽口氣好像有什麼事，電話裡沒講清楚，你去看他吧！」母親小聲地說，好像在說什麼祕密，怕別人聽見。這個時候父親也吃飽了，把碗筷放下，也不丟到洗碗槽裡。這也像平常的他，幾乎不做家事。身當所謂「戶長」，父親很清楚自己該做什麼事，不該做什麼。當然，這可以理解為他是一個很傳統的人，即女人做的事就由女人，男人不該僭越身分去搶著做，反過來說，道理也一樣。所以，碗筷放在那裡等著母親去收拾、洗刷，在我家是一件極自然的事，無須辯駁。

「又吵架啦？」父親有點疑惑地問。母親沒正面回答，只唯唯諾諾。其實她很清楚鐵木的情況，即本人我，與老婆最近感情不和睦，大吵小吵不斷，有離婚之虞。這都在母親心裡擱著，看在眼裡，她不會讓父親知道得太多。父親是個嚴肅又顧家的人，一旦讓他知道這些事，會徒增其對我的責備。這是母親向來對我呵護有加的措施，我很感激她。

時值秋天，老家後面那棵柿子樹結滿了柿子，有些熟了，大部分還青黃不接，但總的來說，迎著陽光，果實紅彤彤的，由遠處看，滿像一幅畫，你若想成電影裡什麼童年爬樹的幸福畫面，也是可以的。父親在一個午睡中醒來，赤腳爬上了樹，吩咐在樹下的母親接著。起先母親徒手接，她覺得麻煩，後來想到用身上的衣服兜起一個袋狀，父親朝下丟。的確，這樣有效率，不致使母親誤接而讓果實摔落地面。依此辦法，不到半小時，他們摘了一個麻袋那麼多。那些摘不到隱藏在枝葉其間，或是父親故意遺漏的，就留給鳥獸蟲蟻吧，大自然有其生命規律，動物亦然，牠們也要活，也要延續下一代。

柿子實在太多，父親與母親當然吃不完。他們如果每餐都各吃一個，當飯後水果，大概可以吃到年底。柿子是這樣的，必須擺放一段時間，自然會熟，熟而變成軟捏捏的，老人家愛吃。也可以用鹽水泡過，又脆又甜，像蘋果那樣芬芳。多虧有了柿子樹，它默默地貢獻一切它該貢獻的，夏天遮起餘蔭供人乘涼，枝幹可供村裡孩童攀爬，到了秋天則更加努力長出這些果實，其功德實在不小於人類。

父親留著一些，一顆顆妥善放置，在他自製的竹籃裡，待其成熟。其他則分送親友，藉以增加鄰里間的感情，也是不錯。

二

父親從山上（即部落）扛來一袋柿子與一隻雞的時候（柿子半包，母雞疊其上，捆綁為一包，好搬運），我不在家。所以我晚上回到家時，被他嚇了一跳。他坐在我公寓門口的樓梯間，頭斜靠扶手上，也許睡著，或者沒有，我沒聽到打呼聲。那時天已經暗下來，樓梯那盞燈也總是不亮，是父親聽見我開門的鑰匙聲，才咳嗽了一下。他沒喊我，但發現我終於到家了，露出驚喜神色，我則感到驚訝。

「爸，你怎麼來了？」這是我們多年未見的第一句話，多麼遺憾，父子間的感情竟如此簡單，頓時我心裡感到幾分內疚。是啊，我是個不孝的兒子，兩、三年才回老家一次。他依然如我印象中的沉默，不即時回應（前面提過），只是漫不經心地站起身，抓起身邊一大包白色袋子，袋子上面寫著「尿素」兩字。

他是下午四點多到的，我半責問說：「怎麼來了不打一通電話？我手機號碼給過媽媽啊！」他摸出口袋裡的小紙條，很吃力地念過一遍我的號碼。「沒錯呀，怎不打呢？」他說打了，關機。這才讓我想到我那時正和朋友小喝。我的習慣是這樣的，喝酒作樂時厭惡別人打擾，所以手機索性丟在家裡，暫時避開塵囂，享受小我的暢快。

必須說明的是，我父親不用手機，甚至家用電話也很少打。他認為手機這種高科技產品是一種奢侈，也是一種無形的羈絆，人反而不自由。當然，他在山上一天到晚與田地為伍，餵豬餵雞的，朋友也不多，手機對他這樣近乎顓頊的農人來說，確實不太需要。即使我們後來買了手機給他（擔心他在田裡出事），他不屑一顧，丟給了媽媽。「家裡有裝電話了，要手機幹什麼？我又不是大老闆，浪費錢。」這是他一貫的理由，很固執，也很果斷。不過，進入到繁榮都市，他免不了必須在公用電話前打給我，所謂入境隨俗。很不幸，我關機了。

我按上電燈開關，客廳一下子明亮了起來，沙發、電視，以及有輪廓的物體都鮮活了起來，如我對父親久違的形象。我眼睛暗示父親門邊有室內拖鞋，可以穿。他沒穿，也沒脫下那雙他很久才穿一次的皮鞋，站在門邊不知所措。「東西隨便放就好，等一下我處理！」他顯然沒有領會我說的話，拎著那一袋一時不知要放哪。像這樣的東西，在山上是可以隨處放的，但，以他某種見解，他認為此刻應該放在廚房。

他忘了我家廚房的位置，經我指示，他才順利走進去。我跟在他後面，因為我勢必要煮一壺水，泡杯熱茶給他喝，然後坐在客廳與他閒話家常。不錯，這確實是一幅溫馨且孝順的畫面，我應該這麼做。他從廚房出來後，我才進去，這不為什麼，而是我家廚房太窄小了，以致於都要在客廳的桌子擺張舊報紙吃飯，當然，看鄉土劇或什麼名嘴扯淡，那是一定的。實在說，這不合乎營養學。

開水煮沸後，我找出隱藏在櫃子裡面的茶葉，泡了兩杯，父親一杯，我也一杯。平時我沒有喝茶的習慣，也不懂茶，都是朋友年節時候送的，偶爾想到或爛醉後（第二天所謂宿醉），才熱呼呼喝上一大杯。的確，很有醒腦還魂的作用。「爸，你大概渴了，也餓了，你先喝點茶，等一下我們去吃飯，我也還沒吃。」我這麼說的時候，他點燃了一根菸，叉著二郎腿環視我這不大的客廳，像在尋找什麼。

我意識到父親需要菸灰缸，於是我又走進廚房找。我不太抽菸了，會抽的時候與上述的茶葉相同。我翻了廚房櫃子，找到了一個，我用自來水洗刷了一下，同時，隔著一面牆我問父親：「為什麼不提早說要來？」他沒回答我的問題，我反而聽到一陣乒乓作響，他正替我打掃客廳，掃帚打翻了角落的瓶瓶罐罐。我趕緊走向前，說我會自己整理，他不予理會。我只好站著看他繼續收拾，還有，我忽然難過了起來。從父親側影看過去，他瘦了不少，背似乎也駝了一些，他那雙我記憶中力大無比的手臂，曾是我擺盪其間的「單槓」，他甚至可以在我擺盪時，手肘奮力向上托，像猩猩那樣，把我整個人抬起來。現在情景不比從前了，我心裡這麼想著。我的父親是何等人啊，他在山上做牛做馬，什麼苦沒吃過，什麼工作都難不倒他。唯有掃地擦抹這類家事，他幾乎不做。也就是說，他從不管女人該做的事。好在母親沒有持反對意見，換成現代人的思維，什麼女男平等的，凡事就得夫妻分擔，分工合作。

有一年冬天，我尿溼了尿布，據母親說法，當時我還是襁褓中的嬰孩，她有事先忙了去，請父親暫時看顧。沒有想到父親怎麼樣也不替我換條乾淨尿布（當時是布料的），任我在旁嘶喊嚎哭。當然，他永遠不會知道我那時是因尿溼而大哭的，他缺乏這條筋，沒有女人的敏銳。父親後來告訴我對那件事的看法，說他真不懂尿布，那是女人的事，他只希望媽媽快點回來處理。我還問過父親：「你一定沒有替我把屎把尿過？」父親理所當然地說：「從來沒有！」這讓我一度覺得父親不愛我，但後來也了解這不是真相，而是他根深柢固的偏見。他就是這樣，有時讓人摸不著頭緒，現在卻千里迢迢來到我家替我打掃了。

父親大略掃過一遍後，確實比先前乾淨許多，這讓我腦海浮出了我老婆打掃的身影，也理解了自己生活竟如此頹唐，自她離開後，居然也不曾打掃過。這是不是被父親的偏見影響(不做家事)，我不知道。但父親這個突來舉動，著實觸動了我一些心事。

「休息一下吧，爸！先坐下喝杯茶。」我口氣隱含著某種歉意，或者說感激，卻礙於表明。是的，我應該對著父親說聲謝謝的，但我沒說。

我把茶杯推向他，我們相對而坐。我突然發現自己很不適應這樣的狀況，我還沒準備要跟父親說什麼，一切都太突然。他又抽了一根菸，白煙繚繞，順著天花板的方向去，腿照樣叉著，兩手肘平放在沙發扶手，一副很悠閒的樣子。這讓我相對地緊張起來，話題真的無從說起，然後就是彼此沉默。他望向窗口，眼睛停滯在一朵雲上。我則在尋找電視遙控，需要一點聲音來打破僵局。總是這樣，在老家一起看電視也相差無幾，我們像兩個還沒學好手語的聾啞人士，同時又像瞎子一樣看不見對方，臉側向一方，像現在這樣沉默。

三

「你媽叫我來看你，說你有些事，什麼事呢？」父親自進門後，終於開口說了句相對完整的句子，還是個問句。我知道母親已為我保留一些顏面，這從父親臉色可知，但他終究還是要問個明白。此時我該多說還是少說，全憑在我。

我決定還是說了：「我跟佩珍暫時分居，我們有些想法不是很一致。」這時父親大略知曉整個事情走向，於是不再多說什麼。只說：「餓了，不是要去吃飯嗎？」我恍然大悟，忽然感覺自己也很餓，「走吧，爸，附近有間小吃店，那裡菜炒得不錯。」

這間店我常來，所以對裡面菜色瞭若指掌，也因為遠近馳名，隱藏在巷子裡，內行人才會知道。當初我就是慕名而來，吃過一次後，令人印象深刻。我要說的是，這裡可以抽菸、喝酒，更特別的，是這裡的炒山肉。我注意到父親穿著一件新襯衫，鈕扣扣到最上面那顆，但仍然沒有掩飾掉裡面那件有點破爛的白色汗衫。他在山上，都是穿件汗衫就下田。由於店裡的大燈明亮輝煌，我看見父親頭髮有些斑白，臉上皺紋當然也免不了，這都是老的跡象，我的皺紋也開始蔓延了。

「爸，你要吃什麼？盡量點。」父親看著菜單，看得很近，好像在研究什麼。他國小畢業，認識的字不多，當然也不少。我猜他有點老花眼了，所以遲遲沒有什麼意見。但他的神情顯然很愉快，能夠吃上這樣一頓豐盛的菜，在山上畢竟算是稀有。最後他點了一道炒山羌肉，並囑咐我希望多放點辣椒，其餘我點。我交代了老闆娘，還要了兩碗白飯。另外，我叫了一瓶高粱，我知道父親平常睡前有喝一小杯的習慣，至於我，定居都市以後，朋友邀約不斷，幾乎天天喝，但多為啤酒，現在叫了高粱分明是我附和父親的喜好，我希望此舉能使我們距離親近些。

大概是酒的關係，父親原本僵硬的表情軟化了許多，這從他解開最上面那顆鈕扣可以看得出來，他話也開始多了起來，臉上也有了笑容。我們談到媽媽、姊姊、弟弟和部落的一些事，最後，也自然而然談到了我，我的工作、貸款以及家庭。

「佩珍現在住回娘家嗎？」父親嚴肅地問起這句，我簡直無法回答，或不想回答。說實話，我也不知道她目前在哪裡，我們已分開近一年，其間沒有聯繫，當然，她對我也沒有所謂的關心了。

接下來我要談一下我的老婆，佩珍。稱呼「老婆」，好像我們還很親密似地，其實不是，我們確實已經分開，往日不堪回首了。現在這麼稱呼，大概是一種念舊，或者思念，我也說不清，若叫「前妻」也不為過。我們是在一次的大學同學會見面的，我的同學帶她來，在所謂氣氛很歡快的酒局裡，開始了進一步認識。其中交往過程，有點複雜，我就不多說了。

談戀愛無非就是初識，熟識，然後到必然的裸裎相視，再後來你知道的，順利的話，就在親友的祝福下，踏上所謂幸福的紅地毯，這其實沒什麼特別，和一般人無異。我要說的是，她是漢人，我們部落稱漢人叫「母幹」，這其中是否有什麼鄙視意味，我不清楚，但聽來確實不雅。我記得第一次帶她去部落，牽著她的手到處逛，經過每一個地方我都詳細述說我還記得的童年往事。遇見部落熟人，她也學我用母語熱情地打聲招呼，其神情極為調皮，但不失尊重。後來我們逛累了，在返回老家的路上，在星光點綴下，我們緊擁相吻，然後一起指著夜空就此私定終生，這很像電影的情節。那次，我感到納悶的是，源於某種傳統，她沒有和我睡，而是跟母親擠上一張床，母親執意如此，我也沒辦法。我猜那晚佩珍肯定很難睡，母親勢必會問及關於她的一些事，藉以探聽她的家庭背景。現在回憶這些，我仍然感到溫暖。

問題就出在結婚後，總是如此，人家說相愛容易相處難，這話確實有些可信度，但我始終認為沒有一對戀人或夫妻是不適合在一起的，關鍵在於彼此的信任、容忍以及體諒，這很重要。我們開始為生活爭吵，最後不值得吵的瑣碎，也一併加入。也就是說，我們之間有些看法究竟是不同的。最具體的是關於買房子這件事，她說要在都市買，我說我們可以回部落我老家住，既可以省下一筆錢，也順便盡孝道，何嘗不是好事。父親那間老房子，已講好要分給我，我是大兒子，這理所當然。

「要住你自己去住，我不想先這樣！」她怒氣沖沖這樣說，表示其意志堅決。「這樣是哪樣？妳不是喜歡部落生活嗎？回老家住是我最大的心願。」後來她姿態實在傲慢，沒有軟化的可能，我們意見紛歧從此開始，買房念頭暫且作罷。當然，我們的關係也就每下愈況，日漸惡劣。因為她職業的關係，是個小學老師，為了保持她教學順利和氣質，她只埋頭備課，她忙她的，我做我的，所以我們幾乎不交談。我當時工作三天兩頭換，只是個小報記者，收入不穩定，我也沒臉向她要錢。後來失業在家，我每天幾乎買醉，有時醉醺醺時還找她理論，甚而爭吵，但她已對爭吵毫無興趣，她簡直無法忍受我繼續這樣，直到她離去。她離開前丟了一句：「你這個酒鬼，死在外面好了，你們原住民都一樣！」至今我還不明白她說的「都一樣」是什麼意思。

我不得不再次向父親解釋，我與佩珍斷了關係，分居已久，就差離婚簽字。我們分開，是正常的，沒有出軌背叛等情事，我沒有感到懊悔及難過。我甚至替佩珍高興，她終於可以擺脫如她所說的「沒有用的男人」。父親對我的解釋不太接受，他和母親太喜歡佩珍了，即使佩珍從來也沒有為他們煮過一頓飯。對於他們這樣的態度，我相當理解，所以我的解釋就算過於武斷，但也不再過分強調。我很樂於聽父親言詞上對我的指責，我覺得這很美好，是父親對我的關切。我的生活正需要這些。

為了轉移父親對這個話題的投入，我又叫了一盤青菜，繼續把剩下半瓶的高粱再給他倒上一杯。「爸，山羌肉還不錯吧？」那盤山羌肉已被我們吃了一半。「算嫩，但沒有比山上的好吃。」我說叔叔上次寄給我的飛鼠我吃了，我一些朋友過來初嘗，對我的料理不但讚賞有加，也驚訝居然有這樣的美食。「你還上山打獵嗎？」父親聽到「打獵」兩個字，眼睛稍微亮了起來，但看得出來，有些落寞。「我已經很久沒打獵了，老了，都是你叔叔打多了送我吃幾隻。」也確實，由於年邁，他不再上山，是考慮到自己體力漸衰，已非壯年那樣可以負荷一個禮拜在山裡面跑。要當一個獵人，不是那麼簡單。但父親畢竟也曾是個獵人，他那把槍我看過，他在鍋子裡炒火藥的謹慎態度，我歷歷在目。

一頓飯吃下來，我與父親的交談很熱烈也相當節制，我們只喝一瓶，父親以「喝太多了」為理由，也就結束了這場父子的聚會，原本我還想追加一瓶。這出乎我的意料，我以為父親知道我的事後會痛罵我一番，相反的，我們居然如此投機，簡直就像多年未見的好兄弟。當然，這樣來之不易的機會轉瞬即逝，回到我住處後，我們便失去了交談的意願，也不知道為什麼。

我讓父親睡我的床，而我去另一間臥室睡，那間臥室本來沒有床，是佩珍執意要買，前面說過，這本是雞毛蒜皮的事，但我們仍然經過一番爭吵或討論，最後買了。她的理由是「房子只有一張床怪怪的」。這基於什麼玄奧的原因，我始終不解。當然，那張床就充當給客人來訪時的棲息之地，算是待客之道。現在父親躺在我的床，而我倒變成客人了。這或許可以說明，我從來沒把父親當外人看待。

我在這張床上失眠了，這樣說其實不對，我平常很晚睡，因為我不用上班，賦閒在家，我的生活開支是依靠僅存的積蓄，大概也快用完了。離開原本的工作是出自主動，我不希望自己的生命浪費在那裡，大好的時光與一些不相干的人反覆周旋，繼而衰老、死去，我覺得沒意思。我堅信自己有天能造就一番大事業，將來好光宗耀祖，給部落爭光。因此，我沒告訴父親，這件事對他和母親將會是一個打擊，我實在不願再讓他們擔心。與其說不讓父親的情緒受影響，不如說我覺得這沒什麼大不了，不值得小題大作，畢竟我是成年人了，好壞自己概括承受。

半夜我聽見父親幾聲嘆氣，或者咳嗽，我還聽見他輾轉反側的聲音，很顯然他不是很適應我那張床，他大概了解到置身的環境與自己在山上的生活不同，他很認命，他屬於山上。睡覺前我問了父親：「你帶那麼多柿子，我哪吃得完？」父親說：「可以送人，我在山上也這樣，這是做人的道理。」

聽了他的話，我十分感傷，他不知道我現在沒人可送，已沒有同事可以親疏遠近。我走到廚房，在那寫著「尿素」的袋子裡翻找了幾個較好看的柿子，然後走回臥室坐在床沿，靜靜吃著，我不禁潸然淚下，看著窗外閃爍燈火，籠罩在黑夜裡。

四

第二天我起得早，知道父親要走了，我必須買點什麼讓他帶回山上。他早已起床，就坐在客廳看電視，這和他在山上的生活很一致。

「爸，你看電視，我出門買早餐，順便買點東西讓你帶走。」

父親說不用了，他馬上就要走，是早上的火車。

「你今天不用上班嗎？」父親這麼一問，我愣了一下，後來我謊稱請了一天假。

我說你等等，然後下樓直奔一間超市。我買了兩條菸，兩瓶酒，還有一些可用可吃的雜物，有兩大包。經過我住處轉角，在那裡又買了豆漿和包子。

吃完早點，父親即將啟程。

「爸，我沒事，你和媽不要操心太多，我會好好過日子。」

父親沒有看我，他知道我有些話一直沒對他說，他很了解我的心思。小時候有次我吵著買玩具，我苦求父母多日不得，電視又一直廣告那玩具，在我快要失去興趣也就是澈底失望時，有天父親突然把玩具偷偷塞進我書包，我很驚喜，是他開車去附近鎮上買的，沒有讓母親知道。他就是這樣，總知道我需要什麼，也明白我缺少什麼。

在火車站的時候，我只目送他進去，就走了。我沒那麼矯情，難道還要掉兩行眼淚，演什麼八千里相送嗎？這是生活，不是小說。我和他擁抱了一下，這才讓我真正發現父親確實沒有過去壯碩，身體單薄，消瘦露骨，這是我摸到他後背脊骨的感受。

「你少喝酒了，能不喝最好，很多事情都會耽誤。你的婚姻就是被這個搞壞的。」

我說我知道了，這是父親留給我的最後勸戒，一句話像把刀刺進我胸口。是的，像那把山刀。

賴勝龍

〈孤男的衝刺〉（二〇一六）

Talu，一九七七年生，臺東荒野部落阿美族，目前在臺東航空站擔任消防員。因少時很享受跑步，故將跑步的專長與對文字創作的熱愛化為文學篇章。

他獲得多次臺灣原住民族文學獎小說、散文獎項及後山文學獎，也以〈中華路上的老兵〉獲得第二屆金沙書院兩岸散文獎二等獎。他關注不同族群、身分與生命處境的小人物；在他的白描與勾勒下，小人物為重要之事努力、掙扎的神情與姿態總是格外動人。著有《奔跑在太陽升起的地方》。

孤男的衝刺

「各位里民早安，各位里民早安！」

「一年一度的運動會，下個月就要到了，希望里民能踴躍參加！」

「我是里長，報告完畢！」

站在田中央，雙手推著鐵牛在耕田的達路，聽到從遠方的活動中心傳來了里長呼籲的消息，一股在他心中對賽跑還存有不安分的悸動，此時像是箭在弦上般蠢蠢欲動，已非體能巔峰的年紀下，如今三十有五這個歲數，對他來說，剛好是驗證寶刀未老這句話的機會。

烈陽在達路的頭頂肆虐著，頑強的意志力伴隨不願就範的達路繼續在田裡耕作。就這樣，達路形單影隻的身影，佇立在依山傍海的大地裡。那裡是風景優美的東部海岸，海風徐徐吹來，椰子樹婆娑舞動，正是這塊肥沃之地的姿色。

達路舉起了右臂，用袖子擦了擦額頭上的汗珠，凝望著遠方那碧海藍天的東部海岸線，海角那宛如從海底冒出來的三仙臺，更是令達路讚嘆自然界這鬼斧神工般的天然奇景。倘佯存在於自己所生活的環境裡，一股窩心的感受灌入達路的心底，雙手還握著鐵牛的同時，卻也握住了因踏實所洋溢的幸福滋味。泥土的芬芳撲鼻，讓達路在這世上只聞到一種味道。而田裡的積水處，陽光在水面上點綴著浪漫的波光粼粼，身心靈在這種氛圍下，應該充足得無以復加。然而紅日當午，還有一個人默默地在田邊的椰林下，等著達路早點休息吃午飯，他不是別人，正是達路事親至孝的外婆。兩人相依為命，克勤克儉，從不假他人之手，成為鄰里間的佳話。

不耐久候的外婆有個名叫「蜀可麗」的阿美族名，她吆喝著達路先把工作擱在一旁，趕緊趁飯還熱著，過來吃飯。責任心頗重的達路怎能放過那最後一趟尚未耕犁的土壤，外婆也由不得他了，自個兒坐在陰涼的椰子林下，享用昨晚就已準備好的糯米飯，將糯米飯握在手掌裡，把它握成緊實的圓狀後，才是一小口鹹豬肉，再一大口糯米飯，這樣的搭配就是一餐了。如果要再升一級，就會多出跟海水味相近的醃漬芥菜。

也或許是阿美族所住的地方都臨近太平洋，才有了離不開太平洋風味的底蘊，講得較通俗點，就是每樣菜都很鹹，飲食上還沒有這般功力的漢人們，初嘗時，以為自己被惡整了，為何要他舔跟鹽巴一樣鹹的食物？

其實這種誤解，來自於文化上的差異，飲食沒有好與壞，只有與自己的文化相符與否的問題。認同的，它就是好吃，再鹹都是美味。

達路終究也耕完了有所交差的最後一趟，鐵牛那震耳欲聾的引擎聲，也隨著熄火後，像是緩緩降落的直升機般，聲響漸漸消失在山腳下這處椰林旁的農田上。早在休息前，雙手還握著抖得讓人無法緊握的鐵牛握把時，看似在認真耕田的達路，已是處在長時間對鹹豬肉垂涎欲滴之中而無法自拔。

索性打著赤腳、滿身泥巴的他，帶著一身受盡勞其筋骨、餓其體膚的疲憊軀體，來到了如願以償的鹹豬肉佳餚前，哪管得著衛生的約束，就已迫不及待大快朵頤一番了。這種系列所醃漬的生豬肉，通常都是家中長者所製作的最好吃，因此阿美族人只管這類生的鹹豬肉叫「喜繞」，意謂著它美味得無法取代。

斜倚在椰子樹下的外婆蜀可麗，瞧都不瞧狼吞虎嚥中的達路，就在角落一隅，瞇著雙眼、呼呼大睡了。飽到瀕臨嘔吐的達路，餓得幾乎忘了也要吃得有節制。他似乎差點忘了有件事令他喜出望外。終年都熱愛著賽跑的達路，在國中時期，曾代表學校參加全縣中學運動會，這個時期就是他最引以為傲的體能巔峰時候，那面一百公尺第三名的獎牌，還收藏在他最隱密的戰利品小盒裡。每過一段時日，就要掛在脖子上享受當年榮耀所殘留的餘溫。

對於賽跑的狂熱，可以從他觀看田徑賽的影片中找出端倪。偶爾會坐公車去十公里外的鎮上泡網咖的達路，並不是迷上了哪一種線上遊戲，正確的答案是，他會花三到四小時看網路裡的田徑比賽。網咖裡萬綠叢中一點紅，就只有他的螢幕不是顯示遊戲的畫面。要不是公車班次少，他還打算待得更晚一點。有如此對田徑比賽痴狂的田徑迷，在他家鄉還可真是少數。

椰林裡，還有他祖孫倆的身影，欲想告知外婆下個月有他展現身手的運動會，可惜她此時還閉著雙眼待在夢裡，不想成為打擾者的達路，就將這份內心癢癢的悸動按捺住。等外婆跟周公聊天聊到吵架而醒過來後，他才會跟外婆呈報下個月要出征運動會的決心。

漸漸已是夕陽度西嶺之時，收拾起隨身所攜帶的物品後，也是達路展孝心的時候，他將外婆安坐在鐵牛上的駕駛座，自己則站在鐵牛後面操控，夕陽餘暉溫暖著走在田間小路上要回家的務農者，鄉間的恬適生活此時更是彰顯了它真實的樣貌。慢慢地，鐵牛震天價響的霸氣聲，也隨著祖孫倆的背影一起消失在這山巒下的田野之中。

從聽到運動會這個消息的那一刻，達路的身心狀況就已進入備戰狀態了。他的腦子瞬間如文思泉湧般，不斷灌入有關田徑訓練的詞彙和方式。為了要貫徹思想，他順從腦裡的意象指引，來到了家前方不遠處的一段下坡道，坡度至少三十度，達路望著那條陡坡，信誓旦旦地燃起了「勢必在這創造出驚人的成績」之雄心。不由自主地，那些住在都歷的對手，逐一在達路的腦裡浮現他們的面孔，都歷部落是他們這個里，在國小運動會時的常勝軍，一共有四個部落在角逐那總冠軍。全部項目，包括學童的成績在內，哪個部落所累積的分數最高，總冠軍就獎落誰家。

為此，還有在北部工作的族人瞞騙老闆，說有重要的事要回臺東老家不可，其實是參加運動會，待比賽結束，酒喝多了，索性也就不回去工作了。這也是無獨有偶的無奈狀況，部落裡的耆老們並不樂於見此類情形發生，主要原因是部落多了這些樂不思蜀的醉漢們，整天飲酒、通宵達旦，讓部落的夜晚充斥著「一犬吠形、百犬吠聲」的生事擾民。

雄心壯志在達路內心底沸騰的同時，他已經將使用率只集中在運動會期間才會用到的「Lobantan」布鞋給穿上了。認真地低著頭把鞋帶綁緊，一副蓄勢待發的模樣，慢慢地用昂首闊步的穩健姿態，走到這條坡道的最低處，達路術業有專攻似地，不斷做出姿勢誇張的熱身操，瞧見者恐會有恰似將有驚人成績把紀錄打破之遐想。

十分鐘過去，依然沒有動靜，因為達路的熱身只做了二分之一，這個熱身也扎實得太過冗長，使得坡道旁的幾戶住家，原本是帶著極度好奇的心來看達路會有什麼意想不到的魔鬼訓練，結果是看著達路被他外婆叫回去幫忙餵雞。於是達路悻悻然地像個小男孩般跺腳而歸。

翌日，天邊的彩霞幫達路裝飾了一個有詩情的清涼午後，他和他的Lobantan布鞋又出現在這條陡坡的最高處，為了防範他稱之為「蜀小姐」的外婆再次出現在坡頂，早把只會整天喊餓的雞隻都餵飽了。

該是為榮耀付出行動的時候了。

今天的熱身操也有所改版，變得不再姿勢繁瑣，其實有些看起來姿勢怪怪的熱身招式，都是出自於達路天馬行空的想像所為。

剎那間，一個迅雷不及掩耳的移動雙腳，在擁有傾斜三十度角的坡道上奔馳，或許是達路從不懷疑Lobantan會有瑕疵的信任感，右腳在衝刺於上坡的中段時，時間凝固在達路驚覺右鞋底的磨擦力失效，於是按下繼續播放鍵，達路瞬間以重力加速度的定律，跌在地面較為光滑之處，路旁也同步發出了好大的「哇！」一聲，原來達路的訓練始終有觀眾。

這麼一跌，眾觀者噤若寒蟬地屏息凝視著達路那充滿詭異片刻的擁抱大地之姿，時間分秒流逝，也牽掛著路旁那始終無動於衷的隱身者們，就要以為只有救護車可以解決此種狀況時，達路一個緩緩地起身，打破沉默，隨即脫口而出：「他說，風雨中這點痛算什麼，擦乾淚，不要問為什麼？」

冷漠的旁觀者發現，達路哪裡有掉淚？原來這句話只是一首他最愛唱的歌，裡頭其中一段的歌詞。連跌倒爬起來，都充滿悲壯的情懷，這人簡直是付諸生命在跑步，佇立在旁的住戶們腦子無不這樣想。

達路其實早已察覺圍籬內佇足著一些人在觀看，於是不假思索地高喊著：「給點掌聲！」

達路以為會有類似「加油！」之類的鼓勵話語，結果出現了——

「神經病耶！」

「還叫我們掌聲鼓勵咧？」

「蜀可麗的孫子是不是瘋了？」

這些嘲諷的話語聽在達路的耳裡，一點殺傷力都沒有。一心無二的達路，心理狀況是心無旁騖於跑步的訓練上，聚精會神於每分每秒之中，那宛如樹幹上麻雀齊鳴的呢喃細語，不成氣候地被達路視為秋風落葉般無聲無息。

低頭直視著表現失常的 Lobantan 布鞋，再把鞋底翻來看仔細，達路也不得不宣布：伴隨他多年的這雙夜市名牌鞋，服務告終，因為它鞋底的齒痕已經叛逆得像賽車專用的光頭輪胎。

「斬草不除根，再跑又會跌一身！」達路這樣警惕了自己，於是忍痛將這雙有著多年情誼的布鞋往草叢一扔，隨即又從圍籬傳來高八度的音域：「亂丟垃圾！」「你不把它撿起來，我就檢舉你！」

實在無奈，達路感受著圍籬的世界並不是那麼友善。

每逢星期六晚上，都會有一輛卡車，播放著響徹雲霄的音樂，在活動中心前的廣場擺攤賣鞋，達路所穿的鞋，都是出自於該處。無鞋可穿，也不是辦法，有時身分大略可從對鞋子的品味來區別經濟狀況所屬之領域，謙虛的達路從不被虛榮心所誘，他還是依順著升斗小民的金錢觀，只容許自己購買付一千還可找錢的價位。

多年後的如今，沒鞋穿的人們，像是魂魄被非自然現象的魔力所牽引，大伙竟不約而同相繼出現在籠罩著龍飄飄那首〈風說你要來〉歌曲中的活動中心前看鞋。這個賣鞋攤販的特色就是二十幾年來都只重複播放同樣一首，效果如同垃圾車的音樂般已變成一體兩面、形影不離的象徵。

穿梭於鞋攤那三三兩兩為數不多的顧客裡，表情謹慎的達路，一方面忙著翻鞋底來看，卻也不忘跟著攤販所放的歌曲同唱。

一番比較後，達路看上了一雙外型有著沉穩內斂為依歸的黑色運動鞋。會選它，最主要的誘因，是因為從二十多款鞋的比較下，就這雙鞋底溝痕最深，價錢最合達路的標準——新臺幣五百八十元。像是擁有了夢寐以求的戰利品，達路開心地還不時聞著新鞋所散發的味道，就在清風明月下，他踩著樂不可支的步伐回家。

一如既往，天色也已為達路在上坡底下的出現，做好了天邊彩霞的布置，於是再吹起那徐徐的微風，其他的，就全看達路再次挑戰衝頂的表現。全新的 Lobantan 運動鞋，包覆著達路那雙有著和泥土同色系的農夫腳，腳底的肌膚也正感受著全新的觸感，莫名地，達路內心底燃起了無比的自信，腦裡也同時浮現他輕鬆衝上坡頂的預想畫面。把熱身操化繁為簡後，就要上演重頭戲了——孤男的衝刺。

達路在電光石火中，瞬間移動的身影，連攝影機幾乎都來不及對焦，他以接近野狼一二五的爬坡速度衝到了上坡頂，大呼過癮的他接連又衝刺了好幾次，顯得有些屢試不爽而無法自拔。

結果，一位騎著排氣管音量奇大的白髮老伯，正好也要騎上這條坡道，達路此時逮到了測試雙腳馬力的機會，他先讓不知情的被實驗者，以一個平常心騎上這條陡坡，然後他才快馬加鞭地加足馬力衝在其後，達路和老伯進入了極速狀況下的瞬息萬變，一個局勢不小心地扭轉，達路追過了不知情的老伯，被眼前那前所未有的畫面所驚嚇的老伯，差點就要成為受害者，連人帶機車跌落上坡下，還好達路見情況危急，立馬移動到機車後方，助油門沒有催足的老伯把機車推上坡頂。

危機化解後，達路以為他會被老伯痛罵一頓，結果是更嚴厲的沉默之敲，老人家的手指關節敲在充滿悔意的達路頭上，所傳達的訊息更甚責罵，因為痛得讓人產生委屈感。始終沉默的老伯，騎車離開前，還惡狠狠地瞪了達路那挨痛中的臉。

以為悲慘就此結束，更令人沮喪的聲音此時又從圍籬裡娓娓道來：「活該啦！被敲頭。」因此達路更信，只要在這個坡道練跑，一定會有藏鏡人在旁參與。

某日的下午，一個心有所思的三十五歲男子，獨坐在他家的屋簷下，有個老嫗從這名男子背後的大門走出來，老嫗便開口使喚他：「達路！快去餵雞了。」

原來是苦惱著沒有一雙釘鞋的達路。

外婆見達路竟敢有無動於衷的態度，也就惹毛了這位原本和藹可親的老人家，隨即送上一句：「你這個沒用的懶惰鬼！」

坐在屋簷下的達路依舊展現出麻木不仁的最佳表現，外婆察覺事有蹊蹺，不得不把語氣調到宛轉的聲調問清楚。

「什麼？」

「還要買釘鞋啊？」

「布鞋，不就可以了嗎？」

「幹麼一定要釘鞋？」外婆氣得有點不解。

「如果沒有釘鞋，就會跑輸那些都歷的選手啦！」

「到時候領到的臉盆和水桶就會變少！」

達路急得直接把利害關係搬出來說給外婆聽。勉強把話聽下去的外婆，於是勉為其難地走回房間，拿了一張一定要找錢回來的一千元鈔票，遞給按捺不住而偷笑的達路。爾後達路又像往常那般勤奮的態度在餵雞，不同的是，他這次有唱歌。

次日，達路坐上通往鎮上的公車，心裡期待著與素未謀面，又長出釘子的鞋子相見。坐在靠右窗的位子，達路隔著玻璃，凝視著沿路波浪拍打沿岸的太平洋風情，而深藍色的大海，更是令著迷的達路心神嚮往。在心底醞釀著絲絲幽情下，視野的觸角更延伸至不著邊際的海平面。

豔陽下，海面上閃起片片刺眼的波光，達路瞇著眼，便唱起了那首摯愛的歌曲：

「苦澀的沙，吹痛臉龐的感覺，像……」

還沒有唱完，公車就到了鎮上，讓盡興於自己深情歌聲中的達路感到掃興。下車後，便前往供應全鎮所需的唯一鞋店，與即將成為合作伙伴的釘鞋來個第一類接觸，經濟領域和身分的不同，達路直搗黃龍，來到最具親和力的區域，因為那處沒有四位數的價碼。

達路每拿一雙就聞一下，這個舉動被老闆娘痛斥：「你是在買菜呀？還聞是否新鮮是不是？」

「不是啦，我是要聞有沒有人穿過？」坦然的達路直率地回答。

「你是白痴啊，我這裡不是二手店！」被惹毛後的老闆娘火冒三丈嗆聲不斷。

達路會這麼做，也不是沒原因，因為這塊區域的釘鞋，外觀陳舊，布料色澤也褪得令人匪夷所思，出自於消費者權益的捍衛，才會有如此懷疑的不信任感。在無奈不能沒有釘鞋下的壓力，達路精挑細選了一個小時，在爛蘋果堆裡，勉為其難地選定了較為不爛的一雙。

就在達路要結帳時，有三位貌似都歷部落的青年進到店內看鞋。其中一位的長相，頓時勾起了達路許多在競賽場上的慘敗回憶。慢慢地，此人難唸又蘊含著連達路都不知有何涵義的阿美族名「瑪嚕谷」，在達路絞盡腦汁地拼湊下，才唸出正確的發音。

正當結完帳，要步出店門外時，店內的一番對話，像是一把利刃插進達路一顆質樸的心：「那一排的釘鞋只要六百五吔！」

「誰會買那種釘鞋啊？」

「給我，我還不敢穿咧！」

「不要買那一堆的釘鞋，我怕你們跑一跑腳趾頭蹦出來。」老闆娘沒好氣地勸說。

「如果這些劣等品再賣不出去，我打算把它全部給丟了。」

語畢。全聽在耳裡的達路，含羞忍辱，不露神色地離開了鞋店，帶著心中的波瀾走在街上，蕭瑟的街道彷彿也反映了達路的心情，霎時憤慨交集的達路，腦裡忽然浮現，國文老師在秋冬時節所教過的一句話——「良言一句三冬暖，惡語傷人六月寒。」時到今日，達路才知道，原來惡言不只讓人六月寒，連九月都會。

回去的公車上，達路提著那雙六百五十元褪色的藍色釘鞋，但是嘴巴疑似在罵與他產生芥蒂的人，感覺好像是那位老闆娘。

數日後，有個身影站在夕陽下，那山巒邊的田野上，正巧里長就在附近務農，便好奇地對佇立在田野中的那人大聲問道：「你是誰？」

「我是蜀可麗的孫子，達路！」達路聲嘶力竭地回答。
「你在那邊要做什麼？」里長好奇一問。
「我要準備練習跑步！」達路回答得振振有詞。
聽到這裡，里長不願再多說，因為「有為的青年」這五個字道出了里長眼前所看到的一切。不久後，一個快速移動的身影，以劃過寧靜的田野之姿，穿梭在靜止不動的大地裡。
里長被達路那彷彿在奧運才能看到的黑人跑姿給震懾到，「不可思議，不可思議！」重複在心裡讚嘆著。原來是達路買錯釘鞋，不小心買到長釘，怕腳抬得不高而被絆倒，所以，才會有高抬腿的黑人跑姿。
當天晚上，同是八嗡嗡居民的里長，大駕光臨了達路家，在未被告知而蒙在鼓裡的情況下，從他處剛好也走回到家的屋主——蜀可麗，瞧見眼前的里長慢慢走近家屋，便無預警地問：「新文，你來家裡有什麼事？」
里長被四下無人但從身後傳來的聲音，嚇到跳離地球表面，停滯空中〇．五六秒，驚嚇過後，轉身一看，才稍微語帶責怪的口氣跟要稱之為二嬸的蜀可麗抱怨。
「你要來，怎麼都沒有先通知一下？」蜀可麗開口問。

「這次的專門拜訪，全都是衝著達路而來。」里長不疾不徐道出來意。

「達路有什麼好找的？他又沒什麼過人之處。」蜀可麗的疑問坦白直率。

「昨天下午，我看到他在田野上飛奔快跑，感覺像是八嗡嗡在田徑場上的救世主。」里長說出帶有科幻小說成分的話語。

接著又補上：「你的孫子好像羚羊來著，快得不得了。」

蜀可麗皺著眉頭回：「達路是我女兒親生的，不是領養的！」

就在莫名進入雞同鴨講的窘境時，達路從屋內走出來。里長一見到他，表露出一副對八嗡嗡的田徑燃起希望之神情。還沒待里長開口，達路就表示早已知道里長要來了。

「你怎麼會知道？」里長疑惑地問。

「兩個小時前，住你家的那個間諜打電話告訴我的。」達路毫無顧忌地出賣朋友。

所謂的間諜，就是里長那整天無所事事的大兒子，只要去部落雜貨店的撞球間，一定有他那把腳蹺在椅子上的叼菸姿勢。

「那，你也都知道我的來意了，最重要的是，你願意接受我的請求嗎？」里長發出誠懇的微弱話語聲。

「我願意。」達路邊講邊笑，因為他想成「你願意嫁給我嗎？」

隔天晚上七點，活動中心屋頂那朝著四面八方的喇叭筒，放送著里長的聲音：

「各位里民早安，各位里民早……啊，講錯啦，更正，各位里民大家晚安！」

「距離運動會只剩一個多禮拜而已了，希望有參加比賽的所有選手，現在到活動中心來，我邀請了一位速度僅次於豹的短跑健將，來當大家的指導教練。」

「聽到廣播後，請所有選手現在就過來活動中心，報告完畢！」

話一講完，里長接著播放一首有催化作用的歌——〈明天會更好〉。

始終一直保持沉默站在里長身邊的達路，對里長剛剛把他介紹成神話一般的人物，不以為然，認為玩笑開太大了。

果不其然，活動中心的窗戶塞滿因好奇哪位是僅次於豹的怪物，而探頭探腦的人們。待在室內的達路，見其騷動，害怕得不敢回頭。

「是我啦！」達路開門見山地轉頭向想一窺廬山真面目的各個好奇眼神。

只見大家像被耍了一樣，各個報以興趣缺缺的態度，欲想離開這場騙局。

現場發出此起彼落的懷疑話語：「真的假的啦，達路只跑輸豹？」

達路見情況已到無法收拾的地步，只好編謊：「其實我只跟豹比過一次。」

「你跑去非洲比啊？」現場發出不客氣的言論。

達路硬著頭皮講出這一句：「在夢裡！」

瞬時，時空彷彿凝結在這石破天驚的答案後一秒。

總該有些聲音打破這一片死寂的訝異時刻：「白痴啊！這個。」

「混蛋！」說出這兩個字的聲音，像極了圍籬那熟悉的音調。

這時才講話的里長出來解圍：「大家都誤會了，我會這樣介紹，無非是想讓大家重溫部落逝去已久的向心力，一同在這裡訓練，方能奪回已經二十幾年都沒有再嘗到的冠軍滋味。」

在不知倒帶重唱第幾遍的〈明天會更好〉悠揚勵志的歌曲下，社區裡從讀國小，一直到自以為自己還可以的所有選手，在里長這隻領頭羊的號召下，齊聚在活動中心前的大馬路，由達路教導田徑的基本訓練。各個在訓練中的選手，雖都汗流浹背，但是都流露出一股樂此不疲的灑脫。

就這樣風雨無阻地訓練了好幾天。訓練的現場，還不時出現騎著摩托車雙載的都歷臥底在視察敵情。

一個月的等待，換來八嗡嗡的選手們，精神亢奮得一個晚上都睡不著覺。清晨四點半，就有一群穿著運動服的小學生，聚集在部落的馬路上，不斷在吆喝著其他還未出現的夥伴們，一同用跑的到學校。之後一大群的小學生們，趁天黑黎明之前，沿著公路，奔向那四公里外的信義國小。這不是偶然的集體行動，而是行之有年的傳統。

早上七時許，達路騎著剛學會不久的打檔機車，載著他俗稱「蜀小姐」的外婆，來到了已被蜂擁而至的攤販所據滿的運動會場，正要找位子停車的達路，還因離合器放得太快，造成前輪蹺起來的驚險畫面，而坐在他後面那完全不出聲的乘客，則用冷不防的一個巴掌，打在操作不當者的後腦勺，來表達她所受的驚嚇程度。

香氣四溢的現場，和澎湃的音樂聲響，讓陷在人群裡的祖孫倆，感受著突然變得五味雜陳的思緒。達路引領著手提袋裡滿是中餐食物和檳榔、荖葉加石灰的外婆，來到了四處張望搜尋已久下，才找到的八嗡嗡部落休息區。早已被比賽現場氣氛搞得七葷八素的達路，細胞裡的血脈稍微有點賁張跡象，於是他看定了一處較顯眼的地方，在那兒做起了他自創的誇張熱身操，目的無非就是想給都歷那些對手來個虛張聲勢的下馬威。

會場不時傳來：「你看，你看，那位選手的熱身操，感覺像傻瓜，一點威脅性都沒有！」

早已對此類貶低言論有了免疫力的達路不予理會，反而加劇了他稍微有點浮誇的熱身姿勢，也就引起了大會司儀的注意：「那位站在跑道上，姿勢怪怪的選手，請你回到休息區，大會儀式要正式開始了！」

於是現場頓時鑼鼓喧天，會場所有人無不引頸翹望。儀式進行到第十九位來賓致詞時，一大清早就喝錯飲料的一名醉漢，在操場上的隊伍裡左搖右晃地發出不平之鳴：「我們又不是來聽演講比賽的！」

這個發難，也道出了其他選手因久立而如同被罰站的心聲。司令臺上的長官們，見底下有所騷動，便趕緊加快開幕典禮的儀式。經過一番快轉後，大會主席宣布，比賽正式開始。

運動會的第一個比賽項目就是馬拉松，要從國小操場跑到八嗡嗡公車站牌處折返，一共只有八公里，這個項目差點要變成鐵人三項，在缺乏裁判員和公正性有瑕疵的情況下，企圖想要得到豐厚獎品和優越名次的素質不良者，早已暗暗把腳踏車藏匿在比賽路線旁的隱密處，等待著天時地利人和的時機一到，參賽者便假借路邊上廁所，出來變成自由車選手。

各部落所派出的選手，準時在起步點出現之後，裁判鳴槍，選手們在眾人的歡呼聲中，各個昂首挺胸、英姿煥發地如悠哉的羚羊般，跑姿一致地經過大家的眼前，隨後如魚貫而出地展開他們在公路上的未知旅程。

在現場的觀眾似乎都忘了已過四十分鐘的情況下，第一位進入運動會場的選手，半路以最快的騎腳踏車速度，殺出重圍，成為首位裝出一副辛苦模樣跑完全程的詭計達成者。之後陸續跑進會場的選手，彷彿都有著演員訓練班的技能，各個都煞有其事地，以飽受路遙之艱苦那副剩半條命的跑姿，衝向終點。只有最後幾名借不到腳踏車，而無奈跑完全程的，才是成分最純的馬拉松選手。

「參加社男一百公尺的選手，請到檢錄處報到！」

會場廣播著令達路心跳突然加快的催促聲。

神經因此感到緊繃的達路，兩眼無神、頭皮發麻地收拾起比賽的裝備，一步步移動著早已魂不附體的軀殼，來到了充斥著刺鼻運動藥膏味的一百公尺起跑點，在信義里短跑界享有「看不到對手背影」之稱的短跑王——「瑪嚕谷」總算現身了，挾帶著令其他對手難望項背的一百、兩百公尺八連霸之偉業，他還因長期處在無可匹敵的狀態下，想乾脆用倒立的姿勢跟對手比賽。如此狂妄，竭盡嘲諷地鄙視其他選手實力，達路的勇氣想要在這次的一決勝負中，終止瑪嚕谷目中無人的高傲歲月。

在一百公尺的起跑處，達路環視周遭對手足下所穿的釘鞋，無不都是國際知名品牌的耀眼鞋款。在爭奇鬥豔的鞋堆裡，唯獨達路和他的隊友吉路所穿的釘鞋沒有時尚的成分，只有謙虛的外表。

入定後，選手就位在起跑線上，全場屏氣凝神，腎上腺素在這時也飆到了高峰，全身只剩聽力功能在運作的達路，聽著心跳聲在耳裡肆虐。氣氛緊張得令選手感到時間變慢的剎那，裁判右手高舉的起跑槍響起，八名參賽者瞬間釋放出氣勢磅礡的驚人爆發力，以令在場觀眾震懾的速度向前飛奔。在競爭激烈的無氧狀態下，達路位於不利選手的第八道，他以晃動中極為模糊的餘光，掃到了瑪嚕谷的背影，會場也隨即廣播：

「暫時領先的是位在第四跑道的都歷選手。」

聽在八嗡嗡休息區裡的親友耳裡，期待的心彷彿被澆了一盆冷水。

在疾速中處於落後狀態的達路，抓準了時機，於最後的三十公尺處，使出了充滿滄桑能量的絕招——「孤男的衝刺」，以勢如破竹的黑人高抬腿之姿，追過了原本領先的瑪嚕谷，八嗡嗡親友遠遠看到達路獨領風騷跑在最前頭的身影，無不情緒沸騰得在休息區裡又叫又跳，廣播者看到這段欣喜若狂的一幕，隨即以吃驚的口吻向會場觀眾廣播：

「第八道選手以不可思議的速度，超越其他對手……」

飛馳中的達路，見已處於優勢，便露出了受勝利女神所眷顧的淺淺一睟微笑，率先高速衝過終點，將緊接其後、賽前被看好的奪冠大熱門瑪嚕谷，遠遠拋在尷尬的兩公尺後。總算看到對手背影的瑪嚕谷，難掩心中的感慨，不敵實力超群的新科百米冠軍達路，只是一副甘拜下風的氣度來看待這場雖敗猶榮的對決。

此時，不知何時出現在終點的里長，一個箭步，激動地抱著還氣喘吁吁的達路。並說：「我真的沒有看錯人，你果然是八嗡嗡部落，田徑場上的救世主！」這個熱情如火的一抱，反而讓達路感到有點受寵若驚。

帶來驚奇和無限希望的達路，戴著一百公尺第一名的光暈，慢慢走到八嗡嗡部落休息區，人才剛到，就被一哄而上的親友圍著道賀，歡迎他們的英雄回來。而達路的眼目四處張望著，似乎在尋找什麼，一眼便看出他在尋找外婆身影的明眼人，熱情地幫忙指示著他外婆所在的位子。

見外婆一個人孤伶伶地坐在休息區帳篷後面那棵樹下，怡然自得嚼著使她滿嘴都是紅汁的檳榔，還沒待達路開口，見達路走來的外婆，劈頭就問：「怎麼沒有獎品？」

被現實地這麼一問，錯愕得讓達路忽然忘了怎麼回答，之後才安撫急著想看到戰利品的外婆，並敷衍說出「隨後補上」的搪塞之詞。一段喘息過後沒多久時間，會場又傳來令人緊張的賽程廣播：「參加社男兩百公尺的選手，請到起跑點報到。」

雖已頂著百米金牌的光環，達路還是略帶緊張地認為，比賽的氣氛始終給參賽選手不友善的感覺。在得知瑪嚕谷自知勝算不高的情況下，放棄這個項目的角逐後，達路也就緩和了實力相當者所帶來的壓力。

時間一到，眾選手在兩百公尺起跑線上，承受著血壓狂飆下，連氣都不敢呼的極度緊張時刻，在靜待中槍聲響起，剎那，跑道上七名參賽選手，以迅雷不及掩耳的速度齊頭並進，一溜煙就已經跑到五十公尺遠的司令臺前，過了司令臺，位於第四道的達路，逐漸拉開與其他選手之間的距離，在疾速的奔馳中暫時領先群雄，上下不斷跳動的餘光，確認了自已處在無出其右的狀態後，不料這瞬息萬變的高速競賽中，來到了一百公尺處的彎道，有了變化。令人膽戰心驚的程咬金這時出現了！他慢慢地從達路右眼餘光中竄出，穿了件背部寫有「體育中學」字樣的運動衫，便逐漸迎頭趕上，全場也因激烈的賽況，陷入了嘶吼吶喊的加油聲中。一番纏鬥後，達路仍舊甩不掉他，旗鼓相當得並行於充滿未知數的賽道上。距離近在咫尺的終點只剩五十公尺左右時，那名著體育中學運動衫的選手，發動攻勢了！他提高了速度，擺脫了達路的糾纏，一路向前挺進。達路見自己被對手甩在其後，心一慌，也忘了自己接下來的對策，千鈞一髮之際，靈光一閃，又於最後的三十公尺處，千呼萬喚始出來「孤男的衝刺」，那光芒萬丈的黑人高抬腿之姿，又再次地讓八嗡嗡親友熱血沸騰，含著淚光激昂地為跑道上加速衝刺中的達路加油吶喊。跑道邊瞠目結舌的觀眾，看著達路銳不可擋地在短短三十公尺之內，以令人起雞皮疙瘩的驚人速度，逆轉了小馬部落原本寄予厚望的體中選手，率先以領先第二名選手一公尺半的距離，衝過終點。也痛宰了這位讓達路感到後生可畏的體中學生。

在終點處，氣若游絲的達路，在眾人的歡呼聲中，步履蹣跚地走向外婆的所在處，在燃燒過多能量的情況下，忽然感到飢腸轆轆的達路，腦中所渴望的全都是外婆手提帶裡的糯米飯和鹹豬肉。一到樹下，馬上把糯米飯塞到嘴裡，再補上一口鹹豬肉，大快朵頤，毫不痛快。倚在樹幹下，依然嚼著檳榔的蜀小姐，悶不吭聲地心裡想著，這個小子到底什麼時候才會領獎品？

稍微得到喘息的空閒時間，達路站在人群堆裡，看著正在跑道上進行的國小組大隊接力，賽況依舊激烈，尤其是在場邊幫忙加油的家長，比奔跑中的學童更為賣力，甚至激動到拿湯瓢敲臉盆來助陣。見四隊中，八嗡嗡部落位在倒數第一名，這也讓情急的部落居民高喊著：「那個是誰的孩子啊，不要張開嘴巴，跑快一點！」

最後還是無法扭轉頹勢，以連續十幾年都沒變的最後一名坐收。

比賽如火如荼地進行到下午時分，達路已在場邊做熱身，要為自己在這次運動會所參加的最後一項比賽，來個美滿收場。

八嗡嗡部落這次派出老、中、青三代所組成的接力隊，迎戰其他三隊都是年輕力壯的選手。在里長物盡其用下，推派四十五歲、壯志未酬的嘎照，二十八歲的買尚，十七歲的吉路，及達路四人，參加這項精彩可期的四百公尺接力賽。

會場瀰漫著濃濃的緊張氣氛。被排在第一棒的吉路，擺好了起跑姿勢，手心冒汗地等著裁判鳴槍。槍響，起跑反應稍慢的情況下，八嗡嗡的第一棒很快就被其他三隊遠遠甩在後頭。接著第二棒老驥伏櫪的嘎照，並沒有對落後的頹勢有所貢獻，反而加劇了與其他隊的距離，筋疲力盡地傳給了第三棒買尚，狀況已是慘不忍睹的二十公尺差距試圖力挽狂瀾的買尚奮力向前衝，在苦苦追趕下，表現令人稱許，也讓士氣稍有起色。最後交棒給眾所矚目的達路，棒子一握，毫不猶豫，立刻施展「孤男的衝刺」，達路奔馳如雷的跑姿，乍看之下肖似在飛奔中的美國短跑名將——卡爾．路易士。

最後這扣人心弦的賽況，在達路以震撼人心的速度下，像一隻飢餓的豹追著獵物般，以橫掃千軍之姿，超越領先群，率先於充滿戲劇性的結果衝過終點。現場觀眾無不驚嘆達路驚人的神奇表現。

日落西山之際，大會的記分板顯示各部落的終場積分，八嗡嗡部落以些微十三分之差輸給都歷部落的三一八分，沒能如願。今年總冠軍又被都歷部落抱走。

閉幕典禮結束後，不諳操控的達路，和後座提著滿是水桶和臉盆的蜀小姐，一路騎著不知踏到第幾檔的機車回八嗡嗡。

當天晚上，八嗡嗡部落活動中心，殺豬舉辦慶功宴，里長感念達路的辛勞，特別多給了達路一包洗衣粉，和一瓶醬油。黃湯下肚後，達路手裡拿著里長所給的慰勞品，有感而發的落下不甘的淚，誓言明年一定重返榮耀。里長聽了以後，不禁感同身受地不斷拍著達路肩膀安慰。

在皎潔的明月下，大伙圍坐在活動中心前的廣場上，大肆飲酒，以「今朝有酒今朝醉，明日愁來明日愁」為宗旨，於是時間變得沒意義，時過午夜，筵席依舊不散。八嗡嗡部落的狗兒，次日早晨一定會有眼屎，因為牠們又得加班狂吠到天亮了。

田雅頻

〈河流悠悠〉（二〇二〇）

Robiaq Umau，一九七八年生，花蓮縣布拉旦部落太魯閣族。九二年原特四等一般民政錄取，九七年原特三等原行榜首。一一一年政大民族系碩士畢業，論文為〈沉浸式族語教學幼兒園到族語復振〉。目前就讀政大民族所博士班。過去為原民會推動沉浸式族語教學幼兒園、族語線上詞典、族語E樂園計畫起草承辦。

曾以記錄箭筍小農〈誰來採我父親的箭筍園〉和以女性觀點描述部落演變軌跡的〈河流悠悠〉兩篇作品，榮獲臺灣原住民族文學獎報導文學類首獎及小說類第二名。

河流悠悠

第一章　向陽河之女

心願

哈娜感覺整個氣壓在胸口，仍使盡力氣將雙臂往溪流深潭划去，進入一片綠色無聲的世界後，慢慢地調整身體的方向，讓腳跟朝下緩緩沉入。世界漸漸由綠轉黑，幾乎降到潭底。她張開眼睛望向水平面，望著水平面波紋閃閃，好寧靜。她想像自己是水中自在漂移的美麗幽魂，想到幽魂，她又不由得感到害怕，這溪流的故事太多，傳說中的utux也太多，趁著最後一口氣，讓自己慢慢往上划出水面。呼！她大力吸了一口氣，慢慢游向岸邊，太陽已從東方太平洋升起，原本紅烈的天空早換成了藍白色。

她是太魯閣族向陽部落羅金家族的長女，她的祖先來自向陽河上游山區。在清朝及日據時期，因為外族的侵略，這條河流上發生了幾次抗外事件，河底多的是回不去的清朝及日本官兵的魂魄。滿清曾在這裡駐紮，日軍曾沿著溪谷而上，被哈娜的祖先從山谷丟下石頭擊斃。國民政府打敗日本人來臺後，也在山谷平臺上建立起軍營。軍營時時都有兩個表情嚴肅的衛兵駐守著，有時也見軍車來來往往，軍營變成部落的禁忌之地，如同通入谷口道路旁的防空洞、日本人用來懲罰族人行刑的大樹和溪流深潭一樣，讓人害怕畏懼。

她望著平臺上的軍營，想著：今天一定要跟姆姆說清楚，她下定決心了！她緩緩起身，陽光穿透她白色的上衣，襯托她白嫩的肌膚和凹凸的身形，溼潤的長髮緊緊貼著她的身軀直直落到腰下，在陽光下顯得透白的她，長髮彷彿變成纏繞她的調皮精靈，隨著她起身走入山谷小徑，繞著她的身子轉啊轉……一個美麗的向陽河之女！

受阻

彎彎的月牙照映著山谷，潺潺流水聲依舊不息蔓延到山谷中每一處。聽了一輩子水聲，世居溪邊的老人甚至能從夜間水聲和風聲的不同，知道向陽河的喜怒，預測是否又要多一縷水下幽魂。

哈娜聽著水聲，想像自己在深潭裡，試著找回早上在潭底的勇氣，她努力平緩著呼吸，走進被微弱燈光照亮的木屋。一片木頭床板上，六個弟弟妹妹已經乖乖地躺著。哈娜的母親優利邊哄著最小的弟弟邊喊著：「哈娜，幾點了，還不快點睡，明天早上不要去上課了，跟我去山上背地瓜！妳也快國小畢業了，總算可以幫忙家裡了。」

哈娜聽了頓時心一冷，忍不住抗議地叫了一聲：「姆姆！」

這讓優利不由得停下親拍兒子的動作瞪著她，這時哈娜面對母親嚴厲的眼神，不再畏懼，提起勇氣：「姆姆，我畢業了要跟拉拜去南投念保母學校！姆姆，去那裡念書不會花到家裡的錢，而且可以住學校，我一定會好好念書，我不要背一輩子的地瓜！姆姆，我要去念書！」哈娜一口氣把要說的話說完。

優利不由得大怒：「女孩子念書要幹什麼？還不是要結婚嫁人？」

哈娜顫抖地說：「姆姆，老師說我很聰明，要我繼續念書，我比男生還聰明，我為什麼不能念書？姆姆我要去！」

優利更氣了，「妳的弟弟妹妹都還那麼小，妳可以不負責任嘛？妳弟弟妹妹吃什麼？妳明天跟我去挖地瓜，什麼都不要說了！不要以為長大了就可以為所欲為，我們太魯閣女人就是只有順從的命！」

兩個人在黑夜中爭執大吼，讓最小的弟弟開始嚎啕大哭。哈娜再也待不下去，寧可遠離這唯一熟悉有光亮的地方，衝入屋外的一片漆黑。她不停奔跑，耳後傳來母親的大喊：「哈娜！哈娜！」

她要跑，她必須跑，穿過陰暗的山徑到向陽河邊，看著月光灑向隱隱流動的向陽河，為什麼？淚水早就泛流……她問著向陽河的幽魂……問一千遍、一萬遍也得不到的答案。向陽河和聚集幽魂啊……只是平靜地……如往常規律、溫柔地流動……回應了她！

數月後，哈娜懷著忐忑不安的心，走入保母學校的老師辦公室，「老師，同學說你找我？」

老師憂慮地望著她，「哈娜，我知道妳很愛念書，但是家裡是不是沒有講好？」

哈娜：「老師……我……」

老師接著說：「妳親戚打電話來學校找妳……妳父親去做砍伐工時被木頭壓傷了，一隻腿已經截肢，妳母親受不了妳離家和父親的意外打擊而自殺。但是還好發現得早，並沒有生命危險……他們希望妳可以回去幫忙照顧弟弟妹妹！」

哈娜默默無語。

回家的山路曲曲折折，如此沉重，如此漫長。這樣的長度剛好讓她好好思考，她擔憂父母親，責怪自己的自私。

當車窗外的景色由陌生轉熟悉，當魂牽夢縈的向陽河再映入眼簾，她認命了，不抗拒了！她要接受向陽河太魯閣女人的宿命，她要承擔羅金家族長女的責任，她的生命不是她的，她飲著母親的奶水和向陽河水長大，她就要與向陽河以及羅金家族共同在一起，努力存活下去！

姻緣

一九七〇年代，臺灣經濟開始起飛，各項建設正需要大量土石，在未經族人的同意下，國家及財團以合法之名，讓砂石廠進駐了部落，開始對向陽河鄰近的山脈、太魯閣族人的傳統領域進行土石挖掘的工作。部落內開始有白浪工人居住，與部落女子同居或婚。外來的男人多了，部落的男人反而少了，跟著漁船懷抱夢想到太平洋的另一端。

防空洞荒廢了，雜草蔓生遮住了洞口，彷彿要刻意掩飾過往戰爭的傷痛。防空洞對面，日軍過去行刑的大樹依舊挺立，夜間彷彿還能看到受刑族人的屍體掛在樹上，隨風擺動。向陽河谷的美景隨訊息及交通的便利傳向遠方，進入部落往深潭戲水跳躍的外地人多了，每年總會為向陽河增加兩到三個幽魂。只有河畔老人知道聽著風聲，告誡著向陽的孩子何時不該下水。軍營不再森嚴，軍人不再嚴肅，年輕帥氣穿著軍服的軍官開始穿梭在部落主要道路。大環境在改變，部落也被無形的線給牽動，只有向陽河依舊溫柔地流動……像是已看遍世間種種陰晴圓缺不為所動……。

哈娜專心俐落地修剪軍人的頭髮，等待排隊的軍人還有將近十數人。聰明的她看到軍營內的軍人有理髮的需求，嗅到商機，因此在朋友的介紹下，用了兩年的時間學習了理髮的技術，並在父母資助下在部落開了理髮店。母親優利則開了雜貨店。父親更是努力，雖然只剩一條腿，仍然開著貨車在鄰近的部落賣菜。因為只有一條腿仍然努力賺錢養育子女，且菜價公道，知道的族人也都很捧場，家裡的經濟狀況因而轉好。

「好了，這樣可以嗎？」哈娜停下手邊的工作，大滾滾的眼睛看著坐在理髮座上的軍官。

年輕的軍官看著鏡子端詳著自己，對著哈娜的注視顯得有些害羞，靦腆地說：

「可以了，這樣多少？」

「一樣啊，五塊錢！」哈娜笑著回著。

正值雙十年華的哈娜，勻稱的體態、美麗的眼睛及落落大方的態度，自然吸引不少慕名而來的營區軍人登門捧場，也有許多追求者。但她心裡只想要賺錢幫忙養家。以她的年紀已經是部落的「資深」小姐，部落裡的男人她看不上，外省或得萬（閩南人）她總是有幾分顧忌，一方面得離開向陽河和她的親人，一方面生活及文化習慣也有不同，不嫁也就算了，反正自己能夠自食其力。哈娜心中想著。

店外兩個著警察制服的身影吸引了她的目光，他倆正朝著隔壁母親優利的雜貨店走去。優利的雜貨店常有部落居民聚集，自然也是警察喜歡去查探消息、了解民情之地。好不容易忙完生意，她想著反正沒事，去問問母親警察的來意。才走到店外，就與一名坐在母親店外的年輕警察四目交接。她微微一愣，那名警察也像是呆住了，兩人對看一下，又各自轉移了目光。另一名外省籍老警察倒是微微一笑，像是看場好戲般靜靜觀察兩人的舉動。

哈娜一股莫名的衝動想轉身回店裡，卻被母親叫住：「哈娜，過來一下，主管帶新來的管區給大家認識！這是烏茂，是我們太魯閣族人！真是太好了，有自己族的警察來這裡服務！」

對啊，哈娜心想，她很少看到太魯閣族的警察，她為自己剛剛的失神找到了理由，卻對心中的悸動感到不安。

其實烏茂一走近哈娜的店，目光就不由自主被哈娜吸引住了，除了一開始主管對於優利的介紹，對之後的對談都心不在焉，反倒更有興趣觀察哈娜及其與軍人的互動，只是沒想到哈娜會突然走過來，兩人目光才因此對上。他為自己的失禮正不知所措，優利母親的介紹，正好讓他有機會可以跟哈娜說上話。烏茂：「妳好，我是烏茂！」哈娜靦腆地對著他笑，當目光又再次交接，兩個年輕男女的情愫再次滋長。

這一年，向陽河谷的族人都感染到哈娜的喜悅，哈娜不再隻身孤影，帶著烏茂走遍向陽河谷的各個角落，拜訪她的親友，分享她的祕密基地。烏茂和哈娜一樣是家中長子女，兩人氣質相投，烏茂的母親在另一個部落洛陽則是善於經商的女強人，二者門當戶對，婚事很快訂下。

喜慶在洛陽部落辦理，哈娜像嬌豔的花朵穿著一身粉紅貼身禮服，烏茂穿著西裝，顯得英俊挺拔。兩位儷人一起面對親友的祝福。

宴畢，兩人的新房，微弱燈光下，哈娜任烏茂緩緩脫下她的禮服，感受烏茂雙手的溫柔。在進入禁忌的感官世界前，烏茂感受她的不安，輕輕地在她耳邊說著：「我會愛妳一輩子，一輩子都和妳承擔，我的妻子！」

哈娜只能雙手環抱著他，迎接他的撞擊，從輕柔、狂野到化為沉靜。

我終於不再是一個人了！

一個生命重擔被釋放的念想，結束了被愛意纏繞的新婚之夜！

雪舞

這裡的景色完全不同，哈娜從分駐所門口向遠方眺望，分駐所就在最高點，分駐所前有小小的平臺，再往前就是向下延伸的小梯，約莫兩百階就到了外省人開鑿的中橫公路。中橫公路兩旁的商家，有蔬果商、公車站、架雪鍊的店家、修車廠、餐飲店等等，鄰近也有開路外省人聚居之地，多是種植蔬果度過晚年。雖在中央山脈至高之處，當年的大禹嶺卻比現在繁榮、有人氣得多。

遠方山巒層層疊疊，山頭在白雪覆蓋下更顯深黯，如此離世而壯麗。哈娜嫁給烏茂後，習慣隨著烏茂的輪調感受不同的風景人情，只要有烏茂在，離向陽河再遠都願意。

前些年烏茂與一名得萬主管不合，時常在工作上被刁難。烏茂母親是巫師之後，父親的祖先則是曾獵狩無數人頭的勇士，因此也有另一個家族傳言，便是烏茂家族的男子被詛咒，男人命都不長，當然這又是另一段故事了。

烏茂身長在這樣的家族又是長子，在考警察的時候，也是特優第六名入榜。而在警察制服下，烏茂活脫脫是個太魯閣族的獵人，怎麼可能吞得掉這些不平及羞辱。一次節日在同仁聚餐後，烏茂醉酒拿著槍追著主管，主管嚇得驚慌大聲求救，兩人在派出所內外亂竄，一聲巨大的槍響才讓烏茂頓時清醒！他開槍了，還好，沒有打中！

事後，烏茂的母親靠了很多關係、花了很多的錢，把案件壓了下來。也好在烏茂平常為人豪爽，同事幫他補了不見的那一顆子彈。但警界長官仍把他調派到離平地最遠的大禹嶺分駐所，而他的主管缺閒空一年，沒有人願意冒著被太魯閣員警拿槍追殺的風險，一直到有一個屆退的外省主管想到山上靜養才補上。

哈娜往下眺望一片雪白的雲，白白的雲都落在腳下了，還有層層的波浪，像極一片廣闊的白色大海，若不是她熟悉平臺往橫貫公路上的階梯，她真以為一腳踩下便會落了空了。水滴從髮上滴落，眼前冒出一點一點像極白梅花的影子，由天空緩緩灑落，哈娜突覺涼意，將大紅外套鬆緊帶再緊緊綁好，再將戴著手套的雙手覆在隆起的肚子上。

烏茂從分駐所走了出來，從背後抱住了她，將雙手壓在她的手上。

「下雪了，不能著涼！」烏茂溫柔地說。

「是啊，好美的雪！以後就叫小雪吧！」哈娜看著突起的小腹應著。

烏冒用沉默代替回答，只是緊緊在紛飛的雪花下抱著她和肚子裡的小生命。時光若能停在這一刻，讓愛情變成永恆，多好！

突然，「夾崩囉！夾崩囉！夾崩囉！」從下方橫貫公路對面的商店傳來了老闆娘阿英驚天動地的叫飯聲，連筆者都感到生氣了，這麼美好的畫面就被喀嚓。

「走吧……抱著是很溫暖，可不能讓她餓著啦！」烏茂說著，輕輕扶著哈娜，緩緩走下階梯。

高山上食材取得不易，又逢冬季落雪期，水滾都難。阿英跟丈夫是閩南人，早期做開路外省兵的生意，後來路通了，來山上的人也多了，便在大禹嶺開餐飲店。在此的警察、工人，以及部分商家為了方便，都跟阿英談好一起搭伙月結。當然阿英的店在冬季也常常招待遊客，生意極好！大家在吃飯時間都會遇上談個兩句。雖然在阿英的店聚集各樣民族的人，大家在高山上生活不易，需要相互幫助，相處倒也挺和諧，算是實現了民族融合吧。

數年後，小雪四歲。或許是上級覺得該給的懲罰夠了，來了派令要烏茂調回平地。臨走時，也是冬季，哈娜牽著小雪的小手，小雪似乎感受到大人的情緒，瞪著大眼用牙牙的口音問：「媽媽，我們要去哪裡？」

哈娜蹲下來托著她圓滾滾像紅蘋果的臉，說：「小雪，我們可以回向陽了！」

「可是，我喜歡這裡啊！」小雪嘟著嘴說著。

哈娜心是不捨的，今天頗為寒冷，她還在等最後一場雪。烏茂將行李放置車上，和阿英夫妻及山上的同事、好友告別，昨夜狂飲到深夜訴盡衷腸，今早大家仍來送行。

人生終有散場的宴席，哈娜不捨望向車外，行經關原，這雲海最廣闊之處，雪花突現狂舞著拍打車體，哈娜淚流，驚喜地說：「雪舞了，雪來送我們了！」

是啊……雪舞了，來送這對儷人、送小雪走向未知的、已改變的、山下的世界！

困頓

烏茂下了山被調到離向陽不遠的向武部落。向武，是太魯閣族群聚的大部落。

哈娜仍與烏茂一起住在警察宿舍，白天就回向陽重新開啟美髮店的生意。過了幾年，夫妻倆存夠了錢，二女兒小安、三女兒小雅也出生了。因為哈娜堅持，新房便不蓋在洛陽，而是向陽。哈娜的父親給了哈娜一塊面向向陽河之地，夫妻便不顧洛陽母親的反對，在向陽蓋起新房，沒想到這變成烏茂心中最深的遺憾。

七〇到八〇年代，遠洋的男人陸續回到故鄉，一蹶不振的，就日復一日自我沉醉重演遠洋的哀歌，反覆醉酒唱著讓人摸不著頭緒的英文歌曲。中年男人回來了，還未長成的少女卻出去了！隨著臺灣經濟起飛，性產業的需求，人口販賣分子進入部落，到部落物色皮膚白皙、長相出眾的少女，一個帶著一個，騙哄利誘少女的父母；一開始以工作之名，實則出賣肉體，到最後大家各自心照不宣！

有些人口販子或者父母，為了讓少女可以盡早出售，會為未初經的少女打不知名的針劑，聽說能促成少女盡快來經。如同砂石廠的挖掘工作一樣，日夜不停，砂石運送車來來往往，硬生生將部落面對向陽河的第一座山給截斷。

「我要跟主管去一趟臺中！幾天不會回來！」烏茂說著。

哈娜感覺很不尋常，問著：「為什麼？」

烏茂：「妳不可以說喔，有被販賣的女孩求救，主管要我跟他一起過去！」

「喔，你凡事小心！等你回來！」

哈娜不安地應了一聲。烏茂說：「我是跟主管去的，妳不要擔心。」說著便離開。

幾日後，兩人回來，烏茂聽從主管的命令燒了一些文件。一個月後，少女被營救出來，反咬兩人隱匿案情，兩人因此都被解職查辦。自此以後，哈娜的世界天旋地轉地翻動了！

這場官司打了五年，不停地上訴、出庭、請律師、請託關說，將積蓄幾乎用盡。但是時光不會停留、三個孩子仍在成長、眼下經濟問題仍要解決。哈娜本就經營著美髮業，尚有一技之長。烏茂被停職後，一方面因為之前警職交友廣闊，一方面部落內有砂石廠，工人需要有吃飯飲酒消遣的地方，因此便開了部落內首間生啤酒屋。

烏茂雖然不做警察了，且官司纏身，生啤酒店經營不錯，也賺了不少錢，稍微有減輕壓力，但是他心裡還是想做公務員。他書桌上擺滿了書，並且會在週末去文化中心念書，等念完書，再帶哈娜和孩子去看電影、上館子吃飯，日子也就這樣平靜過幾年，他一定可以再考上公務員！

判決結果下來，又一次衝擊著他。宣判「妨礙公務罪」罪名成立，六個月有期徒刑……犯行就是他聽從主管指示燒了重要的文件！他不想面對，做了逃犯，警察獲得線報前門一來，他就後門一出，逃到向陽山上。這樣逃避了幾個月，最後還是被過去的同事給抓到了。烏茂剛進牢服刑不到一個月，先總統蔣經國先生過世，宣布全國特赦，烏茂期刑減半，為三個月。

哈娜拿起話筒，看著隔著鐵條及玻璃窗那消瘦又理著光頭的烏茂。這是我初識英姿風發的烏茂嗎？哈娜心痛地想……。

哈娜：「你還好嗎？」她說完不由得從眼角落下眼淚，剛剛才說不在他面前掉淚，為什麼又忍不住。

烏茂看著哈娜泛淚的眼睛說著：「我很好，孩子好嗎？家裡好嗎？沒事的，我很快就出去了！店裡妳先撐一下，妳受苦了！」

哈娜：「不，我不會苦！我有帶很多你喜歡吃的！」

「媽媽，我也要跟爸爸說話。」小雪拉著媽媽說著，哈娜把話筒給了小雪，此時小雪已經是十二歲初長成的少女。

小雪拿著話筒眼睛滾動著淚水看著烏茂半晌不說話，烏茂看著她，怎麼才一個月不見，他的小雪長這麼大了，他說：「要好好讀書，聽媽媽的話！」

時間到了，烏茂在獄警指示下掛下話筒，進入內室，不忍回頭再看母女倆。此時小雪才對著掛在耳邊的話筒說：「爸爸，你什麼時候回家？」

而哈娜已經不一樣了，看著丈夫的背影，她愈發堅強，她是三個孩子的母親，她的丈夫在入監服刑，她無可依靠，凡事她都必須為自己留下後路，她只能靠自己，烏茂出獄後會理解的。一個決定在她心中形成。

慟愛

向陽第一個有女陪侍的卡拉OK正式開張，音響、燈光、沙發椅、裝潢俱全，雖然是開放式空間，但每間座位仍稍稍有木作雕飾遮蔽。哈娜從少女時在軍官、警界、在開生啤酒店數年，經營有道，七、八個桌位、夜夜客滿。接著，部落內的卡拉OK一間間的開，小小的向陽，外來車輛絡繹不絕，在夜晚紛紛來到向陽部落，在七〇到八〇年代是個暗藏春色有名的不夜城！

其實哈娜開店的念想已經有過一陣子了，一方面是客人、友人建議，在當時不管是工人、黑道或警察都想找一個可以紓壓唱歌、飲酒的地方，這是賺錢的機會。再者是當年的少女被賣出去後，期滿回家，如果不快點結婚，有很大的機會會再被賣第二、三次。而未成年少女到卡拉OK陪酒，以現在的價值觀來說確實不對，但在當時的時空背景，這確實提供窮苦家庭經濟收入，又避免少女被賣去直接從事性交易的折衷方式。再者，哈娜也是命運輪下無法抗力的一員，她有養育孩子的壓力，她必須要生存下去。存活、養育孩子比任何事情更重要。

她生意極好，與其說小姐，大不了小雪幾歲，因此對店裡的小姐也極盡照顧。甚至店裡小姐已經超收，有父母帶著女兒來請她留在店裡上班，哈娜推拖，最後少女的父母還使出殺手鐧，如果不留用就下跪，甚至對著哈娜說，家裡真的沒錢，妳若不收，這孩子就要被賣掉了！哈娜也就能留就留。

烏茂出獄了，自己曾是警察的身分，看到一手蓋起的家變成了酒店，當然跟哈娜大吵了一架。但此時的哈娜已經變了，哈娜嘲笑他不要有再做公務人員的空夢，務實點把店經營好當老闆比較實際！烏茂看著三個小女兒，自己也沒有其他的謀生技巧，店也被哈娜經營得不錯，便由命地和哈娜一起經營。

他開始喝著酒，他感覺周圍人對他的眼光不一樣了，連哈娜也變了。他留著頭髮和鬍子不剪，酒醉了就穿著內褲躺在路上，他多了個耶穌的稱號！一切只因他不甘於自己的命運變成這樣。但命運並沒有停止給這家人的打擊，烏茂回家這短暫不到半年的時間，原來只是曇花一現，一場意外車禍帶走他的生命。

哈娜收著他的遺物，邊哭邊罵著：「你為什麼這麼狠心，你怎麼可以這樣？烏茂……你說走就走，把所有重擔都丟給我？為什麼？你不是要陪我一起面對困難？官司我都陪你走過來了？我也讓你做老闆了？為什麼你還要走？？為什麼要這樣對我？」哭到極致又是一陣暈眩險些昏倒，要旁人扶住！

屍體送回了洛陽老家，烏茂張大了雙眼，任由母親、妹妹一再試圖蒙上他的眼，他依舊瞪大雙眼。

他的魂魄流連在屍體周圍，哈娜跪了下來，抱著他，一手闔住他的眼睛，哭著說：「我會把三個孩子養大，我會在洛陽為婆婆蓋房子，你安心去吧！」

說完，烏茂便不再張眼。烏茂死亡的時候正值四十歲，又再次驗證家族傳說！

烏茂出殯的清晨，洛陽起了濃霧，厚厚的霧層包圍了送行的隊伍，小雪不掉一滴淚拿著父親的遺照走在隊伍的最前面。哈娜則再也忍不住，在棺材落地衝向棺前痛哭。她看著塵土一點一點掩沒了棺材，茫茫濃霧愈來愈重，像是烏茂最後的魂魄溫柔地將她環抱。

第二章　小雪

初雪

大滾滾的眼睛迷迷濛濛地看著世界，本就可愛極的的蘋果臉因為氣溫極低顯得更白裡透紅。媽媽幫小雪穿上了衣服、外套、帽子、手套、襪子和鞋子。

「要全部穿完才能夠出去玩喔！」媽媽說著。

「好。」小雪乖乖著應著，等媽媽幫她穿好所有裝備。她像極了一個糰子娃娃，就快被掩沒在厚重的裝備下。不過露著一張可愛的蘋果臉，讓人看了就忍不住想抱起來疼。她等不及媽媽，便趁媽媽一不注意地溜出門。

哇，外頭從天空掉下白白的、冰冰的雪，好漂亮！她興奮地在平臺上跑來跑去。但這小小的平臺滿足不了她對冰雪世界的好奇心，她要去探險！她手腳並用地爬下一個又一個的階梯，看到平常吃飯的餐廳，看著來來往往的車輛和人群。她在階梯下玩一會兒便再往橫貫公路的高處走去，走到一個三叉路口超大的山洞前，山洞黑黑的好可怕，而山洞旁邊的公車站牌已經有滿滿的人。

「哇……怎麼有這麼小的孩子……好可愛！」一個姊姊尖叫著說著。不一會兒幾個人便把她圍住，要不捏了她的胖胖小臉蛋，要不就忍不住抱抱她，小雪不怕生也不哭。一個姐姐掏出糖果給她吃，她舔著了硬硬的糖好開心，眾人在想怎麼辦之際……。

「小雪！」一個熟悉的聲音傳來，小雪回頭望，穿著帥氣警服的爸爸正尋著她而來。「爸爸！爸爸！」小雪喊著向爸爸奔跑而去，爸爸把她抱起來，將她的雙腿掛在他的肩膀上，讓小雪抓住爸爸的頭，可以看得更高，眾人則目送父女倆走去，看到如此溫馨的畫面不覺微微一笑。

成長

小雪隨著父母下山後，父母常買故事書還有錄音帶套書給她，她的房間好多的書。後來爸爸不再穿著警察制服，家裡開了生啤酒屋，小雪隱隱知道家中有了變故，卻不知為什麼。父母偶爾吵架，愁雲慘霧，但是爸爸還是很注重家庭親子的關係，常常會帶一家人去看電影、上館子吃飯。

一直到爸爸被抓進監牢，小雪漸漸了解世事，才知家中真的有巨大的變化。

「爸爸，你什麼時候跟我們回家？」這三個月小雪每天想著都是這個問題。她小小還未成熟的心靈便硬要初嘗摯愛的生離，又怎麼經得起後來的死別。

小雪天天算著爸爸回來的日子，夢裡也夢見爸爸回來一家團聚快樂的景象。沒多久、家中開了卡拉OK，媽媽叮囑著不能告訴爸爸、家裡一樓空地又擴建，裡面住了店裡的哥哥姊姊，只是每次吃完晚飯，媽媽便要小雪姊妹到二樓念書，不能下樓。

等了幾個月，爸爸回來了，卻不是小雪想像的爸爸。爸爸一喝了酒就把自己脫得只剩內褲，要不在小雪下課時躺在路邊，要不在深夜黑暗的客廳對著爺爺的遺照大吼一整晚。正在發育期的小雪對父親開始有莫名的不安及恐懼。父親的驟逝又給了小雪很大的衝擊。小雪心痛至極，眼淚泛流，卻泣不能成聲。原來死亡就是，永不再見！

安娜

小雪向深潭緩緩游去，她往後對著安娜說：「來啊，娜！」

安娜有點害怕，喊著：「雪，不要，姆姆說那裡不能去！」

小雪：「娜，來！我帶妳去可以忘掉煩惱的地方！」

小雪到了深潭頂端等著安娜，安娜不一會兒游了過來，小雪手勢比著往下，兩個美麗的身影便緩緩沉入潭底。接近潭底，小雪比著水平面，兩個人在潭底看著水平面波光閃閃，好美，好靜。兩人在深潭內盡情伸展身體玩鬧著，像是水裡起舞翩翩的蝴蝶。

半晌，回到岸上，「娜，可以告訴我怎麼了嗎？」小雪邊擦拭著頭髮邊問著。

安娜眼睛又泛起淚光：「雪，我姆姆跟我說，弟弟妹妹要養，要我去那個地方，下禮拜就走！」

小雪：「安娜！」

兩個女孩抱著一起哭。

安娜：「達瑪說，我若喜歡哪個男生，就把自己初夜給他吧！」

小雪看著安娜，安娜含著眼淚盯著深潭上要跳水的熟悉身影，那是志傑，安娜喜歡的男孩。志傑彷彿感覺到兩個女孩的凝視，向兩人揮一揮手，便帥氣地以前空翻姿勢跳入深潭。

「妳懂那個怎麼做嗎？妳要怎麼告訴他？」小雪問著。

安娜一臉茫然：「我不知道！還是……妳教我啊！」

小雪張大嘴的臉讓安娜笑了出來，兩人銀鈴般的笑聲迴盪在向陽河……志傑游了過來，眼光停在安娜紅紅的眼睛，原本的笑意頓時消散。

下次相遇，不知又要如何被命運擺弄。

「安娜，不管妳去了哪裡，記得深潭！」小雪說完，再次沉入潭底，她的傷心及無奈需要深潭的幽靈和水流撫平，留下哭泣的安娜和憂心的志傑獨處！

不夜城

安娜不見了，志傑作了職業軍人，小雪的日子依舊日復一日。

向陽美麗的山谷總在夜間用燈紅酒綠吸引男人及車輛。小雪和店裡的小姐跟少爺，每日像家人般共用晚餐，但用餐後，小雪得回到二樓房間念書，其他人則要上工。哈娜假日也會帶著大夥兒到海邊烤肉，或者從事休閒活動。小雪與他們的關係，是這般親密，又如此疏離！

毒品（安非他命、強力膠）隨著卡拉OK的林立進入了向陽。某日小雪要上學，聽到員工宿舍傳來女生的尖叫聲，小雪嚇得往那跑去看，看到木頭隔間的房間內，一名叫可兒的姐姐在地上翻滾扭曲著，不停嘶吼，手腳都撞出血來。

眾人驚呆在一旁，小雪看著母親一邊斥聲大罵：「為什麼要用這個？」一邊抱住可兒的頭，以免她撞傷。

自此後，母親宣布任何人再吸食毒品便不錄用！當時向陽部落食用毒品的人不少，警方迫於壓力也查得緊，很多小姐染上毒，被警察給查緝後或坐牢或罰錢，人事不穩定也影響部分店的經營，只有哈娜的店仍穩穩經營著。

轉變

幾乎是在向陽正燈紅酒綠的同時，向陽人發現河谷中黑黑重重不起眼的石頭，居然價值不斐。將表面氧化的黑層磨開，裡面能呈現粉紅瑰麗的山水景物，俗稱「玫瑰石」，學名「薔薇輝岩」。

這開始引起部落男人的淘金熱，總期待著颱風。在颱風過後大水未退時，甘冒著生命危險爭相到溪邊撿拾！在那時候，景氣極好，加上兩岸觀光開通，多的是賞石人及蒐藏家願意花大筆金錢蒐購。有的時候，運氣好的時候，數人合力搬上一個百公斤的玫瑰石，買家一口喊價百萬元，幾個人分一分，是當時打零工半年甚至更久的收入！

這樣的商機，敏銳的哈娜當然也嗅到了，開始和原本在店裡擔任廚師的第二任丈夫摸索藝石行業，除了收購外，也學習藝石業的研磨、切石、裱框等周邊技術。但是卡拉OK店仍不能關，因為底下還有小姐要養，小姐們仍需要這份收入！

這時，小雪已進入女中就讀，某日吃晚飯，聽見女孩們對著電視在驚呼：「哇，這是妳耶，妳怎麼在電視上？」「哇，這是我！」

小雪好奇地拿起碗筷和她們一起擠到電視前，是一個叫「〇〇追緝令」追蹤社會現象的節目。影片敘述如何到向陽這個溫柔鄉搭訕小姐，然後再帶她們去海邊、一起吃飯，最後畫面回到包廂內，那個令人嘔心地不停撫摸小姐大腿的手就是記者自己！

「他們為什麼要騙我們？他們沒有說要拍我們？沒有說他們是記者啊……」一個女孩先是抗議地說。

「是啊，他們開車過來說迷路了，我們好心為他們引路，他們說要請我們吃飯做為答謝，後來又帶我們回店裡捧場，還說把我們當妹妹，下次會再來看我們！」

小雪無語，默默離開，逃進了二樓房間大哭，她覺得自己好罪惡！

一九九五年二月十五日，臺中發生了衛爾康大火，燒死了六十四個人。這把火也熊熊燒向向陽。政府開始對安檢及營業項目未符合規定的業者採取強烈的強制作為。

小雪下了公車，看到家中一排警察站著，她直奔了過去，看著平常滴酒不碰的媽媽竟然拿了幾十箱的啤酒，邊喝著酒，邊丟酒瓶，店面前面的廣場到處都是碎玻璃。

「你們敢過來，我就死！」小雪默默無語掉著眼淚，看著母親對警察大吼。

最後警察退讓了，但從此這個溫柔鄉也吹了熄燈號！

離開

小雪考取了大學，明天就要離開向陽，她沉浸到潭底，雖然捨不得，但仍對未來抱著興奮之情。突然，一個身影從她身邊游過，「安娜！」小雪驚呼著。

兩人游到岸邊互訴近況及想念之情，安娜期滿回來後，為了怕會再被賣掉，隨便找了中年男人嫁了。一開始原本疼她，但是男人不知從哪裡知道她做過的事，總是照三餐用拳頭伺候她。

小雪仔細端詳她的好友，在她記憶中安娜也是個美人，而今的她剪了長髮，臉上有傷疤，連牙齒也掉了幾顆。

安娜：「妳還是好美，小雪！我就……」

小雪心疼地抱著她。

「還不快點走！」一個中年男子對著安娜怒聲斥喝，旁邊還帶個哭鬧的孩子。安娜嚇到趕緊起身應和著。

臨走時安娜說著：「小雪，我記得潭底，妳前途正好，要為向陽的女人活著！」

火車行駛到向陽河出海口，小雪從河口看著向陽部落，才發現過去被砂石廠挖成半山的地方，不知何時早就夷為平地。

這向陽的山，原來和向陽的女人一樣！

沉入

真實的故事，不會有童話的劇情。

未曾隻身到外地生活的小雪，掙脫了母親保護的手，面對花花世界顯得不知所措。她遇上一個大她十幾歲的男人，幫她租了學校外的房子，呵護著她的生活。有一次她病了，全身冒著冷汗醒來，睜開眼睛，看著他擔憂地望著她，輕柔地撫摸著她的頭，讓她覺得像在深潭被幽魂愛撫般，如此安詳！

她喜歡有他陪伴的夜晚，喜歡他把她像娃娃般從後方抱著，一手抱著她，一手撫摸她的長髮！他最愛對她說：「妳是我的洋娃娃！」在她心裡，富仁是向陽潭中幽魂和爸爸的綜合體，延續著祂們用另一化身陪伴在她的身邊。

小雪：「富仁，你愛我嗎？我怕你會跟爸爸一樣突然不見了！」

富仁說：「我愛妳，我會一直陪妳！我都會在的！」

看著小雪懷疑的眼神，富仁翻過了身，把小雪壓在身下，激情地狂吻著：「我愛妳！我愛妳！」隨著小雪的嬌喘，富仁進入了她。

冬季的雨毫不留情啪啪打著，小雪撥打著電話：「你來，我求你了，我肚子好痛！我想見你！」

富仁回著：「她在，我出不去，妳乖，先坐計程車去醫院好嗎？」

小雪哭著：「我不要，我要見你！寶寶要見爸爸了！我也要你！」

電話筒另一邊則傳來另一個女人的聲音：「老公，那誰啊？」

富仁：「同事，問明天的工作！」隨即便硬生生掛上了電話。

小雪心碎了，腹中傳來劇痛，她和富仁歡愉之地正在撕裂，可惜冬季下著大雨的碧潭人煙稀少，沒有人發現她，她掙扎地爬到雨水較少的樹下痛到翻滾著，沒有人聽到她的哭聲及尖叫聲，直到寶寶落了地，她虛弱地用大衣包住了寶寶，用雨傘替寶寶遮雨。

她打了最後一通電話：「媽媽，救我的寶寶，對不起！我要回向陽了！」

她看著碧潭，用最後一點力氣爬向水邊，沉入……沉入……。

她回到向陽深潭，如願變成深潭的一縷幽魂。

再也不怕誰會再離開了！

第三章　尾聲

夏夜的向陽星光閃閃，涼風徐徐，月牙兒高掛在東方海平面上，一名白髮老婦坐在向陽河堤上，靜靜聽著風聲、流水聲。她聽得出神，讓思緒繞啊繞，想著還能記起的一切。

她想著在這裡初識英挺的烏茂、想著兩人在大禹嶺的雪中擁抱、想著關原那場送走他們的大雪、想著去世的雙親、想著牙牙學語的小雪、想著向陽過去的繁華景象！如今都沒了……都離開了！

「阿嬤！」一個女孩出現在老人後頭，哈娜尋聲而去，驚呼：「小雪！」

「阿嬤，我是婷婷！妳又把我認錯啦！」

女孩把可愛的蘋果臉湊到哈娜面前微微一笑。

「我又把婷婷認錯了，對，我忘了妳媽媽已經不要我到那裡去了！早知道當初就該阻止她常常往那兒去！妳也是，不准再去！」哈娜將眼睛朝向深潭。

女孩不捨地抱著哈娜：「阿嬤，您對我最好了，婷婷哪也不去，就陪阿嬤！」

哈娜被逗樂了，說：「走吧，趁著阿姨還沒出來罵人，我們快回去吧！」

向陽河如往常潺潺流著，水中幽靈跟著山風躍起，飄盪在山谷中。

我心悠悠，河流悠悠！

河流悠悠，我心悠悠！

在月色下，彷彿聽到小雪唱著。

葉長春

〈豎夢〉（二〇一九）

Paljaljim Pa'aljangud，一九七九年生，屏東縣牡丹鄉石門村中間路部落排灣族。國立屏東師院語文教育學系畢業，曾攻讀國立東華大學華文文學研究所，目前於國小擔任教職。

曾以小說〈泥土〉、〈豎夢〉、〈漩渦〉獲第九、第十、第十一屆臺灣原住民族文學獎，〈龜途〉獲教育部文藝創作獎，〈地蛹與尾巴〉獲第十二屆臺灣原住民族文學獎小說首獎。作品擅長融合原住民族的神話傳說，藉以探討當代複雜多維的認同議題，試圖讓「傳統」與「當下」成為彼此的源泉，相互活化而煥發出新意與生機，期待為族群留下面向世界的敘事。

豎夢

是的，一如過往每次和母親的遷移，這次我同樣沒有多餘的物品可以攜帶。趁天色尚未甦醒前，我悄悄繞過那群數日前湧入、尚在帳篷內睡夢裡頭的人們，然後朝河谷上方的斜坡走去。

沿著記憶裡的小徑，依視角找到熟悉位置，儘管此刻看出去的景象有些陌生。脫去腳上藍色防滑膠靴，踏進富含水分的土壤，任由軟爛冰冷從腳底開始上攀浸潤。此刻，我想像自己是棵樹，一棵努力將根鬚往地心伸展的樹，一棵想和誰說話的樹。

金光穿過河谷晨霧，太陽在海的那端升起，地面逐漸鋪展出溫暖的琥珀色，光影變化讓我聯想起《聖經》中流著奶與蜜的福地。日照使原先寂靜的都因而明亮，連提問的那個人也不例外，只是任憑我如何調整焦距，依然無法看清他在林蔭下的樣貌，只能依身型推測是個孩子。

「你是來找勒凱的吧？」

他的話音既尖銳卻又鈍厚，如同拿著兩塊石子相互敲打。

我以為勒凱只有我這個熟人，因為和他往來的這段時間內，並沒有看見誰來訪，或是聽他說要去拜訪何人，這也許與勒凱幾乎不說話有關。我其實不應該這樣評論他，畢竟自己也沒有什麼朋友，只因我的耳朵會偶爾逃跑我。

母親說我很小的時候從一棵巨木上摔下來，從那時候起，就會間歇性出現失聰的狀況。她帶我去看過無數次醫生，但每個檢查結果都顯示正常，最後不得已去求助村裡的靈媒。經過漫長的卜問儀式後，得到了這是山神給的考驗，其餘就沒有多作解釋。因為不能控制的失聰，我逐漸成為被嘲笑欺負的對象。看著和我一樣獨來獨往的勒凱，我想他的嘴巴應該也常逃跑他。

第一次遇見勒凱的那天早上，我在山下車站的廁所和人打了一架，因為他們遠遠見我走來就挑釁地喊著：「鑲金仔的聾兒來了。」

鑲金仔是平地上來的人，人們說他最早是在村裡從事農作收購，接著租地開設小吃部供遊客用餐，後來又拓展成民宿。時間久了，他透過鄉代表引介，開始涉入土地買賣，歷經十多年投入，他成為這個觀光景點裡唯一一間飯店的老闆，母親就是在那裡擔任房務工作時受到他的注意。之所以被稱為鑲金仔，是他有幾顆缺牙用純金替代，每次人們與他談話時，那雙唇在張闔之際總會閃滅著無法迴避的金光。

雖然鑲金仔和母親走得近，到家裡作客的頻率也逐漸提高，但我並沒有就此習慣他，因為鑲金仔的眼神不斷對我宣告自己勢必成為這個家的新男主人，這成為了我討厭他的原因之一。

和我打架的是鄉代表的兒子和他朋友。過去我們就曾有多次衝突，可是想到我和母親剛搬回村裡時，鄉代表幫了很多忙，母親的工作就是其一，因此我總選擇退讓。

但這回我忍不住了，誰要他在我面前笑著對友人說：「他媽媽是為了養他才去舔鑲金仔的卵葩。」於是我讓一個拳印落在他臉上，可惜身旁與背後的夾擊阻斷了我接續的作動。

雖然掛彩，但還好僅是輕微皮肉傷，不過想到老師一定會問，我索性選擇不去學校，直接往村莊附近一條隱密小溪走去，那是我逃學時躲藏的基地。

脫去衣物，我用溪水沖洗制服和身上的打鬥痕跡後，從某個大石塊下方拿出預藏的釣竿，依靠在一棵鄰近水邊的樹下，把整日投放在游移的浮標裡，直到傍晚放學為止。

算好校車回返時間，沿著溪邊上行，盡頭可以連通到村莊北方入口，然後稍微打皺自己的服裝與頭髮，再故作疲倦地走回家。這是我一貫的掩飾手法，雖然學校不免會聯絡母親，還好她往往只是稍加訓斥，對我來說毫無痛癢。

我愛這條小路，因為中途會經過一片密林。起初我擔心裡頭可能藏有毒蛇或是虎頭蜂這類危險生物，但走了幾次後反而愈喜愛沉浸於此，尤其是耳朵逃跑時。

聽不見聲音的當下，我眼前的世界有著奇特變化。只要是有生命且會自主發聲的事物，都會褪去原本的外貌，轉成為數個粗細不同的音圈。在牠們發出鳴叫時，音圈之間會很有默契的同時、接續或停止震盪，如同一個個小型樂隊演奏那般。不同的動物有著不同的震動模式，通常聲音較為低沉的，粗音圈震盪較久，反之，聲音清亮的就是細音圈震盪較為持續。音圈的震盪會產生顏色，依據各物種不同的聲音，會有紅到紫七種色彩出現，最終使我眼中的這條小徑如星雲般美麗，至於器械這類人造物則完全沒有此種現象。

在即將轉進村莊入口時，那間從小至今仍在孩子們口中流傳為鬼屋的房子，竟然出現了一個模糊且持續飄動的人影，儘管不再是兒童，我仍拔腿跟著自己的耳朵一起逃跑。

記憶中它就是那副荒涼驚悚的模樣。因為久無人居，加上山區水氣重，使得木造結構爛到輕輕抓耙就會碎裂，門窗上的霧面雕花玻璃無一完好，而屋頂的瓦片也早崩裂出好幾個大洞，更別提四周的雜草與隨風散落於內的枯枝樹葉所營造出的恐怖氛圍。孩子們常會在前往河邊戲水的同時順道進入探險，直到不一定很長的時間後，必定聽見某個人大喊「有鬼！」眾人便死命地逃出。這個遊戲總是百玩不厭，但從沒有人認真探究它裡頭是否真的有鬼。

不解的是，在如此殘破的環境裡，竟放有幾個無法辨識為何物的木雕作品，有的貌似動物、有的貌似人形，雖然外觀不一，可是它們卻彷彿永遠保持著剛完工時的嶄新，如果貼近觀察，你仍可聞到木香持續從看似新鮮的鑿痕與泛紅的密緻樹紋裡透出，這讓它們與建築本體形成強烈對比。

返家後我把這件事告訴母親，結果她用一則故事回應了我是自己嚇自己。

「以前老人家說如果碰到鬼，就馬上脫下褲子用性器對著祂前後擺動，並大聲發出『呼嘘……呼嘘……』的驅趕聲，這樣鬼就會跑掉。後來有次你祖母在田裡巡視時，你爸爸和叔叔故意躲在芒草堆後面發出淒厲的鬼叫，沒想到老人家她真的那樣做，你爸爸和叔叔還來不及逃跑就忍不住笑出來，結果下場就是比遇到鬼還可怕。」

雖然母親嘴裡說得很有臨場感，但不知道為什麼她的笑裡混雜了哀傷。片刻之後，她換了一副嚴肅表情，因為下班時房務經理告知母親老師留言要她回電，所以知曉我今天又沒去學校，她深深地嘆了口氣。

「我啊什麼都可以忍，唯一不能的就是想讓你過得更好。我讀書很少，不會講漂亮的話，白頭髮用數的會很久，臉啊手啊也沒有擦保養，怎麼跟外面的年輕人比。現在這個打掃工作是拜託人家介紹的，雖然錢不多，但是至少還可以讓你讀書。如果你真的不喜歡要講，才不會讓老師一直煩惱你，然後去找一個學技術的工作，這樣我才不會到土裡了都還要擔心你。」

我確實討厭學校，原因不全然是老師們千篇一律的死板言說，很多時候來自於我對書本上的一切都感到索然無趣。至於和同學們之間的相處更不用說，因為我是村裡唯一讀那所學校的人，而學校所在村落的人和我們部落本就糾紛不斷，那種敵視自然是會延展到我身上，甚至讓幾個和我互有表白的女孩，在愛意才萌發的幾天後就被迫選擇提早結束。不過，這個狀況在遇見勒凱後有所轉變。

出於好奇，我在隔幾天的放學刻意走溪邊小徑回去。

當接近鬼屋時，遠見大門樹蔭下有個人影，似乎正執拿某種物品往祂面前的物體往復作動，發出渾厚洪亮的聲響。我不禁想起母親說的故事，只是才剛解開褲頭，那人影便停止了動作，並轉向我這裡凝視一會兒後，說：「要大便走遠一點。」就又回去做自己的事。

硬著頭皮，我假裝剛才什麼都沒發生地走過鬼屋。隨著眼角餘光掃視，環境已不一樣，雖然主體建築仍然破舊，但四周打理得十分乾淨，破碎的玻璃也用薄木板替補，未闔緊的門縫流出屋內溫暖的鵝黃光線。

那是個中年男子，在夕陽餘暉落盡前雕鑿一塊原木，結實右臂抓著槌子朝左手上的鑿刀來回敲打。雖然還看不出他的作品為何，但那金木相交時的震聲吸引了我，停下腳步閉眼感受，鬼屋成了這座山脈的心臟，而雕鑿聲是祂的心跳，規律的勃動正一波波將飽含新鮮氧氣的血液朝四周推送，潤澤並穿透所有的事物，直達山巔與遠海的那一方。聲音消失、張眼之際，男子的手放著一把雕刀向我伸著，思考一下後我轉身就跑走。

直到夜裡，我依然聽見那震動，於是問了母親是否有感覺。她傾耳靜聽了一陣子後，回說飯店為了迎接冬季更大量的遊客，所以準備進行擴建工程，聲響應該來自那些進駐中的車輛機具。關於這間溫泉飯店，村民各有不同的意見，有的人討厭它帶來無禮的遊客，有的人卻渴望它引進的消費，至於我，則討厭它的擁有者——鑲金仔，讓我成為被譏諷的對象。

再次來到鬼屋前，男子依舊是在相同的位置上，這次我大膽地走進觀看。比起昨天的未明雛形，眼前物件有了鮮明的線條，但仍看不出是什麼。我隨口問了一句：「好了？」他沒有接話，只把槌子和雕刀交到我手上，然後指著某處示意我來做。

當調整好姿態準備敲擊，他迅速伸手擋住我落下的木槌，並調整左手雕刀的方向和斜度後，說：「不能弄傷夢。」一下、兩下、三下，槌子、雕刀、木料三者，彷彿我在溪邊林木群所看見的音圈一樣，各自震盪、干擾、共鳴，一股隱隱金光在木料的表層閃爍，我可以感受到飽滿的生命力度源源不斷傳進身體裡，直到勒凱停下我的雙手為止。

「很勉強，明天再來。」他說。

我的生活終於有了重心。首先，我對上學這件事有了期待，因為這學期突然增設了木工課程；其次，放學後我也不再急於閃避誰而迅速走回村裡，反倒是選擇去車站附近的木作藝品店晃晃。

雖然雕刻讓自己改去過往漫無目的的生活，但同時也給我增添一些困惑。例如，相較車站附近幾間木作藝品店裡販售數萬元起跳的擺飾、茶具、桌椅、床櫃等等，我從未看過有誰來買或是勒凱作品賣出的事，他所有完成的雕件都排列在房子的一隅。若說是因為他的作品難以理解，但藝品店裡那些幾乎以原本抽象模樣的木作都能販售，可見這不是原因。假使這不是勒凱的營生方式，那麼耗去整天時間在雕刻的他又是如何取得生存的必須？

我曾試著向勒凱要求解釋，可惜他只簡短地說：「夢不能賣」。我又追問為何不做能賣的，他答覆：「真正的雕刻師是為夢而存在，其他的都只能算是木工。」

又或者學校的木作課裡，每位學生都有一套雕刻工具，除了必要的木槌外，還有十二把不同鋒刃的木柄雕刀，有刻線用的三角刀、深挖用的圓口刀、刨削用的平口刀，每種刀鋒各三種大小。這都還只是基本，有時遇到難以推刀或下刀後木料會綻裂的情形，老師會從他的三層工具箱裡挑出高階的雕刀來幫我們處理。雖然勒凱的手邊也有這些，可是他始終只使用一把介於平口和圓口之間的刀。我曾試著描述它的樣子給木工老師聽，卻得到一個無法確定的答案——蝴蝶刀。

還有，勒凱常會說一些過度抽象的話語，像是他會在我遇到綻裂時，說：「你要注意夢的方向，反了就會那樣。」以及會一邊摸著我正在鑿的木料，一邊講：「夢的深度不同，你得聽聽它的說法。」

為了能多和勒凱一起雕刻，我常常在放學前的最後一堂課離校，結果就是出勤紀錄愈來愈不正常。有木工課的那天是我唯一不翹課的日子，其他時間則看我在勒凱那裡的雕刻進度來決定是否早退。直到母親得知因缺席次數過多，即將要通報中輟的那一刻，我不得不停止這一切。

「你跟我講清楚是去哪裡了？」

「我去上面的勒凱那裡。」

「去那裡做什麼？」

我不曾看見過母親此刻憤怒癲狂的樣子

「學雕刻。」

「有用嗎？除了觀光客已經沒有人會買那種東西，就算要也不會來村裡買，最後還不是要拜託山下車站附近的店。可是你有沒有想過人家憑什麼幫你？」

「我可以自己開店。」

「事情沒有那麼簡單，萬一沒人買不就跟勒凱一樣，自己一個人老死在那裡！」

「為什麼妳要這樣講他？」

「我是你媽媽呀！他跟你有關係嗎？」

「我只是照妳說的去學一個技術，他又剛好會，也沒有要我繳錢或拿什麼給他。」

「我不管，你要做什麼都好，就是不准去他那裡！老師要是再通知我一次你曠課，我馬上到學校辦休學，你就跟我去飯店工作！」

母親大力地甩上房門，我聽見裡頭傳出她的哭聲。

道歉，不斷地鞠躬道歉，在白日或夜裡，這是我和母親對過去的共同記憶，即使過程大多已模糊不清，但自卑早滲入靈魂根處。

印象最深是剛過十歲生日的夜裡，我被租屋處房東的一陣怒罵驚醒，只見母親站在套房門口，罪人般低著頭，囁嚅地說著要房東再寬限幾天，但下一刻對方直將我和母親的物品抓著往外丟，包括那盒在冰箱內、我和母親預先切分成幾天吃的慶生小蛋糕。

看著平日極為珍惜的事物毀壞，我放聲哭了出來。

由於外頭正下著雨，母親和我沒有多餘的能力可以攜帶散落在屋外的物品，只能撿些衣物躲到公園的涼亭去偎縮著。天亮後，她借用商家的電話打給朋友求助，而等待的過程十分漫長，尤其是當路人對我們投以異樣眼光時，更加重了這種感受。

居無定所對我來說並不感到害怕或難過，真正會撕裂情緒的是見到母親哭。儘管她總在人前表現出一副樂觀的姿態，但我常常在深夜被母親的泣聲弄醒。我不敢讓她知道，因此當她在床邊抽噎時，我會在被子裡跟著靜靜落淚，這也影響了自己日後即使受屈也不會告訴母親的性格。

漂泊的日子直到遷回村落後才劃下句點，聽母親說是鑲金仔為她刻意安排一個職缺。我該感謝他嗎？不！我憎恨他，因為我數次撞見他對母親毛手毛腳的。我不斷勸母親到警察局告他，但她總用對方有恩於我們來推託。之後從村裡開始，逐漸擴散到鄰近的群落，大家都在說母親想要攀附鑲金仔。

連續一星期的小雨在昨日突然加劇，我們獲得停課一天的假期，於是背著母親跑去勒凱那兒，說明自己不會再來，而他卻只是點個頭就沒有其他的表示。趁他短暫入屋的時間，我藏了一把雕刻刀至口袋裡。

隔週的木作課程，我拿出勒凱的蝴蝶刀來用。比起原本分配的工具來說，這把刀竟然更容易出現綻裂的狀況。仔細觀察手中的木料，不是沒有夢紋就是夢紋過於規律。問了老師為什麼出現這樣的狀況，他說木料本身沒有問題，可能是刀鋒鈍了，要我拿來讓他用磨刀石拋研。我沒有把勒凱的雕刀交出，而是用一把三角刀替代。

放學後我在公車站又與那群混蛋撞著，他們將我包圍用手輪流推晃，我則把手藏進書包握住那把蝴蝶刀。就在拳腳取代軟掌猛往身上落的那刻，我的手從側身向前劃了一道弧，不偏不倚在鄉代兒子的手臂上拉出殷紅血痕，痛叫聲隨之跟上，這讓那群人著魔似地加大力度在我身上。

「再打看看。」一個聲音從外側傳來。

因為音圈現象的關係，使我注意過一篇報導，文章裡頭記載從嬰兒對人聲的研究裡發現，人類偏愛女性的聲音遠大於男性。另外，不論男女，過高的音調會使人感到煩躁，甚至產生暴力現象，而讓人感到威脅甚至產生恐懼的，就屬低沉的男音。雖然勒凱的聲調是後者，但完全不帶有侵略性的壓迫，而是厚實深遠的震撼，一如深海鯨類的低頻鳴唱，聲量不大但卻具有極強的穿透性，使我們染火的意識因為這種雄偉感而停下了攻擊的動作。毫不理會他們警戒的眼神，勒凱拉起我的手就往村莊的方向走，直到他們又開始大聲怒罵追趕時，我倆已轉入那條小溪祕徑之中。

山中雨水的積累使小溪明顯高漲，不只淹沒了我埋藏釣具的石塊，連平日能行的路也變得窄而溼滑，甚至有些睡入積水中。我從沒在這條路上碰見誰，所以一直以來就認為這是專屬自己的祕密基地，可是從勒凱熟稔的腳步來看，他應該也常行走於此，如此想來，也許我的舉動早就在他的觀察之中了。看著他的背影，想著這些日子以來的接觸，以及剛才的遭遇，我察覺自己心中一直缺席的影子逐漸填上了他的顏色，但我不敢說，只怕會讓他誤會。

「你的雕刻刀。」總覺得他應該發現了，否則怎麼會恰巧出現。

「你不該那樣用。」勒凱的話語明顯嚴厲。

「對不起，我……」

「會汙染造夢的工具。」

「我本來是想拿到學校試試，但老師說它鈍了。」

「它一直銳利，除非是遇到沒有夢的。」

「聽不懂。」

「你會知道一切的，很快。」

談話結束，我們抵達勒凱家門前。入內後他給我一條毛巾和乾淨的衣物，要我先行清理，他去準備些許吃的。

浴間不大，是用木板在屋後隔出的小空間，裡頭有座正燒著熱水的石灶，對面靠牆處則是一個白色塑料桶，承接著外頭引進來的山水。一個鋁製水盆置放地面，我拿起裡頭的木勺分別舀入了冷、熱水，待溫度適當後脫去衣物盥洗。看著身上較以往明顯的傷，我想應該是瞞不過母親了。

步出浴間，勒凱在屋內近門處放了一張矮桌，兩張木凳左右對擺，桌上有一盆地瓜和芋頭、一鍋樹豆熱湯，以及一瓶高粱和兩個杯子。

就座時勒凱上下打量了我一番，然後頻頻點頭說衣服雖然大了些但果然適合，緊接著就遞給我半杯高粱，我趕忙說自己不能碰，但他卻回了一個驚訝的說法——喝了酒才能讓耳朵乖乖地留下來聽故事。

「人怎麼來的？」他前後三次將食指放入杯內迅速沾起酒液向外灑。

「父母生的。」

「那最初的父母呢？」

「上帝造的。」

「我不接受。」

「不然呢？」

「聽過顛倒人或顛倒樹？」

「沒有。」

「那知道樹生人嗎？」

「聽過，學校有教，類似的還有卵生、石生、土生、竹生。」

「很好，但我要告訴你樹生人是錯的，應該是樹成人才對。」

語畢，他舉杯邀我飲酒。

在酒精的作用下，我首次見到勒凱多話的一面。勒凱說樹是世界上最古老的生命，同時也是最無私的。不僅僅是長成自己，樹也同時滋養世上的其他生命，可以說幾乎所有的活物都是圍繞著他們而存。雖然樹看似寂靜無覺，但其實也會說話和做夢。他們在白日裡入睡，在日照下做各種夢；月升時他們醒來，並且分享彼此今天又做了什麼夢。

「你知道夜晚入山的獵人為什麼都不說話嗎？」

「怕嚇跑獵物？」

「其實獵人並不是刻意安靜，而是他的靈魂早已知道樹在晚上醒來，所以身處在這些無私奉獻的生命前，便會無法自主地不語。」

隨著時間的積累，樹的夢會逐漸在身體裡沉澱，成為最堅硬的部分。等到夢成為某個他喜愛的樣子時，樹就不再是樹，而是我們所知道的動物或是其他事物，至於決定這一切的條件，就要看他身旁經常圍繞的是什麼。當然不是每一棵樹都能完成自己的夢，有些還等不及足夠的時間便逝去，也許是病害，也許是雷擊，又或者是水火之災。

「學校裡的那些木料就是吧？」

「是，但他們是被強迫而非自然。」

「怎麼說？」

「因為人捨棄了夢。」

「這和人有什麼關係？」

某天，有棵樹積累了足夠的夢，但由於他接觸太多的生命，導致無法決定成為什麼，於是就這樣直接從土裡倒立出來。剛開始他並不適應離開泥土，畢竟樹是用地根在土裡進食、用綠葉朝天空排泄、用花果向四周散射繁衍。從未行走過的他開始嘗試用枝幹挪移身體，去探索這個顛倒的世界。在自然的磨耗下，他的身型逐漸縮減，原先的地根成為了頭，主幹成為了身體，枝葉成為了四肢，花果成為了性器，人型就此抵定。山裡的林木笑他是顛倒樹，因為他不只是上下反置，還逐漸在白日清醒、在夜晚入睡。

「那他怎麼說樹群？」

「顛倒人。」

沒想到的是，因為優異的行動能力和靈活的肢體，使得許多林木開始模仿，有愈來愈多的顛倒樹出現，直到成為一個家庭、一個聚落、一個族群。儘管如此，這些人從未離開過山林，他們遵循其他生物的規則，與樹群共生共榮，直到另外一個東西出現。

「是什麼？」

「光。」勒凱指向門外遠方，那片從下方小鎮開始，一路向上延伸至村裡，因雨絲而迷濛的明亮彩茫。

「你再講清楚一點嘛。」

「光是好的，它非常重要，如果沒有光，樹就不會有夢，但過多的光卻是毒藥。」

「是嗎？」我伸手朝上方圓黃燈泡的光抓了抓。

「人從最初的日光開始，一直到掌握火光後，了解到擁有光就擁有安全、溫暖與豐足。可惜自然光是有規律的呼吸，因此人造出了恆久不滅的那種。」

「電燈？」

「它幾乎和自然光一樣，可惜是碎夢的凶手。它讓顛倒樹在夜晚失去了做夢的機會，也讓顛倒人無法醒來交流並決定成為什麼，甚至夢都還沒有就逝去了。」

「你告訴過其他人嗎？」

「沒有誰會相信的，為了光，人不只丟棄自己的夢，如亡者般活著而不自覺，甚至不惜剝奪其他生命的夢來囤積遠勝太陽的光。人啊！終究成為了真正的『顛倒人』。」

我因為過於專注在思索勒凱的談話，所以沒注意到他何時起身離去。看著外頭的雨勢逐漸轉大，正打算回去的我聽見後方傳來撞擊聲，便立刻起身往後頭衝去，只見勒凱趴跌在地上。他說自己上完廁所後不小心滑倒，要我扶他回矮凳上休息。

我從脅下撐起他，右手扶腰、左手抓肩，緩緩地往前廳走去。雖然已過中年，但勒凱仍保有適切的體型，我原先預期很快就能完成安置的工作，可是實際上他的重量卻遠遠超乎自己的認知，使得每個步伐都異常吃力。透過膚觸，他的身子異常堅實，我不確定那是不是長年勞作而養出的肌肉，因為摸起來幾乎沒有彈性，感覺上反倒是接近木料質地。

「你翹起來了。」勒凱笑著說。

「是酒的關係啦！」

這是我首次如此貼近成年男性，比起青澀乾瘦的自己，勒凱充分展現了熟成完滿的雄性氣息，那濃厚的費洛蒙讓孤獨許久的自己成為一隻遇見首領的動物，興奮到不由自主地舉起熾熱腫脹的陰莖以示自己的忠誠。對我來說，此刻的勒凱是光，是安全、溫暖與豐足的所在。

外頭雨水打擊屋頂的聲音猛烈，勒凱就座後便要我趕緊回去。看著腕上已走過頭的時間，腦中浮現了母親擔心的表情。聽他再三保證自己沒事後，我套上簡便雨衣和他道別。

一路上沒有什麼能阻擋我的前行，唯獨村莊上方那個突然出現，讓我感到不安的巨大灰色音圈外。我想起美術老師說過，不論是疊加型或是削減型的三原色，當它們等量混合時會成為灰色，若持續提升三原色的強度或飽和度，才會由灰轉成白或黑。混合，這個字眼使我的步伐莫名焦躁。

「你跑去……是誰給你這套衣服？」母親的臉色冰冷卻也震驚。

「勒凱。」

「你為什麼又去那裡？到底他給了什麼，讓你連媽媽的話都不聽？」

「沒有他的幫忙，我今天會被人打得很慘。」

「難怪張代表下午會那麼生氣地到家裡來，就是你拿刀割傷人家的兒子對不對！」

「是他們先找我麻煩的，妳看。」我拉起衣角露出身上大片紅腫紫瘀。

「張代表他們一家對人從來都是客氣有禮貌的，一定是你先做錯什麼。要不是黃老闆趕來幫忙安撫，媽媽都不知道要怎麼做才能讓張代表消氣。走，跟我去下面的小吃部，他們在那裡等你道歉。」

「不要！」我使力甩開母親緊抓的手，「我沒有告訴過妳自己被欺負的事情，那是因為從小看妳哭我就心疼，所以不想要給妳添難過；我好不容易找到一個可以學習的興趣，妳問都不問，就只會罵，比起被人打，這讓我更傷心；我就是不喜歡鑲金仔，就算妳們最後在一起了也一樣，也許我會搬去跟勒凱住。」

母親聽完靜默一會兒後，突如其來地狠打了我一巴掌，全身止不住顫抖地吼說：

「你知道你在講什麼嗎?你知道勒凱是誰嗎?我告訴你,你爸爸就是被他殺死的,而你身上穿的衣服是你爸爸年輕時我挑給他的呀!」

「騙……騙我的,對不對?」我抓著母親的肩膀問。

「媽媽為什麼要騙你!那間房子這麼久沒人住,就是因為他被判坐了十六年的牢啊!」母親的情緒澈底崩潰。

我無法描述自己當時的扭曲表情,只知道憤怒與羞恥在胸口熾烈燃燒。這麼多年來的委屈,竟然全是勒凱造成的,而我卻把他當作父親般崇敬喜愛。不管母親的拉扯阻止,我踏入滂沱大雨中,朝村落上方急奔。只是沒想到不出十來步,盤據村落上方的灰色音圈瞬間罩整個世界。如果可以後悔,我願那一刻自己是和母親抱著,這樣就可以永遠不分離。可惜當我回望時,母親的哭泣面容卻成為我永恆的遺憾。

地球科學老師曾在課堂上說過,即使有再多的造山運動,大自然總會用各種侵蝕作用讓地表趨於平坦,而整個過程不是人的一生所能察覺的。我想告訴老師最後一句話錯了,因為我見證了這一切。

「你認識勒凱?」

「我熟知這塊土地上的所有。」

「那麼你認識我的爸爸嗎？」

「當然。」

「他是怎樣的人？」

「我以為你會比較想知道勒凱。」

「他是一個騙子。」

「土地告訴我的不是這樣。」

「我媽媽說是他害死爸爸的，是殺人凶手。」

「真相土地知道。」

這個自稱是gipu[1]的小孩，全身光溜溜的，透著啞黑色澤，細看皮膚，彷彿是一塊塊板岩接合後拋磨而成。他的聲音尖銳卻也鈍厚，我猜他很可能只有粗細兩個音圈。gipu說父親原先也是個雕刻師，與勒凱一起在村裡守持家族的傳統。直到遇見母

1 gipu：泥土、土地。

親並得知懷了我之後，父親選擇遷至較大的城鎮，用以獲取較多的收入來養活我們。初期雖然辛苦，但憑藉著精湛的手藝，生活日漸豐厚。原本未來看似一片風光美好，但卻在鄰居的邀約下染上賭博的惡習，最終導致積欠巨額債務的他，對家族領地內的巨木起了念頭。

事發那晚，他約了不知情的勒凱上山，想要趁夜裡請他幫忙一起偷伐下山販售。同為雕刻師的勒凱怎能容許這樣的事發生，於是和自己的哥哥起了激烈打鬥。父親遭巨木突隆的地根絆倒，後腦撞在勒凱散落地面的隨身雕刻刀刀鋒而逝。不願兄長蒙上毀棄家族傳統與尊嚴的惡名，身為弟弟的勒凱捏造了假事故，獨自承攬起眾人的咒罵。

「我有什麼理由相信你。」我不屑地說。

「我是gipu，是土地承認的一分子，它傳達的意志是過去的真相，也是未來的歷史，不容許任何質疑！」說畢，灰色的巨大音圈在整個天空猛烈綻放，地面痙攣般起伏抽動，接著下方河谷的帳篷裡衝出大量人群，邊逃邊發出極大的驚恐聲。

「原來是你！這場災難……」

「停止你無禮的過度想像，土地沒准許這麼做，只要我讓你看真相。」他的手指向村落原址上方，一個受剛才震動而顯露出的缺角碗型大坑，裡頭露出了無數的破碎建材與四散的工程機具，破口的方向正對著我的村莊。

「拜託，請你救出我的母親，否則我也……」從接受救援到現在，忍過無數次的慰問，此刻我終於跪著放聲哭出來。

「你沒有權力放棄。」等到我情緒平穩後他說。

「我什麼都沒有了。」

「你有這個。」他遞出了我最熟悉不過的物品——勒凱的蝴蝶刀。

「他呢？」

「在夢裡。」

因為跪姿的視角關係，我才注意到一棵就要倒伏的巨木在他身後處。我不曾在村子四周看過如此雄偉的樹。從主幹傾斜的姿態可推測那晚他一定承受了極大量的土石衝擊，差那麼一點就要連根拔起。巧合的是，巨木下方那片較為完整的狹地正是我獲救的地點。

「回去吧，責任由你延續。」他將蝴蝶刀按入我的手心。

「責任？」

「你看。」他面向河谷說。

溼軟的厚泥，拌入了無數灰色的屋瓦、門窗、桌椅、床櫃、衣物、鞋包、玩偶、器械與車輛，但若再往裡層細看，則有微弱的金芒從死寂之下透出。沒錯，確實是夢，一棵棵倒豎的光燦人型，屬於顛倒樹和顛倒人共有的夢。

當我向 gipu 揮手道別，邁開步伐朝夢走去時，身後那棵巨木安靜地倒下。